KEXUE, KEXUE!

科学，科学！

新教师成长日记 李镇西／主编

● 吕春玲 著

教育科学出版社

·北 京·

《大学》录汤之盘铭曰：『苟日新，日日新，又日新。』『新教师』不仅仅局限于刚参加工作的教师，更指不守旧，不固守常规，积极学习，不断更新自己，每天都有新面貌的教师。将『新教师』与一般教师区别开来的决定性因素不是工作年限，而是他们是否有自己的教育思想，是否不满足现状、一直充满工作和生活的激情。

丛 书 序

李镇西

　　写作，对于教育的意义早已被人们所承认——通过文字，可以表达自己对教育的见解，或公开自己的教育思想；但写作对于教师的意义，尤其是对教师成长的意义，则未必被每一位教育者所认识。

　　20多年的教育成长经历告诉我，教师的写作，对于教师的成长实在是有着十分重要的作用。比如，也许许多老师是因为《爱心与教育》而记住了我的名字，我也因这本书而赢得了许多读者的尊敬，并渐渐被人称作"教育专家"。但其实只有我自己知道，我并不比千千万万的一线普通老师高明多少。常常在外面向同行们作汇报时，我总是说："其实，我和大家是一样的——对学生的爱是一样，对教育的执著是一样，所遇到的困惑是一样，所感受到的幸福也是一样，甚至包括许多教育教学方法或者说技巧都是一样的！如果硬要说我和大家有什么不一样的话，那就是我对体现教育的爱、执著、困惑、幸福、方法、技巧的故事进行了些思考，并把它们一点一滴地记载了下来，还写成了书。仅此而已！"

　　这是我的心里话。的确，在同样有着丰富实践经验的前提下，也许恰恰是写作使我现在拥有了许多老师所羡慕的所谓"成功"。可以毫不夸张地说，写作为我的教育事业插上了翅膀。不能设想，如果我的教育事业离开了写作会是什么样子。

　　但许多老师听了我的话却摇头："哪有那么简单呀！你是专家嘛，有写作的水平，而对于普通老师来说，书可不是那么容易写的。"

　　于是，我给他们讲网友红袖（陈晓华）老师的故事：2001年7月，我在网上偶然结识了红袖，当时他很真诚地说他读过我的《爱心与教育》等许多书，"很受影响"云云。我在网上对他说："我这些书，你都可以写的。只要你把你的故事你的情感你的思考坚持不懈地记录下来，就是一本你自己的《爱心与教育》！"

四年过去了，红袖老师出版了《追寻教育的诗意》《守望高三的日子》等著作。前不久，我和他通电话时，他还在说："当时你那句话对我影响真的很大，你说我也可以写出《爱心与教育》，于是我便开始拿起笔了。"现在，红袖又推出了他的第三本日记体教育著作《怀揣着希望上路》。

当然不只是红袖，还有这套丛书的其他作者：铁皮鼓（魏智渊）、二刘（刘国营）……他们都用自己的写作证明着自己的成长，更证明着这样一个朴素的道理——

实践、思考并记录，这正是一个普通的教师成长为一名教育专家的关键所在！

完全可以这样说，就日常工作而言，绝大多数教师的敬业精神都是令人敬佩的；而且，所有教师的工作都是一样的琐碎而辛苦；但最后，为什么只有少数教师成为了教育专家或专家型的教育者呢？区别就在于是否思考并记录。

教师成长为什么需要写作？

加拿大学者马克斯·范梅南在其《生活体验研究》一书中有着非常精辟的论述："写作即思考和行动的调和。""写作是将思维成果跃然于纸上。写作是将内在的东西进行外化，它使我们离开自己直接面对的世界。如果我们审视纸张，审视我们所写的东西，我们客观化了的思维也在审视我们，于是，写作就建立了某种思考的认识状态，这种状态通常是社会科学理论所具有的特征。""写作是颇具创造性的活动。写作者写出了文章，写出的又不仅仅是文章，而是作者自己。正如萨特或许会说的：作者是他自己产品的产物。写作是某种自我制造或自我塑造。写作是为了检验事物的深度，也是为了了解自身的深度。""写作使思想脱离实践，又让思想回归实践当中。""'实践'的意思就是'思考活动'：充满思考的活动和充满活动的思考。"

近年来，"行动研究""叙事研究"成为比较时尚的教育科研词汇。其实，这里的"研究"首先是教育者自己对自己的研究，也就是说，教师既是研究者，同时也把自己当作研究对象。怎么研究？做一个反思型教师，以写作为载体，反思自

己的实践。这里的"写作"实际上是搜集积累自己的教育矿藏的过程，也是总结提炼自己的教育智慧教育艺术的过程。和有些教师仅仅是应付职称评定的"写作"不同，反思型教师的写作有两个特点：第一是"日常性"，把写作当作自己的需要并养成习惯，通过每一天的写作点点滴滴地积累教育心得，而不是到期末为了应付校长才写一篇总结；第二是"叙事性"，就是写原汁原味的教育案例，不必煞费苦心地"构建"什么理论框架，也不借时髦的"理论"和晦涩的名词来进行学术包装，就让自己的教育故事保留着鲜活的气息，让心灵的泉水自然而然地流淌出来。

"新教师成长日记"丛书的作者，都是没有什么"知名度"（至少现在还没有）的普通老师。我们推出他们的教育日记，不是把他们当作已经被公认的"优秀教师"来树立"榜样"，他们现在所带的班级可能也还谈不上是通常意义上的"优秀班集体"。我们要展示的是这些老师成长的艰辛而富有探索意义的"过程"，而不是"功成名就"的"结果"。正在成长并渴望成功的读者，可能会从他们的日常教育叙事中，"亲临"他们实践的现场，感受他们的情感和思想，把握他们成长的轨迹，进而恍然大悟：原来"钢铁"就是这样炼成的！并情不自禁地想到自己：其实我也可以这样做呀！

我们就是希望这套丛书能够给广大的教师展示这样一个朴素的道理——

写作不仅仅是单纯的写作，它必然伴随着实践、阅读与思考。它与实践相随，与阅读同行，与思考为伴。实践是它的源泉，阅读是它的基础，思考是它的灵魂。因此，写作的确是一名普通教师成长为教育专家的有效途径。

无数优秀教师的成长已经证明了这一点；我们坚信，更多正在成长的教师将继续证明这一点。

2005 年 11 月 20 日

写在前面的话

说句实话，敲完"写在前面的话"几个字，我真不知道该写些什么，说白了，就是不知道该呈现给大家什么。思考再三，还是决定从撰写教学日记这件事谈起。

我是一个懒人，并给自己找了一个很好的理由：人之初，性本懒。这句话不是我的原创，是心理学家研究的结果。早在10多年前，我还是一个涉足教育不深的年轻教师时，就曾听一位教育专家说过记教学日记可以很快提升自己，但是不知当时是满足于自己的些许成绩，还是真的"性本懒"在作怪，一直没有记过教学日记。相反，日记本里记录的都是儿女情长、本无愁来强说愁的哀怨。直到10年后，我遭遇了一次"致命"的打击。事情发生在2007年春天，我参加学区的评优课（因工作调动我到了一个新的单位），让我没有想到的是，竟然败北。这是我参加工作以来从没有经历过的"耻辱"。"春"本孕育着生命和希望，而现实给予我的却是绝望。此时的我才意识到自己的不足。"吃老本"的日子一去不复返，从此我坚定了信心：要从"零"做起，把自己当成一个新教师，边学习边实践边随时记录反思日记。这一记，便一发不可收，我上"瘾"了。不知这"瘾"字用得是否贴切，我只知道，写作时泉涌般的表达很畅快；我只知道，夜深时翻看记过的日记享受的是宁静；我只知道，与同行交流时我也可以滔滔不绝；我只知道，我也能够坦然坐在区级教研活动的讲台上给全区科学老师作新教材培训；我只知道，在给研究生审阅脚本的时候我也可以振振有词……

我想，这诸多的"只知道"源于一种积淀，而这积淀须是积累的升华。现在想来，那句话没错，"春"确实孕育着希望，而经历过春寒的小苗生命力将更加顽强。同时我也深深地

感觉到：不论什么年龄，发现了自己的不足，只要想改变，是谁也阻挡不了的。自己以前业务能力并不是最好的，今天也是，明天还是，但只要愿意，每个人都有潜力。

另外，想和大家交流这样一个想法：这本书主要记载了我近3年来的教学感悟，汇集了我在工作中的诸多思考，均属原创，所以这些观点是非常个人化的、主观的，甚至有些在同行、专家看来并不能体现先进的教学理念，书里面的教学方法也并不是无懈可击，在此特别想对用心读它的朋友说上一句：欢迎您用扬弃的眼光审视它，如此您得到的可能是另一种升华……为此，我愿做一粒铺路石！

就在不久前，姥爷去世了，享年90岁。泪水模糊间，我忽然感受到了一种"完整"。姥爷的一生是一个完整的过程，虽平淡，但真实。这一过程是由千千万万个小过程组成的。我们的人生又何尝不是如此呢？

感受每一个小过程吧！让每个小过程都坦然、真实，我们的一生就是《非常完美》（借章子怡电影名字一用，不介意吧）！

2009 年 9 月 15 日

目　录

目录

目录

序1

享受"科学"课堂内外的精彩

许培军

美国有一位名叫威廉·亚瑟·沃德的学者把教师分为四种类型：平庸的教师在说教，好的教师在解惑，更好的教师在示范，卓越的教师在启迪。作为校长，我可以自豪地说：吕春玲老师就是这样一位给予学生解惑、示范以至于启迪孩子们创造性思维的老师。这三年来我见证了吕春玲老师在科学课教学领域的探索、反思和创新，也欣喜地看到了她一步步成长为一名卓越的教师。更为难能可贵的，是她用心用情随时记录下了课堂内外的所思所为所悟，并收集成册呈现给我们这样一本凝结她教学智慧的教学手记《科学，科学！》。我拜读之后最大的感受就是：这是对科学课教学的贡献。书中不仅展示了一位普通的小学科学老师对课程资源的灵活调用、与学生开展的多元对话，以及她贯穿于教学全过程的亲切的语言、巧妙的启迪和沉着的教学驾驭技巧，还让我们看到了一位平凡的小学教师的社会责任和博大的情怀，她深深地爱着她的学生、她的职业、她所喜爱的科学学科教学。

读这本书，我很欣喜。

"用教材教而不是教教材"是新课程改革提倡的重要理念，而在吕春玲老师的课堂上，我欣喜地看到这一理念得到了落实。吕老师不拘泥于教材内容，而是灵活驾驭，赋教材以活

力。譬如在六年级上册植物学的教学中，依据孩子们在第一章海尔蒙关于"小柳树0.1千克营养来自于土壤，那么另外的81.9千克营养是从何而来"的疑问，吕老师大胆地调整教材上的章节设计，先讲第三章光合作用，而后再讲解植物养分的吸收和运输，从而让学生对植物的认识环环相扣，步步深入。

吕老师在教学中还牢牢把握住了小学生科学学习的特点。正如法国著名教育家卢梭在《爱弥儿》一书中所主张的：教育要遵循自然规律，要发展儿童的天性。儿童天生的好奇心是科学学习的起点，他们对花鸟鱼虫、日月星辰都具有极大的好奇心，他们想象丰富，思维活跃，只要善加引导，就能转化为强烈的求知欲望和学习行为。吕老师尊重学生天性，带领他们研究贴近生活的身边事物，摆脱了枯燥的说教、解题，让孩子们在科学课上感觉到所学知识就是发生在他们身边的事例和他们想知道的问题，科学课堂是有趣的、开心的。在吕老师的课堂上，我欣喜于孩子们讨论时的奇思妙想，欣慰于他们面对实验的聚精会神，感动于他们对知识孜孜以求的渴望。吕老师将看似高深的科学，拉近到孩子们的身边。

读这本书，我很激动。

吕老师在科学学科课堂内外通过激励、唤醒、鼓舞，激发学生的探究意识，不是单纯地让他们"读科学、听科学、记科学、看科学"，而是进一步让孩子们"做科学、懂科学"。正如著名教育家苏霍姆林斯基所说："在人的心灵深处，都有一种根深蒂固的需要，这就是希望自己是一个发明者、研究者、探索者。在儿童的精神世界里这种需要特别强烈。"有这样的科学老师执著于基础科学的教学和研究，不是我们孩子成长中的一大幸事吗？有这样钟情于教学研究的老师耕耘在我们的小学课堂上，不是我们国家的一大幸事吗？吕老师在课堂教学中善于采取灵活多变的实验方法，巧妙地安排新颖有趣的实验，激发学生自主学习和探究的兴趣，让学生用脑子想、用眼睛看、用耳朵听、用手操作、用嘴说、用心悟，在提出问题、大胆猜想、解决问题中，体验"科学家"那样的探究乐趣，在获取科学知识的同时，形成尊重事实、善于质疑的科学态度，进而提升了学生获得新知识的能力、分析问题和解决问题的能力。

此外，张弛有度的小组合作学习也是吕老师教学的一大亮点。从创建小组吉祥物标志等游戏教学开始，到小组实验、分

组讨论的实施，孩子们在合作中增进了了解，培养了合作意识，真正将小学《科学课程标准》指出的"培养学生尊重他人意见、乐于合作的科学态度"落到了实处。

读这本书，我很骄傲。

这本书不仅是吕老师自己工作的积累，还折射了以她为代表的我们这个教师团队的精神状态和教学研究状况。我们七一小学的课堂丰富多彩，我们七一小学的教师多才多艺，我们七一小学的学生幸福快乐，这一切都源于我们有一批像吕春玲老师这样认真负责的好老师，他们不仅敬业，更为专业，作为校长，我非常骄傲和自豪！

读这本书，我还有很多的感悟、启发和思考，有很多很多想表达的内容，因为这本书的作者和这本书给了我久违了的读书冲动。

谢谢吕春玲老师，你真正让"科学课"成为了孩子们生活中的一种乐趣和享受！

谢谢教育科学出版社的专家学者，你们慧眼识金，让普通人在这本书中享受到了"科学"课堂内外的精彩！

（作者现为北京市海淀区羊坊店中心学区校长兼翠微小学校长，写此序时任七一小学校长）

序2

我认识的吕春玲老师

王思锦

认识吕春玲老师已经有 5 年时间了。5 年前她刚刚从房山区调入海淀区，我们一起备一节科学课，她对教学内容独到的见解给我留下了深刻印象。后来她加入到海淀区小学科学教研组，接触的机会逐渐增多。在一次学习交流活动中，她向大家介绍了自己约 45000 字的教学随笔。受到鼓励后，她越发勤奋，短短 3 年时间，教学随笔已累积到 17 万字！对于一位满负荷工作的老师来说，这意味着写作占用了她绝大部分业余时间。而读她的随笔，让人感觉不到她有丝毫倦怠，反而是字里行间流露出的阵阵欣喜让人动容，抑或那饱含深情的描述和充满童稚的调侃让人倍受感染，产生一种要跟她一起欢呼的冲动。

透过这些浸润着无数汗水和智慧的文字，我们感受到一个全身心投入工作并且乐在其中的科学教师形象。我们羡慕吕老师，因为她及时、生动地记述了自己教育生涯中宝贵的 3 年时光，这 17 万字是她有别于其他老师的最大的精神财富；我们敬佩吕老师，她用恒久的毅力为我们树立了新时期研究型教师的典范，她的光阴没有虚度。

吕老师永远是一副快乐的模样，我想这快乐源于她对学生

序2

的欣赏，源于她对自己工作价值的认同，源于她自身教育思想精进、教学功力提升而产生的成功感和满足感。吕老师是幸福的，因为她做着自己喜欢的工作；吕老师是成功的，因为她不甘平庸！

（作者系北京市海淀区小学科学教研员）

序 3

用心做事，勤者不荒

彭 香

见过吕春玲老师，当时的我们都沉浸在教研活动中；认识吕春玲老师，是透过《科学，科学！》中的文字……

有多少人感慨如梭的岁月！新时期基础教育课程改革科学课程教材实验，已经历了一轮。

一路走来，开放的新课程，诱人的新理念，描绘的光明而灿烂之改革前景，践行的艰难而曲折之改革路途，多少教师迷失、困惑、思考、探索！

一路走来，我们深深地感受到，新课程改革不是换一个课程名称或换一套教材，而是一场教育观念的更新、人才培养模式的改变，是一场涉及课堂教学方式、学生学习方式以及学校日常管理，包括教师专业发展等在内的全方位的变革。

在这经历中我们发生了怎样的变化？我们为之付出的心血收获了什么？……

这本《科学，科学！》就是有心之人做了用心之事，让我们感受到了"智者不惑"、"勤者不荒"！

从99篇日记中我们读出了吕老师的有心，篇篇文字聚焦课堂教学，基于教学实践，具有现实针对性，直接面对干扰一线教师的教学问题。如针对教与学的方法改革、教学方式的改变与学生能力培养、课内外学习环境开放、发展性评价、信息

序3

技术与学科教学整合、教师开展教学研究等问题的观察发现、分析研究、实践反思，浸透了吕老师对改革历程中教学实践的感悟。

从99篇日记中我们读出了吕老师的用心，用心记录课堂中的学生和自己；用心琢磨和解读学生的内心；用心剖析和理解自己的行为；用心抓住研讨和学习的机会，"视思明"，"听思聪"，"疑思问"；用心发掘和建立自己教育行为与教育理论之间的联系……清晰再现了吕老师坚持从实践中学习，在实践中思考，在反思中批判、继承和发展的用心做教育！

从99篇日记中我们获得了启发和激励，正如吕老师所言："不论什么年龄，发现了自己的不足，只要想改变，是谁也阻挡不了的。自己以前业务能力并不是最好的，今天也是，明天还是，但只要愿意，每个人都有潜力。"

"认真做事只能把事情做对，用心做事才能把事情做好"。好理念转化为课堂有效教学行为，需要新课程理念引领下的可操作的课堂教学行为策略的研究与实践。我敬佩吕老师的所思、所为，我也希望更多的科学教师和吕老师一道，用自己冷静的思考、执著的探求、深厚的积淀，在新理念与课堂教学行为之间搭起坚实的桥梁，走出一条具有价值的深化课堂教学改革之路，同时，在自身专业发展上实现一次蜕变。

这是一本值得我们教师读的书，不仅因为它是基于我们教师自己的视角和记述我们最关心的事，依然借用吕老师的话："欢迎您用扬弃的眼光审视它，那么得到的可能是另一种升华……"

（作者系北京教育科学研究院基教研中心小学科学教研员）

2006年12月—2007年06月日记节选

2006年的9月，许培军校长把我带入七一小学。这是所拥有200多名教职工，2000多名学生的大校。老师们非常勤奋，领导非常负责。我很快融入其中，也很想做出点成绩来，得到大家的认可。

但一学期下来，我很茫然，觉得自己没有方向，在以往单位里的优越感荡然无存。学校里的老师太多了，而且每位老师都有自己的一套杀手锏，这让我感到压抑，感到自己无比的渺小。我时常在临睡前思考怎样才能把工作做出点成绩来。

在这段日子的日记里，您可能看不到我心情方面的描述。但是您会看到我在用心地工作，用心地和孩子们在一起学习。特别是我"写在前面的话"里提到的"2007年春天我遭遇的那次'致命'打击"，在那段日子的日记里，您只会看到我一次次试讲，一次次在细节上的修改，直至最后的课后反思，依然看不到我糟糕至极的心情。

从不能接受这个现实，到理智分析主客观原因，这个过程很痛苦。我不愿意写出来，让自己再回到那种心境，所以我冷静地将其打包，放在了心灵深处的角落。但我没有打算逃避，而是努力让自己尽快恢复平静！我觉得，日记固然可以宣泄自己所有的情绪，但记就要记一些快乐的东西，这样再回味往日时光时留下的将是美好，而不高兴的东西就尽可能地忘掉吧！这样对身体好。

有兴趣您就读完这本日记吧！我知道很多老师都被曾经困扰过我的问题困扰过或正在困扰着。我只是想说，不要让一些不正确的甚至是浮躁的想法影响到我们纯净的心灵，努力做一个清醒的人：不回避问题，坦然面对自己，悦纳自我，以一种积极的心态还原生活的真实，你就会快乐起来！

2006 年 12 月 1 日　星期五

12 月

一箭多雕

六年级学生已经具备了较强的实验能力和一定的科学知识，所以，在课外科学小组里，我、孩子们轮流做活动的中心发言人。有的时候，我来确定活动主题并主持活动；有的时候，这些活动由孩子们完成，孩子们可以自愿报名，但活动内容必须由我审查通过才行。这样做，极大地调动了他们的积极性。

今天的活动中心发言人是六年级（2）班的熊子豪，活动主题是：探究蜡的熔点。活动开始了，熊子豪开始介绍实验该怎样做，紧接着孩子们开始实验。第一步，往烧瓶或烧杯里加入凉水，然后点燃蜡烛，当蜡烛出现烛泪时，将烛泪滴入凉水中，观察烛泪变化；这时一班的李豪不小心把蜡头掉进烧杯的水里了，"嘿！老师，您快看，蜡烛在水里还着着呢！"有学生汇报。第二步，点燃酒精灯，给烧瓶里的水加热，在加热过程中继续观察水中烛泪的变化。就在这一步，多元化的场面出现了，"老师，我看到凝固的烛泪又在渐渐溶解了……老师，我们看不到蜡烛了，它好像跟水融合到一起了。""老师，我还发现水没有沸腾，凝固的烛泪就溶解了。"我急忙说："快想想，这说明了什么？"此时，（6）班的张鹏翔说："老师，我发现热的水汽也能融化蜡烛，刚才我们的烧瓶'脖子'的地方有一点儿蜡块儿，这会儿它也融化掉进烧瓶的水里了。""你观察得真仔细！"我鼓励道。

"好，熄灭酒精灯，停止加热。"熊子豪一声令下，实验结束了。但观察活动还没结束，熊子豪要求大家继续观察，看谁还有新的发现。教室里安静了。这时又有一个声音说："我发现了，我们的烧瓶壁上有一层蜡，我想是不是水蒸发时蜡分子也一起飞了上来呢？"随着最后一个问题的提出，观察实验活动结束了。紧接

2006年

着，就是我和熊子豪一起进行的"答记者问"。短短的40分钟很快就过去了，没想到学生设计的一个简单实验，竟能辐射出这么多的内容，每一个发现背后都有一个科学道理，孩子们有了成就感，我也长了见识。其实，有时孩子就是我们的老师。

>>>>>>>

2006年 12月 15日　星期五

活学活用教材

在进行六年级《科学》教学时我发现：本册教材在编写上力求先提出问题，再一课一课解决问题。编者是好意，但是在教材的首轮使用过程中我觉得有些蹩脚，所以大胆进行了课时调整。

举例来说，"植物"单元第一课就向孩子们介绍了海尔蒙实验。编者的意思大概是让学生先通过分析实验发现问题：实验中有0.1千克营养来自于土壤，那么小柳树另外的81.9千克营养是从何而来的呢？进而提出要研究的问题，为第三课《植物的光合作用》作好铺垫。按照这种思路，下一课应该马上安排植物的光合作用这一课，而教材安排的却是植物怎样吸收和运输水分。编者的意思大概是，不讲清楚植物怎样运输水分，怎么讲光合作用呢？但是这样安排又恰恰违背编者让孩子自己提出问题、探究问题的初衷。其实完全可以先讲光合作用，即先让孩子解决海尔蒙实验中的疑问。至于光合作用中的水和二氧化碳气从何而来，完全可以作为下节课再继续探究的新问题。这样一来，学生对植物的认识是一环套一环，步步推进、步步深入的。

>>>>>

能够吊起学生胃口的提问才够好

今天与学生一起学习了《热空气的特点》一课，关于这一课的有效性提问值得好好总结一下，以便日后多多尝试，让学生更有所获。

爱玩儿是孩子的天性，别看是六年级的孩子，他们仍然有一颗金子般的童心，所以我便用他们儿时常玩的吹泡泡游戏引入。没想到，效果极好。课一开始，我便出示一瓶泡泡水，"孩子们，这是什么？""泡泡水！"他们眼睛都亮了。"想玩儿吗？"几乎全班都举起了手。我请一个孩子到讲台前面吹泡泡。见到了五彩缤纷的泡泡，孩子们禁不住用手去扇，用嘴去吹，看得出他们真想玩儿一玩儿呀！在孩子们玩儿得正高兴时我提出问题："这么漂亮的泡泡就这么碎了太可惜了，我看到有人用嘴吹，有人用手扇，我知道他们是想多欣赏一会儿，谁还有其他的办法让泡泡飞起来？"有孩子马上想到办法：用热空气，于是我就着这个回答提问："我们这儿有热空气吗？"孩子们早已看到了桌上的酒精灯，所以热空气的问题马上迎刃而解。也许你会认为该让学生实验了吧？没有，因为孩子们的知识储备水平是不同的，我想我要照顾大多数没有这个经验的孩子，于是我又设计了热空气的体验活动和预测活动，即用手感受一下热空气，试一试并且猜一猜热空气有没有这个能力。孩子们把小手放在酒精灯的火焰上感受热空气，不仅体验到手有热热的感觉，还感觉到好像有什么东西向上在托着手。此时孩子们已经再也按捺不住了。我这才说："谁来试试？"实验成功了，许多泡泡在热空气的作用下一下子飞到了屋顶，教室里响起了一片热烈的掌声。这时，我及时出示了本课课题，并且引导学生确定了要研究的问题：热空气有什么特点？为后面的

探究活动作了铺垫。

通过以上一系列吊足学生胃口的提问，学生的思路一下子打开了，思维变得活跃，表情变得丰富，身心都感受到了愉快。以后的教学中也应该多多设计这样的提问，这样的导入，让孩子们在玩儿中学，在学中长本领。

>>>>>>>

2006年 12月 22日 星期五

"老师，咱们再试试吧！"

今天除了是个周五，好像也没有什么特别的。但是在海淀区七一小学的科学教室里却传出了一阵阵欢呼声。他们在干什么呢？有那么高兴吗？

今天我照例组织小组活动，点完名，介绍本次活动的中心发言人郝得厚，介绍本次活动的主题：探究纸牌的承受力，活动就正式开始了。郝得厚先在黑板上图示纸牌的摆放方法，然后带领小组同学蹲在地上摆纸牌。纸牌被摆成了许许多多像蜂窝一样的四棱柱，就在快要完工时，意外发生了，纸牌倒塌了！学生们提到嗓子眼儿的心掉了下来，"唉——"这时王臻新说："使我的牌，我的牌新。"我想：对呀，新牌也许会好些。又一轮搭建工作开始了。结果有个孩子长出了一口气正好吹到牌上，进行到一半的实验又一次失败了。眼看时间一分一秒地流过，我拿出了事先准备好的四个卫生纸纸芯（我也担心实验不成功，学生得不到收获，所以事先作了准备），当学生在我的引导下，将画板放在四个纸质圆柱体上时，几乎没有人敢站上去，生怕实验再次失败扫了大家的兴。孩子们一致推荐郝得厚站上去，就这样，一个体重67斤的孩子成功地验证了自己的猜想。此时，我看时间只剩15分钟，于是与孩子们商量："这次纸牌的实验完不成，下次再继续研究成不成？"

孩子们都说："老师，咱们再试试吧！"

于是，第三轮搭建工作开始了。看着孩子们专注的神情，我都被感动了，真希望这次能成功。"蜂窝"终于搭好了，孩子们轻手轻脚地把画板搭上去。此时又有个孩子提议：别站人了，往上放小实验凳吧。我觉得很好，孩子们也都同意。于是，一个小凳，纸牌没倒，孩子们跳起来欢呼；两个，三个，四个，五个，我们都屏住了呼吸，这时，纸牌终于"罢工"了，因为超过了它的"工作量"。还记得每增加一个小凳时，孩子们的欢笑，每增加一个小凳时，孩子们的眼神。真是太激动了。活动就在这欢呼声中缓缓落下了帷幕。

通过这次亲身实践，孩子们知道了改变纸的形状，它的承受力是惊人的；我也更加懂得了"功夫不负有心人"的道理。

>>>>>>

2006 年 12 月 26 日　星期二

一学期快要结束了……

眼看一学期就要结束了，在七一感觉时间过得飞快，好像每天都很忙，可回过头来看，似乎并没有取得什么骄人的成绩，难道这就是人们常说的平平淡淡才是真么？

一学期下来，我捕捉了 350 多张日常上课、课外小组活动、学生参加建模比赛和外出参观学习的照片。每当自己在安静的书房里打开电脑，看到照片上孩子们面对实验的眼神，我读懂了他们对实验是那么的喜爱，对知识是那么的渴望，对未知领域是那么的渴求探索，同时也感觉到了作为一名科学教师身上担子的沉重。是啊！看似高深的科学，其实就在我们身边，就在我们的生活里，它也是平凡而伟大的吧？想到这儿，我似乎明白了点儿什么。踏踏实实做事吧！孩子们需要的不是惊天动地，他们需要的是能够与他们一起学习生活的可亲可敬的老师。

*2007*年

*2007*年 *3*月 *7*日　星期三

新学期开始了……

　　新的学期又开始了。刚刚开学，就接到了一个参加学区评优课的任务。说实在的，初接任务，有七分惊喜，也有三分担忧。评优课可使自己得到一次锤炼，使自己的教学能力有一个提升，找到自己今后努力的方向，多好的一件事啊！真的感谢学校领导能给我这次机会。同时，我也深感压力的沉重。毕竟是在学校、学区初次亮相，如果发挥不好，多没面子呀！可是，现实情况已经不允许我再多想，开始吧！只要努力了，哪怕失败，只要善于总结教训，一样可以进步。毕竟我们参赛的目的不只是得奖，更重要的是提高自己的教学能力。

*2007*年 *3*月 *16*日　星期五

第一次试讲

　　今天，进行了第一次试讲。很糟糕，有一个环节根本没有进行，而且是最重要的实验环节。什么原因呢？没时间了。这要是正式讲，脸就丢大发啦！静下来想原因。从主观上讲，是因为第一次上这节课，自己还不能很好地调控时间；客观上

说，这个班的学生没有听过我讲课，不了解我的课堂常规要求，我不得不两次整顿纪律，耽误了时间。自己觉得还算欣慰的地方是导入环节还不错，很吸引他们。从吹泡泡到不用嘴吹泡泡再到使用热水、酒精灯加热吹泡泡，环环相扣。

>>>>>>>

2007 年 3 月 27 日　星期二

第二次试讲

　　今天上午，学校开展了"福娃进校园"活动，活动开展得真好。下午我的试讲要是也能这么漂亮就好了。

　　为了提高教学水平，通过研究一节课带动整个类型课的教学，学校特别请专家进入我们的课堂，帮助我们拨开迷雾，帮助我们画龙点睛。今天我们请来的是区教研员王思锦老师。课上得还算顺利，王老师对导入环节给予了充分肯定，并且肯定了探究过程，但同时也提出了意见：她肯定了将热胀与冷缩分开处理、冷缩弱处理的思路，但是她建议还是不分开的好，因为那样做将会是两个亮点，即热胀和冷缩并行。而我的方法只有热胀一个亮点。我有点疑惑，因为历来老师们处理这一课都是将热胀与冷缩并行，我改一改处理方式，在热胀上做足文章，弱化处理冷缩不是很别出心裁吗？我到底改不改???

　　此外，王老师还提出了另一个意见，即设计实验应有教师的有效引导。因为三年级刚刚接触设计实验的训练，本课又是接近本学期尾声的课，所以把材料抛给孩子让他们自己设计实验，对他们来说难了一些。这个意见我很赞同。确实是这样的，孩子们设计实验很困难，一个班也就设计出 3 种方法，自己在处理这一环节时也确实有不敢碰的感觉，因为总担心方法老师教多了，是否又回到了讲授的老路上去了。现在听专家这

2007年

样一说，心里有底了，该讲的就得讲。但怎么讲呢？对了，可以让孩子们演示自己设计的方法，再引导他们从中抽取出实验设计要注意的密封性、一定量、如何观察空气体积变化的科学性依据，即实验要注意的问题，然后再放手让他们设计更多的方法，这样不就行了吗？对，就这么定了，分两个层次进行这一环节的处理，下次试讲时试试。

>>>>>>>

2007 年 3 月 30 日　星期五

认真对待每一次试讲

平时上课我就有这样一种感受，一节课的教学设计绝不是写出来了就算完成了。在每次讲课过程中，都需要教师根据具体情况来进行调整，这样才能不断完善教学设计。每一次讲，哪里不顺畅，哪里自己就觉得别扭，别人看了一定也是问题。哪儿不舒服就针对哪儿想办法解决，在这个过程中总会有提升。

每一次试讲之前，我都会作好物质上的准备，即前一天下班前为每一个小组把实验材料准备好，教室也要干干净净。今天是个周五，真想下班就飞回家，可是不行呀，实验材料太多了，不摆好周一就会太忙叨了。没办法，这大概就是所有科学老师的烦恼吧？6：10，总算完成了，回家去也⋯⋯

2007年4月2日 星期一

第三次试讲

经过反复思考，还是决定试一下热胀和冷缩同时进行。今天用的是三年级1班。只在早晨和孩子们见了一面，大概有15分钟。今天，苏校长和齐主任听了课。

总体来讲，领导的评价是：课的内容感觉很丰满，层次性强，密度很紧凑。特别值得一提的是，按照王思锦老师的方案实施后，学生的方法变多了，看来"专家"就是"专家"。"王老师，谢谢您又教了我一招！"

在与演示同学合作之后，我对学生设计实验的科学性进行了有效引导。以后要逐步地由"扶"到"放"，在教、扶、放的训练过程中，学生独立设计实验一下子由难到简，从而也在情理之中突破了难点。进行到"放"的环节时，让各小组先讨论方案，在小组内口头说说；然后动手利用我提供的材料试试。再次交流设计研究方案时，学生设计出了10种左右的办法：

A. 把气球套在烧瓶口，分别放入热水和冷水，看气球是否鼓起或收缩。

B. 把矿泉水瓶挤压出一部分空气并使其变形，再封紧瓶口放入热水和冷水，看是否鼓起或收缩。

C. 材料："特仑苏"奶盒，方法同B。

D. 材料：矿泉水瓶、气球，方法同A。

E. 材料：锥形瓶、塑料膜，方法同A。

F. 材料：试管、塑料膜，方法同A。

G. 把捏瘪的矿泉水瓶倒放在锥形瓶口处，用橡皮泥密封，

2007年

放入热水和冷水，看矿泉水瓶是否鼓起或收缩。

H. 利用课始吹泡泡时的吸管与"特仑苏"奶盒配合，并用橡皮筋把气球固定在吸管另一端，将此装置放入热水和冷水，看气球是否鼓起或收缩。

……

＞＞＞＞＞＞

2007年 4月 6日 星期五

不要忽略细节

几次试讲，有几处细节值得注意，必须解决。

1. 材料的准备必须有结构，这样实验效果才能明显，给学生留下深刻印象。

第一次试讲选择的材料有：气球和黑色塑料袋，目的是借助它们观察空气体积的变化。但实际教学过程中，发现气球很好用，效果明显；塑料袋的实验效果就差些，又换成了小塑料袋，放入热水中胀起也不十分明显。换用什么好呢？

在购买仪器时，恰好没有玻璃水槽，只能换用容积为1000 mL 的大烧杯，没办法，必须换掉黑色塑料袋，否则烧杯盛不下它。如果有学生设计观察塑料袋内空气体积变化的实验，那么我准备的烧杯就不合乎要求，不能给学生提供有效帮助。

买仪器回来的路上，我就在想一个问题，黑塑料袋换成什么材料？回到家，看到了婆婆盖剩菜的保鲜膜，对，就试试它啦！我拿来暖瓶盖接上开水，用儿子喝完酸奶的盒子加上保鲜膜来实验，效果还不错。但由于保鲜膜吸附性特别强，如果学生不能像我一样把握实验的技巧，可能也会失败。不行，材料还得换。换什么？既得利于学生操作，又得好找，还得跟保鲜

膜厚度相当，试试质量最差的垃圾袋吧？嘿！别说，还真成。奶盒放到开水里，塑料膜鼓得还挺明显。放到冷水里，又凹下一个大坑。得，就是它了。马上通知婆婆，明天买菜要10个最薄的塑料袋。没想到，第二天，婆婆一下给我买回了一沓，有婆婆真好！

2. 怎样把孩子们的实验方法展示到黑板上，既醒目又能有效提示学生实验方法，而且要避开三年级孩子设计实验画图表述的困难，这个问题困扰了我，前后经历了几次修订。最初我请教美术的惠卉老师帮助我用画来表现，但试讲中发现，事先画好的画并不能全部展现出学生设计的方法，没有画出的方法又无法在黑板上表现。按理讲用简笔画可以解决，可咱简笔画又不灵。看来做个老师真得是全才呀！不行就把每一样实验材料照成照片，然后根据学生汇报的方法进行组合。可这又需要钱，能不能找到不花钱又更好的办法？毕竟图片与实物还是有差距。另外，图片有时也不能将立体感很好地表现出来，也许还会给学生帮倒忙。

晚上躺在床上还在想这个事，夜已经很深了，忽然，眼前亮了一下，用实物把学生设计出来的方法直接贴上去不就得了吗？还照什么照片呀？反正所选择的材料都很轻，用胶带就应该行，再说学生看起来也直观呀。太好了！马上推了一下旁边睡着的那位，却没有反应，只哼了一声。看来只能独享这份喜悦了！

但是第三次试讲时，苏校长和齐主任同时给我提出了一个问题：这些实物贴法有问题，滴沥耷拉不整齐。用细胶带把烧瓶之类的吊在黑板上，确实是乱了些。怎么解决呢？齐主任帮着想了一个很好的办法：用宽胶带粘在烧瓶中间，每一种方法都这么贴，保证能整齐。哎呀！这个方法真是太好了。就这么办！

3. 第四次试讲是在阶梯教室进行的。这次试讲是最后一次，思路基本确定了下来，不再变动。只有一个地方需要再次动脑筋，那就是在阶梯教室有限的空间里怎样安排10个小组共45个孩子，另外还要让出很大一块材料区。因为在这节课的教学设计里必须要用热水，并且一定要安全用热水，出一点事故都不行，评优课得几等奖还是小事，孩子的痛苦是无法弥补的，如果出现这种情况，并且是因为教师组织有问题，那么绝不是一两句话能了得的。

听完课，王主任就跟我提出了这个问题。确实，让三年级小学生用托盘端将近 2000 mL 的两大烧杯水从中心材料区走两三米远回座位，并且端水时没有组织学生排队取水，况且还有一杯是超过 90 ℃ 的热水，想想真是后怕。刚才这个班的孩子没出事真是万幸……不敢想了，得改。我一边听石老师讲课，一边望着阶梯教室前面的上课区发呆，怎么在有限的空间里既放下学生又解决安全问题，还不影响教学设计安排？哎，有了，由原来的 10 个小组变成 9 个小组，将 9 组桌子摆成马蹄形，马蹄中间竖着放三张桌子，作为材料区，只让组长排队来端 1000 mL 冷水，热水由我到组里去倒，不让学生端热水了。对，就这么办。

>>>>>>>

*2007*年 *4* 月 *9* 日　　星期一

评优课终于结束了

今天，评优课终于上完了，晚上咱什么都不干，我要使劲儿待着。想想，确实像许校长说的，参与了一次大练兵。不管结果怎样，我都要感谢每一位给我开了绿灯的领导、老师的帮助，哪怕一句话，一个微笑。真的谢谢，我会记得你们每一位！

>>>>>>>>

*2007*年*4*月*12*日　**星期四**

《空气的热胀冷缩》 课后反思

　　"新新杯"评优课结束了。我参加的是科学学科的教学技能评比，授课内容为教科版《科学》教材三年级《空气的热胀冷缩》一课。需要好好反思一下，以便日后再教这一课时查漏补缺，使学生能够向 40 分钟要更大收获。

　　本课教学按照教材编写意图，应该在讲解完液体热胀冷缩以后再学习，这样学生可以借鉴液体热胀冷缩实验设计的要求。但是根据活动安排，只能选择 4 月 10 号以后的课程，所以确定了选讲这一内容后，我内心很清楚的一点是，进行教学设计时，必须考虑到液体热胀冷缩学生还没有学过。此外，由于三年级学生年龄小，设计实验的训练刚刚处于起步阶段，所以本课教学难点，就在于怎样启发引导学生设计实验来证明自己的猜想。怎样突破这一难点是我必须解决的问题（教材编写者大概后来也注意到了这一课内容对于三年级小学生来说有点难，现已放在了五年级下册第二单元《热》的第四课）。学生只有切身通过自己设计并亲眼看到实验结果，才能真正印象深刻，并且初步具有一定的探究能力。否则的话，很可能出现学生课堂上热热闹闹，课堂下一知半解的局面。

　　具体教学过程：

　　首先是导入环节，我利用导入吊足了学生的胃口。

　　一节好的科学课，导入环节的重要不言而喻，一切科学探究活动都源自问题，学生被教师创设的情境吊足了胃口，就能主动发现问题、提出假设，这将有利于所有探究活动的展开。

　　在这一课的导入中，我遵循了三个原则：① 从学生的兴趣入手；② 关注学生的思维发展；③ 激发学生的探究欲望。

在处理短短五六分钟的导入环节时，我将其分成了三个递进的层次：

① 让所有学生吹泡泡，抓住他们爱玩儿的天性，学生表现出了极高的热情。这是他们喜欢做又极易做到的。② 增加难度，提出："不用嘴你还能吹泡泡吗？"学生先是一愣，接着便表现出不示弱，纷纷举手支招儿：用鼻子吹；用气球吹；让风吹；让电扇吹，等等。此时我所做的就是表扬，表扬，再表扬，这样不仅激发了他们继续探究的热情，还为下一层次的情境展开埋下伏笔。③ 面对他们的得意，我故作不相让，提出："我不用嘴就能让泡泡听我的话，让它大就大，让它小就小，你们信吗？"几乎所有的孩子都脱口而出"不信"。可当他们亲眼看到烧瓶口吹出的泡泡确实听我口令时，教室里顿时响起了热烈的掌声。此时学生要找到答案的欲望之火已经不点自燃。他们立即提出假设：是不是因为烧瓶里的空气热胀冷缩形成的？这一假设正是我想要的，至此，后面的探究活动就顺利展开了。

接着，根据三年级小学生年龄特征及科学实验能力的现状，引导学生设计实验，为学生搭建脚手架。以学生为主体，绝不是教师把自己置于局外，好像这节课跟自己没关系一样，任由学生"自由探索"。所以，接下来我对学生设计实验进行了有效引导："你有什么办法能够让大家确实看到空气受热膨胀受冷收缩？"学生表现出了一脸的茫然，这是很正常的。此时就是教师应该教、应该导的地方。我并没有急于要答案，而是让学生先根据教师提供的材料独立思考两分钟，目的是让学生先有一个初步设想。接着，我请学生来前面展示自己的设计。在该生谈自己的设计时，我不时反问该生同时也反问其他学生：你为什么这样做？他这样设计行吗？就在这样的交流、补充、修正的过程中，我以课件的形式为学生抽取了设计实验时要注意的四个问题：用什么装空气？怎样密封？怎样让空气受热受冷？怎么发现空气体积发生了变化？这一步实际上是在有的放矢地"教"，教给他们设计实验的方法。以后逐步地由"扶"到"放"，在教、扶、放的训练过程中，学生独立设计的能力会越来越高，从而也在情理之中突破了难点。进行到"放"的环节时，我让各小组先讨论方案，在小组内口头说说；然后动手利用老师提供的材料试试。再次交流设计研究方案时，学生设计出了10种左右的办法。

第三，组织学生亲身经历，自主探究、实践，交流，得出结论。

在这个环节中，孩子们全员参与，每组选择一种实验方法，然后分工合作，认真观察，细心记录，实验完毕，让孩子们表述自己的发现和得出的结论。

第四，利用先进的多媒体设备，向孩子们展示科学家的研究成果，从微观视角验证他们的结论。此处我对于空气分子所作的布朗运动仅仅点到为止，不求学生认识多么深刻，只求学生能够亲眼见到气体内部膨胀与收缩的样子，变不可见为可见，学生印象很深刻，就可以了。

第五，在探究方法和联系生活实际上进一步拓展，让学生的思维不仅仅停留在课堂上。看似完成的探究活动并没有终止，此时我依据板书帮助学生对实验方法进行梳理、归类，使学生明确自己的设计原来是遵从自然规律的，是科学的。由于借助液体热胀冷缩装置观察气体的热胀冷缩现象这种方法学生很难想到，所以我直接给学生出示该装置，但要求学生自己来设计实验。由于有了前面的实验设计基础，学生处理起来轻而易举，实验装置一出现，马上就有学生举起手来，提出用红水密封住烧瓶中的气体，再放入热水和冷水，看水柱的移动情况。这样做，既有对该探究实验设计原理理解的巩固，又有对探究结论的又一次加深认识，同时使学生明确同一个问题可以由多种方案来证实，可谓一举三得。

不仅如此，学生还要从课堂走向生活，所以，我出示踩瘪的乒乓球怎样恢复原状等生活问题要求学生回答。最后布置作业，要求学生去生活中寻找空气的热胀冷缩现象或者这一科学原理在生活中的应用，把探究活动延伸到课外。

第六，将评价自然地穿插在整堂课的每一个环节中。好孩子是夸出来的，因此，每当学生提出自己的观点、想出又一种新办法或者敢于展示自己的方案时，我都会用最富有激情的语言给孩子以鼓励。例如，当孩子们看到泡泡真的听我的话，立刻提出自己的假设，认为是空气热胀冷缩现象，我马上激励他们：敢于猜想就等于迈出了科学发现的第一步，你们的第一步迈得真精彩！孩子们的眼睛立刻亮了，我想他们一定想再迈第二步、第三步……

今后要注意的几点：

第一，本次课上下来，觉得给学生实验和汇报实验情况的

时间少了一些。如果前面设计实验方案时分两个层次处理，也许会压缩出一些时间，即实验过程中再次生成的方法可以随时告诉老师来板演补充，也可以在汇报实验时与大家共同交流。

第二，学生的语言表达能力还有待进一步培养，说完整话，表达完整意思，声音洪亮，大胆表达，这些都应该常抓不懈。

第三，日常教学也应该像这次参赛一样，教学设计深思熟虑，教学内容熟记于心，教学对象备好备透，只有这样，才能不愧于一名合格的科学教师。

>>>>>>>

*2007*年 *4*月 *20*日　星期五

巧用多媒体，服务教学

这学期，六年级教材多以观察、搜集资料、讨论研究方面的教学内容为主，但是课本上所给的资料非常少，不管是文字的还是图片的。即便我把教参的内容补充进来，整堂课还是显得非常干瘪。怎么办？

1. 在网络上查询有关资料。例如，为了让学生了解非金属矿产的种属，我不仅查到了中国共有 88 种，并且详细了解了方解石、金刚石、辰砂、方钨矿的有关内容。特别是结合央视《鉴宝》栏目讲解辰砂这种矿产，不仅使学生更好地了解了这种几乎算是中国特有的矿产，并且通过将美国的辰砂王与中国的辰砂王从大小、重量等方面进行对比，无形中对学生进行了爱国教育。

2. 在讲解《空气污染》一课时，查询空气污染图片的过程中，我发现了几个抵御空气污染对身体健康危害的食谱，这立刻引起了我的兴趣，于是下载了下来，课上推荐给了学生。

没想到学生比我的兴趣还浓，纷纷抄下来或者发送邮件到自己的邮箱中，准备回家让家长照着做。

3. 为了便于教学，在我的提议下，学校为我们科学组购买了Discovery"探知学堂"系列光盘，这些盘太好了，很好地弥补了我们教学资源的不足。印象特别深的是，在讲解生活污水、医院污水污染水域时，我就巧妙地用到了其中的内容。资料介绍的是人体在感染沙门氏菌（一种寄居在鸡和牛体内的细菌，会随着鸡肉、鸡蛋、牛奶进入人体细胞）后的一系列病态反应：腹痛、呕吐、腹泻。这些排泄物会进入生活污水、医院污水中，进而污染水体。当然，片子里没有这样明确地说，这就只能靠教师合理利用、有效整合。学生在看完片子及听完我的讲解后，理解得就更加透彻了，这一点我从他们专注的眼神中能够读出来。此外，这个片子很好地利用了电子技术，让孩子们走进了微生物世界，生动形象，这是教师用语言无论如何也表达不出来的。

4. 有问题马上查。一次讲到鸭嘴兽这种动物，因为它是活化石，作为原始哺乳动物它至今还活在世界上，学生表现出了极高兴趣，突然有学生问："老师，现在鸭嘴兽在哪里生活呢？"我在备课时还真的没有备到这一点，只好不知为不知，但我没有敷衍学生，马上说："我们上网查查怎么样？"孩子们一致同意。于是我就派小不点儿廖佳奇来完成这个任务，这个孩子计算机使用很熟练，不到两分钟就找到了答案：在马达加斯加和澳大利亚有鸭嘴兽存活。孩子们释然，我也丰富了知识。网络真好！

4 月

>>>>>>>

*2007*年 *4*月 *29*日　星期日

一封没有想到的来信

　　昨天，收到了一封没有想到的来信，是一年级4班何琪瑶的妈妈写来的。

　　尊敬的科技课老师：

　　您好！抱歉我不知您的尊姓大名，只好称您科技老师了。我是一（4）班何琪瑶的妈妈，经常听她讲起科技课，我发现她对科技课的喜爱程度超过了所有课程！一说起来就兴高采烈的！我想这和您及课上丰富多彩的活动有很大关系。

　　另外，她在家种了萝卜根，正等待它长大开花；她还把干花浸在水里给布条涂色；她剪了很多花形的剪纸……我曾打电话给您，但不巧您可能在上课，我想告诉您孩子对科技课的喜爱!! 最后，值此五一佳节，祝您节日快乐！全家幸福！

一（4）班

何琪瑶妈妈

4. 28

　　看到信，我的第一反应是：怎么了？我的工作在哪里出现问题，家长找来了？哦——不是！好感动。我当场给一（4）班同学读了这封信。一方面勉励何琪瑶要继续保持她对科学课的兴趣；另一方面让其他孩子听一听别人是怎样对待科学研究的，别看何琪瑶所做的科学实验很不起眼儿，那可是一个对自然充满好奇心的儿童对科学知识的渴望啊！

6月

我这样写了回信：

瑶瑶妈妈：

您好！真巧我的儿子也叫垚垚，这大概也是一种缘分吧。

看了您的信，我很感动。其实我只做了我该做的，没有想到孩子那么喜欢。很多孩子都喜欢科学课，我想这可能就是科学的魅力吧！

我会用您的话勉励自己给孩子们带来更多惊喜，让他们在科学课上有更多收获！

也祝您及家人节日快乐！

科学老师：吕春玲
4. 29

我知道，由于长期应试教育的影响，家长们在思想深处对于学校开设的课程总是自觉不自觉地分成两类：主课和副课。我也曾经这样分过。但现在我不那么认为，以小学科学为例，到了中学就分支为物理、化学、生物、地理四门课程，因此小学阶段的科学课就是在为中学作准备，正像《科学课程标准》里写的，"担负着科学启蒙教育的任务"，学校开设的每一门课都有它存在的价值和理由。作为教师，我更不应该有这种偏颇认识，只有自己重视了，孩子才会重视。

>>>>>>>

2007年6月4日 星期一

"老师您等会儿，我这有份剪报您看看……"

今天是六一放假返校的第一天。一早到校去吃早饭，碰到

21

了六（7）班的牛泽群。老远见我他就忙着在兜里掏着什么，走近后，他忙说："老师您等会儿，我这有份剪报您看看，我觉得跟您上课时讲过的水富营养化有关。"我拿回来仔细阅读，确实，这两天我也从广播、电视等媒体上看到了无锡太湖流域蓝藻暴发的事件。目前政府已经发射39枚火箭弹人工降雨阻止蓝藻的继续蔓延，与此同时又在进行人工打捞蓝藻，居民生活用水基本得到改善，但是要想得到彻底改善还需一段时间。据专家介绍，此次蓝藻暴发根本原因是工业、农业以及居民生活排放的污水造成的水体富营养化。

读完这份报纸感到非常欣慰。第一，为牛泽群的好学，能够关注时事并结合课上所学，好！第二，为有这样一批好学的孩子高兴。第三，为自己的工夫没有白费。看来，课上讲的他们接纳了。

其实，像牛泽群这样的孩子还有很多，比如六（3）班的王子奇曾拿来三叶虫化石，六（4）班的王小芃拿来了养的蚕，六（4）班的沈列昆拿来了鱼化石，六（1）班的陈万新还将外出参观的声波展示和飞来去得拍成录像送给实验室，还有一年级的赵禹辰、赵晨曦等七八名学生带来了自己养的花，等等。他们在课后还能关注课上所学，这种学习品质真好，得表扬。

说明：

牛泽群后来上了北京交通大学附属中学。曾记得我第一次给他们班上课，便得知他是全班逆反心理最强的孩子！我大胆地告诉他、告诉全班，我喜欢有逆反心理的孩子，因为逆反证明你是有想法的，你在长大！没想到，牛泽群在我的课上一直也没有表现出逆反，而且，独到的见解总是从他的口中传出。

>>>>>>>

2007年 6月 7日　星期四

听北大附小石润芳老师的课有感

　　最近，有幸听了北大附小石润芳老师执教的《食物在人体里的旅行》。整堂课很朴实，像一条自然流淌的小河，丝丝入心。

　　这节课以下几个点特别值得我学习。

　　第一，注重前测。

　　石老师这一课用的是北京五一小学的学生。课一开始，石老师首先发给学生一张人体半身内部结构图，请学生在图上标注出食物从口腔进入会途经哪些器官；其次，请学生提出自己想知道的关于人如何消化吸收食物的相关问题。由此，石老师做到了对学生的初步了解，也为后面的学习作了铺垫。

　　第二，注重让学生自己搜集资料，找出所提问题的答案。

　　石老师没有使用常规方式拿着人体半身模型进行讲解，而是发给学生一张文字资料，又提供了一段视频资料，学生可自由选择进行资料搜集整理，找出问题答案。这样有利于培养学生搜集整理信息的能力、交流能力、合作意识。学生汇报所得后，石老师又给出一段视频，是食物在人体内消化吸收的正确过程，让学生进行对比，修改自己的认识，最终得出结论。

　　整个过程中，教师的引导作用发挥得淋漓尽致。

　　第三，注重实践，帮助学生体验食物的消化过程。

　　石老师安排了两个简单但效果相当好的实验：第一个是用透明塑料袋、水、一小块面包实验，来体会胃是如何蠕动将食物变成食糜的；第二个实验是用一根自制的布肠子让学生来体验小肠6米长这个概念，给学生以感观上的冲击。

　　一节课下来，学生轻松愉快，但效果很好，我作为听者也倍感舒服。

>>>>>>>>>

2007年 6月 13日 星期三

我们的家长真好！

　　一年级讲完水培白菜花和萝卜花以后，我要求孩子们学着自己栽种，有条件带到学校来的可以带到实验室来养，没条件的在家中养，如果可能拍成照片拿过来交流。

　　一（9）班赵禹辰拿来了一颗魔豆，据说这颗豆子上刻着字，而且生长速度极快。我和孩子们迫不及待地打开了那个神奇的罐罐，里面满是蛭石。我告诉了孩子们这种新型"土壤"的名字，然后让赵禹辰亲手给种子浇足了水，接下来便是和（9）班的孩子们着急的期盼，几乎每天中午都会有几个小脑袋挤在实验室的玻璃窗前往罐罐里望。豆子终于伸起了懒腰，第二天就足足有了7厘米，接着每天都以惊人的速度在生长，最让我们高兴的是豆瓣上真的刻着"亲近自然"的字样。我当着全班同学的面用手机记录了赵禹辰和这魔豆的合影，禹辰很高兴。

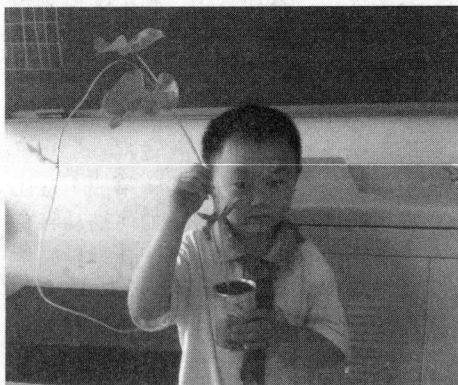

赵禹辰和他的魔豆

6月

没想到，赵禹辰的妈妈写来了一封短信并且又送给了我们两盒。

吕老师：

　　您好！在孩子们的成长过程中能为他们做点事是我们家长非常高兴的。听禹辰讲他非常喜欢科学课，这与您的工作是分不开的，我们非常感谢！

　　希望以后能与您多联系！再送您两个魔豆给孩子们做实验用。

家长：安奇惠
6.13

　　可能是孩子回家之后讲了学校里发生的事情，家长被老师和孩子们的好奇感动了吧！我也及时并且热情地回了信，向家长表示了感谢，并且不失时机地向她介绍了科学课的有关事情，还表明像她这样的家长太好了，有了她这样的家长我们的孩子才会全面发展。我把赵禹辰和那棵魔豆的照片洗出来送给他们一家人，相信他们会非常高兴的，也希望一个教师的小小举动会对这个孩子的一生有所影响。

2007年07月

日	07月01日	
一	07月02日	
二	07月03日	
三	07月04日	
四	07月05日	
五	07月06日	
六	07月07日	
日	07月08日	
一	07月09日	
二	07月10日	
三	07月11日	
四	07月12日	
五	07月13日	
六	07月14日	
日	07月15日	
一	07月16日	
二	07月17日	读 《科学究竟是什么》 有悟
三	07月18日	
四	07月19日	观察记录的科学性、客观性和准确性
五	07月20日	
六	07月21日	
日	07月22日	
一	07月23日	
二	07月24日	
三	07月25日	
四	07月26日	
五	07月27日	
六	07月28日	
日	07月29日	
一	07月30日	
二	07月31日	

学习是从张红霞教授的《科学究竟是什么》开始的。这本书的题目太好了，我看得很认真，虽然这两篇日记很长，仍然有很多想法没有表达出来。但有一点是明确的，读过之后，我才明白，以前很多的地方我是不够专业的。当然我不能仅仅外归因，说什么"半路出家"，那样的心态永远只能停止不前。

2007年

>>>>>>>>

7 月 17 日 星期二

读《科学究竟是什么》有悟

这些天一直在读《科学究竟是什么》，感觉很好。虽然以前教过几年自然课，但真正接触科学课才不到两年。作为一名小学科学教师，我首先要搞清楚一个问题："自然与科学的联系和区别究竟是什么？"只有这样才能更好地运用新理念进行科学教学，否则一切均属本末倒置，只会做一个糊里糊涂的科学老师，我不想因为我的原因耽误学生。

偶然一次机会，我从区教研室王思锦老师那里得到了一本蓝皮儿的《科学究竟是什么》，这本书是南京大学教育系张红霞教授撰写的，科学教育界的专家郁波老师还亲自为此书作了序。我如获至宝，回到学校就如饥似渴地读了起来。这本书解答了我的疑惑。

一、两者目标不同："自然"重知识建构；"科学"不仅重知识，更重如何教孩子们获取知识。

小学自然"电路"一课教学目标是让学生通过实际操作认识什么是电路，知道一个简单电路是由哪几部分构成。几年前在教这一课时，我总是先出示简单电路的四部分：开关、电池、小电珠、导线，然后出示电池夹、小灯座等与电路相关的元器件。边出示边在黑板上写出它们的名字。实验时，我一步一步教孩子们怎样连接，实验后，一步一步给孩子们总结出实验结论。看似井井有条，有板有眼，正确率极高，其实学生已经俨然成为一个被动的"接收器"，教学效果甚微。在下一节课的提问中，5%的学生竟叫不出简单电路各部分的名称；40%的学生不能全部叫准确；可见，教学的基本任务都没有完成。

7月

参加"九五"科研课题"自然科学与素质教育"的子课题"培养学生自主学习能力的教学策略研究"以后，我努力尝试着用新理念教旧教材，于是这样改进了教学：课一开始，我就进行了"第一放"。首先向学生出示连接电路的各部分元器件：开关、电池、电池夹、导线、小电珠、小灯座。然后让学生以小组为单位讨论它们叫什么名字，怎样组合使用。教室里立即响起了热烈的讨论声。在学生汇报的基础上我再给出准确答案，然后让学生根据图示自己连接一个电路，并实验是否成功，这是"第二放"。当学生们发现小电珠亮灭自如时，高兴得不得了。这时，我紧紧抓住这个契机，要学生自己动手，在原有实验的基础上，再增加一节电池，组装一个有两节电池的电路。

这个时候，问题出现了，有一个小组的小电珠不亮了。当他们看到别的组都惊喜地欢呼时，急得抓耳挠腮直叫我："老师，我们组这个怎么不亮啊？"我没有急于回答，也没有急于完成下面的教学任务，而是让其他组的同学帮助查找原因。这是"第三放"。这下教室里可热闹了。有的说："老师，可能是电池没电了。"有的说可能是电珠坏了，也有的说可能是电池的正负极放倒了。经过那组学生的检查，前面两种假设被否定了：电池是新的；小电珠放到别的组的电路中去试，亮了。"老师，那一定是电池放倒了。"一名学生站起来说。这时，这个组的学生查看后把其中的一节电池调换了方向，再一试，真的亮了。

从改换思路以后的效果看，在培养学生科学能力上的确有所突破，比如注重了学生交流能力、动手能力、分析能力的培养，对学生的探究能力有所涉及。但是从科学课教学目标的定位上看，有些地方仍然不科学。比如让孩子们给电路元器件命名就不太可取，白白浪费了探究时间。在海淀区小学科学研究课上，五一小学的王少刚老师处理这个问题就没有过多浪费时间，而把重点放在了如何让学生动手连接电路，自己探究电路的正确连接方法上。为了避免开关在连接时的干扰，王老师还特意省去了连接开关的环节，设计非常巧妙。学生在活动中确实提高了探究能力，培养了小组合作意识，同时在活动过程中建立了电路概念。

二、两者内容有异："自然"内容零散，知识与过程分开；"科学"用"统一概念体系"统领零碎知识，内容与目标

"水乳交融"。

美国《国家科学教育标准》中指出了内容重点的改变（见表1-1）。

表1-1

过去强调	今天强调
了解科学事实和信息	理解科学概念和培养探究能力
单纯学习有关学科（物质科学、生命科学和地球科学）	以科学探究、技术、从个人和社会视角所见的科学及科学的历史和本质等为背景学习有关学科
把科学知识和科学过程分开	把科学内容的所有方面综合在一起
覆盖许多科学主题	研究某些基本的科学概念
将科学探究作为一组过程来开展	将科学探究作为教学方针、能力有待研究的概念来开展

从表1-1中不难看出，今天的科学强调的是"统一的概念体系"，现在的科学课教材也是本着这一原则编排的。最初我并不理解这一点，以六年级《科学》"水在自然界里的循环"一个单元为例：

以往《自然》教材中"热空气"一课属于一个独立的知识点，拿到六年级《科学》教材后，我发现"热空气"一课安排在"水"单元进行教学，这是为什么？难道印错了？之后，我反复阅读教材、教参，终于弄懂了编写意图。原来，编者旨在帮助学生理解是热空气带动了空中的水蒸气上升，到空中遇冷凝结成云，从而形成降雨的。搞清楚这些之后，我首先确定了本课在本单元中的位置，即为理解云、雨、雪的成因作好知识储备。于是我在"热空气的特点"一课设计中果断地确定了本课的教学目标是让学生知道热空气比冷空气轻，并且会上升，上升时可以携带轻小物体。学完这一课后再来学习雨雪的成因，我真的感到了水到渠成，而学生在建立水循环的概念时也没有出现"断路"的现象。

看来，这种"统一的概念体系"的确体现出了独有的优越性，我们应该继续实践这种内容的编排方式，采用更恰当的教学方式让孩子们对学习内容有一个系统的了解。

那么，怎样的教学方式才更有利于学生科学素养的形成呢？《科学课程标准》明确指出，学生学习科学应以"探究性学习"为核心。那么什么是"探究性学习"呢？其实探究性

学习是一种积极的学习过程，主要指的是学生在学习过程中自己探索问题的学习方式，是仿照科学研究的过程来学习科学内容，从而在掌握科学内容的同时体验、理解和应用科学研究方法、掌握科研能力的一种学习方式。

在小学阶段，对学生科学探究能力的培养要求达到什么程度呢？《科学课程标准》的"内容标准"里明确提出："必须符合小学生的年龄特点，由扶到放，逐步培养。"在具体的教学实施过程中，可以涉及科学探究的某一个或几个环节，也可以是全过程。探究教学模式一般包括如下几个前后衔接的过程：发现问题——提出假设——设计实验——汇报交流——形成结论。结合自身教学实践及听课学习中的一些实例，我认为探究教学中有两点特别重要。

一、科学教育要培养的是合作精神，而不是竞争。

（一）竞争不是美德，是一种原始的生存技能。科学需要合作，尤其是今天的科学发展，已经进入了跨学科、综合的"问题驱动"的阶段，所以更需要合作。张红霞教授的一项问卷调查表明，有31.4%的教师在自己教学中遇到过一次甚至多次竞赛中因嫉妒而破坏他人实验的现象，这是值得我们深思的。但是我们在教学中似乎经常在用，例如，比一比哪个小组连接得快，比一比谁的实验最成功，等等。现在看来，表面上组织得很好，激发了学生的热情，但是已经埋下了不科学的种子，对培养学生的科学素养是不利的，以后要慎用。

（二）合作不等于学生不独立思考，恰恰相反，这种合作是建立在独立思考之上的，只有这样，小组成员的合作才是有效的。

例如，海淀区学科带头人教学展评活动中袁涛老师的《骨骼》一课教学设计就多次采用了小组合作，几乎整堂课都是在合作学习中进行。从根据生活经验和摸摸自己的骨骼，小组合作先拼骨骼图，到拼完组间相互评价，再到利用教师给出的正确骨骼图修正小组自己的第一次拼图，每一步都体现着小组合作的智慧，一堂课上下来全体学生都参与了活动，体验到了成功的乐趣。

（三）不要为了合作而合作。比如，把一杯水从地点 A 拿到地点 B，只要一个学生就够了，这时就没有必要让两个学生抬过来。再比如，我们工薪阶层想买辆汽车，那可不是小事，我们肯定要到网上查一下资料，要跟家里人商量商量，要咨询一下有车的同事和朋友，等等，最后才能定买辆怎样的车。这种大事要合作要讨论要交流。如果去超市买瓶饮料，自己能定就定了吧！我想科学上的合作也应该是这样。不过说起来容易，实践中还要我们好好揣摩呀！

二、科学课上也要德育渗透，但是千万不能上成思想品德课。

我曾有过这样一个课例：

"摸"是一年级第二单元"观察物体"一课中的一个教学环节。学生在用手充分感知物体有冷热、软硬、形状等性质之后，教材安排了读盲文活动使学生认识手的感知作用，同时进行思想教育。

而我在教学时将尊重、帮助的思想教育放在了重点位置，而把探究手的作用放到了一边，结果上成了思想品德课。我设计了三个活动：活动一，蒙起眼来穿衣服。目的是通过游戏导入新课，激发学生兴趣。活动二，摸盲文。目的是通过小组一起摸猜盲文，体验盲人用手"读"书的困难。活动三，过"马路"，体验盲人生活的困难。这里用一组对比实验，即一组学生蒙眼一组学生不蒙眼完成某项任务，看谁完成快，从而体验盲人生活上的不便。紧接着，由学生讨论：该怎样帮助盲人。最后，我出示课件，让学生认识残疾人精彩的一面，教育学生不仅要帮助残疾人，更要学习他们身上顽强的毅力。

一堂课下来，学生的确理解了盲人生活的困难，但是离科学课的教学目标却越来越远，幸好教研室王老师及时指出了我的问题，帮助我赶紧回了头。

>>>>>>>>

7月 19日　星期四

观察记录的科学性、客观性和准确性

今天读《科学究竟是什么》，知道了什么样的观察记录才是科学的、客观的和准确的。

书中有这样一句话："描述是解释的基础，描述是证据，解释是观点。"美国《国家科学教育标准》中有一个"蚯蚓"的课例。教师 F 女士在课堂讨论中，将孩子们发现的所有科学问题都记在"黑板"上，同时，提醒他们要"把注意力集中在对蚯蚓的观察上"，而不是集中在很多推测的东西或书本上看来的东西上。

这位 F 女士的要求很科学很到位。我们小学科学课中的实验更多的是观察实验，这种观察在很多情况下都被学生以主观认识或间接认识所代替，他们为了说出正确答案得到老师、同学赞许，回答的往往并不是他亲眼看到的东西。别说学生，就连我们老师也时常犯类似的错误。以学生对蜗牛的两组观察描述为例，我们来分析一下什么才叫客观的观察描述。

报告 1

蜗牛有 2 厘米，背上背着一个螺旋形的壳，很硬，上面还有棕色的花纹。头上长着两对触角，上面的触角较长，尖上长着一对眼睛。下面的触角较短。蜗牛的粪便是茶色的，很细。蜗牛的胆子很小，一有人碰它，它就把头缩回壳里。它喜欢吃黄瓜、菜叶等蔬菜类的食物。

报告 2

我家有一只可爱的蜗牛，它的触角很长，头很小，爬行的时候很慢，它的壳有大有小，形状不一。吃东西的时候才好玩

儿呢！一会儿就吃完了，等它爬走了以后，我看见吃的菜叶上有牙印，可是很小，你要不仔细看，就一点也看不出来。这说明蜗牛的牙很小，它的嘴是"W"形的。

报告 1 中的描述是客观的，没有一点主观色彩，看到的是什么样就是什么样；报告 2 中的描述则带有浓重的主观色彩，例如，"可爱"、"好玩儿"就带有观察者的感情。科学是为了客观地了解某种现象、事物，从而掌握它、改造它、利用它或者攻克它。显然，这个孩子把科学与语文混淆了。特别是这一句："你要不仔细看，就一点也看不出来。这说明蜗牛的牙很小，它的嘴是'W'形的。"这根本就是主观臆断。

今天的阅读，使我对科学观察记录的要求有了更清晰的理解，今后教学过程中应注意，不能让不科学的东西再在课堂上出现。

2007年08月

三	08月01日	
四	08月02日	
五	08月03日	
六	08月04日	
日	08月05日	
一	08月06日	
二	08月07日	
三	08月08日	学科教学内容不同，但教学方法却有共通之处
四	08月09日	
五	08月10日	发现了一本好书
六	08月11日	第一印象
日	08月12日	原来小组合作学习有这么多技巧可言
一	08月13日	学到了一种让学生都动起来的方法
二	08月14日	顿悟——再谈袁涛老师的《骨骼》一课
三	08月15日	"3乘3等于9是因为星期一乘以芒果等于9。"
四	08月16日	
五	08月17日	
六	08月18日	
日	08月19日	
一	08月20日	以往犯的一个错误不能再犯了……
二	08月21日	
三	08月22日	
四	08月23日	
五	08月24日	
六	08月25日	
日	08月26日	
一	08月27日	
二	08月28日	
三	08月29日	
四	08月30日	
五	08月31日	

这个暑假，虽然没怎么出去玩儿，但过得很充实，我实践着自己的诺言——丰富自己！感觉到了学习的快乐和思考时普遍联系的快乐！

8月8日　星期三

学科教学内容不同，但教学方法都有相通之处

　　这些天阅读了《成长的足迹——海淀区 2006 年小学学科带头人教学创新奖展评优秀教学设计及学科分析报告》，该书共收入 27 篇优秀教学设计，内容涉及了语文、数学、英语、品德、写字、音乐、科学等学科，每一篇都渗透了执教老师的汗水，浓缩了他们十几年、二十几年的教学经验，是他们教学改革、创新思想的精华，值得一看！

　　第一个突出的感觉是：课前关注学生。

　　每一位执教老师都注重在上课之前先了解学生课前知识、能力的储备情况，然后再有针对性地进行教学设计。这一点表现最突出的是几位数学老师，这可能和数学学科特点有直接关系。他们所选用的一般是前测问卷，教师通过对学生试卷答题情况的分析，做到心中有数，所以设计就有的放矢，直中要害。以五一小学李志芳老师《可能性》教学设计中学生情况分析为例，在选择参加前测学生时，李老师精心设计，在班上几十个学生中只挑选了几个知识、能力水平中等的学生。李老师为什么要这么选？大概是他认为中等学生身上可以体现该班学生的平均水平。而中国人民大学附属小学的石秀荣老师在进行《鸡兔同笼》教学设计前测时，则是随机选择了班内 15 名学生。出现的前测结果当然也就呈现了多样化局面，更加能够说明问题。红英小学胡芳老师进行《24 时记时法》教学设计前测时，则采用全班 30 人同时参加前测。不管选什么样的学生，选多少学生参加前测，最终目的都是要进行学情分析，以

便进行下一步的教学设计。至于哪一种对，哪一种更好，应该没有定论，而要根据教学内容，根据教师自身需要来定。这种前测在科学课上是否也有用武之地呢？如果用，应该在怎样的课前用？怎么用呢？方式除了问卷，是不是随机聊天、实验、介绍某种学生没有用过的器材等等都可以呢？今后的实践中应该尝试一下。

第二个突出的感觉是：课上关注学生。

通过阅读我发现，无论是语文课上的"抓关键词句，感悟文本"，还是科学课上的"动手做科学"，抑或是品德课上的"以评促教，以评促学"等，无不体现了新时期教学改革"以学生为本"的理念。

以我们学校王晓英老师《生死攸关的烛光》教学设计为例：王老师首先根据多年实践经验，以及该篇课文故事情节性强、理解难度不大的特点，确定了词语教学是重中之重，进而将结合课文内容理解相关词语并感知一些理解词语的方法列为教学重点。我想，王老师希望通过抓重点词来带动学生理解全篇，理解人物的所作所为、所想所说，从而使学生感悟人物在危险面前所表现出来的机智与勇气。教学中，王老师紧紧抓住"不堪设想"等词语，运用各种方法促进学生对词语本身，以及对文章内容的理解、把握，而不是流于表面，流于热闹，充分体现了词语内化方面以学生为主的理念。此外，王老师在对文中人物的评价上给了学生巨大的空间。一千个人读哈姆雷特就会有一千个哈姆雷特，这是不争的事实。这样的设计不仅体现了教学的开放性，也体现了以人为本抓住学科特点的理念。

又如，翠微小学袁涛老师的《骨骼》一课教学设计，借助的是美国 FOSS 教材的设计理念，整堂课学生在袁老师的引领下，亲历了学习与实践的整个过程。通过亲历实践活动，袁老师引导学生初步了解人体骨骼的大致连接状态，知道人体主要骨骼的位置、名称及外部特征，初步建立骨骼的科学概念，初步经历从科学角度探究事物本质的过程。以往教学我们往往采用图片、骨骼模型加上教师讲解的方法学习这一内容，教师感觉累，学生感觉乏味。袁老师的设计是，学生通过自摸身体骨骼，先小组合作初步连接——小组间评价，找差距——再给出正确骨骼连接图，小组修改拼接图——再次展示拼接成果，谈体会——认识重要骨骼名称——出示马骨骼图片与人体骨骼图片，找出二者之间的异同，进行拓展。可以说，这样的设计激发了学生兴趣，挖掘了学生潜能，使学生亲历了科学探究过程，注重了学生实践能力的提高。值得学习的是，虽然袁老师很大程度上借鉴了 FOSS 教材对这一课的设计，但他同时关注了国情，关注了自己学生现状，并加上了自己的理解，这样做，将有助于推动在教学改革中对西方教学理念扬弃方面的实践。

第三个感觉是：见识了老师们课后的真功夫。

我相信，这二十几位老师的教学设计，绝不是拍拍脑门就写出来了，他们所得的荣誉也绝不是偶然，正像王主任说的：做学问要经得住寂寞，要踏踏实实，一步一个脚印。我更觉得，搞教学要注意积累。只有注重从方方面面学习，才能实现量变到质变的飞跃，这 27 位老师不就是很好的例证吗？

>>>>>>>

8月 10日　星期五

发现了一本好书

一直想读些专业的书，今天终于找到了一本。

这本书是从思创书店买到的，是"基础教育改革与发展译丛·教学模式与方法系列"中的一本，书名叫《合作学习的教师指导》，是美国的 George Jacobs，Michael Power，Loh Waninn 著，由杨宁、卢杨翻译。书的名字一下子就吸引了我，粗略一翻，简直就是一本实用手册。买！

>>>>>>>

8月11日　星期六

第一印象

　　今天才发现这本书原来不是我想象的那样，只适合科学课，只适合科学老师阅读，越看越发现，这里讲的合作学习其实广泛适用于语文、数学、英语、科学等多门课程。真实用啊！先看看怎么用在自己的学科上。

　　"合作是一种社会准则"，这句话是作者明确提出的，因为人是一种社会性动物，任何一个人都不可能离群索居。现代社会越来越强调这一点。对于儿童和青少年的教育，更加有必要突出"合作"这一被默认的社会准则。更何况，这种教育也更符合儿童和青少年的心理需求，因为有的时候他们对同伴的兴趣和关注点超过了教师和教师所教授的课程。我国"九五"期间就有人开始尝试这种"合作"学习模式，如今已经日趋完善，有了自己的特色。但是也出现了一种可怕的现象，就是盲目模仿，模仿的又只是形式、皮毛，很多老师不能从理论角度将合作学习系统化、系列化，而这本书有理有据，将"合作学习"的内涵和优点、如何实际操作及合作学习的常见问题等内容，共分了十七章进行撰写，叙述清晰，切合实际，阐述全面，易于操作。

　　这么好的书，得细细地读。

8月 12日 星期日

原来小组合作学习有这么多技巧可言

以往上课，自己模仿的成分更多，模仿小组合作的形式，追求的是合作的最终效果，在如何增进小组合作技巧方面，即在内功上下得不够。读《合作学习的教师指导》时，发现书中对如何增进小组合作技巧出了不少主意。

例如，书中提供了一种增进小组间合作的技巧：问题组答。

第一步，学生写出自己的问题（可以是以前的课程，也可以是现学的）并自己解答，然后交换问题但不交换答案，并回答对方的问题。

第二步，对比答案，两人互相商议出比原先更好的答案。这实际上更像一场焦点讨论，目的是让学生找出比两个答案更好的答案——以证明两个人的智慧强于一个人。

类似这样的方法还有很多，开学我要试一试。

>>>>>>>

8 月 13 日　星期一

学到了一种让学生都动起来的方法

　　老师们上课时总免不了担心学生不举手发言，尤其在公开课前，会特别叮嘱学生积极举手。甚至有的老师想出了会的人举右手，不会的人举左手的"聪明方法"。

　　读《合作学习的教师指导》这本书时，学到了这样一种促进学生及时互动的好方法，即"旋转木马"：

　　第一步：小组进行一个延续性的工作。例如完成一个项目、一幅画、一个实验或一场滑稽短剧，有时产品也可以。

　　第二步，小组轮流阅读、参观或体验其他组的产品，给出反馈信息。反馈信息可以说出来，也可以写出来，或是在专门收集反馈信息的地方注明。

　　第三步，小组利用参观所得改进自己的产品。

　　为了避免有人在活动中走马观花，该书还介绍了一些在活动中增强学生责任心的方法，详见第 78 页。

　　这个方法利用了学生的合作心理、竞争心理、荣誉心理，在自评、互评、改进的过程中，让学生尽可能地全员参与。

*2007*年

>>>>>>>>

*8*月*14*日　星期二

顿悟——再谈袁涛老师的《骨骼》一课

　　今天再次读到"旋转木马"这一促进及时互动的方法时，认识跟昨天有所不同。今天突然意识到，前些天看到的《成长的足迹》一书中袁涛老师所作的一节课《骨骼》，这节课的教学设计采用的是美国 FOSS 教材的设计理念和设计思路，运用的就是"旋转木马"这种及时互动的方法。据说现场教学效果相当好（我不幸没有听到那节课），整堂课学生参与率100%。

　　哦，原来如此！在袁涛老师的教学设计中没有看到他提到这种方法，但感觉美国 FOSS 教材对这一课的设计所用的方法与《合作学习的教师指南》中这一方法的描述应该是一脉相承吧！太好了，昨天读这一方法时还是在读书面意思，今天结合了课例，似乎找到了怎样读这本书的突破口，真好。很高兴！

>>>>>>>

8月 15日　星期三

"3乘3等于9是因为星期一乘以芒果等于9。"

今天看到了这样一则笑话：

一个精神病医生为三个病人都治了一年的病，觉得他们都该要痊愈了，但她还想确认一下，于是把他们叫到办公室来说："我很高兴你们康复得这么快，如果你们能回答下面这个简单的问题，你们就能够回家了。"医生问病人甲："3乘3是多少？"病人答道："星期一。"医生十分惊奇，努力掩盖着自己的失望。问病人乙同样的问题，病人乙回答："芒果。"医生的膝盖都软了，用哀求的眼神看着病人丙："告诉我，你知道3乘3等于几，对吧？"病人丙很快回答说："9。"

安慰的笑容洋溢在医生的脸上。突然，她有了一个主意，对病人丙说："你介意告诉你的同伴，3乘3为什么等于9吗？""当然不介意，"病人丙说，"3乘3等于9是因为星期一乘以芒果等于9。"

如果把这个笑话借用到我们的教学上，便揭示了一个我们教学上的常见错误，那就是教师盲目下定论，自认为学生懂了、会了，其实真正让学生能够运用所学解释新的现象、新的问题，才算学生真的明白了。就科学课而言，则是学生应该能够运用观察到的现象、得出的实验数据来解释课前的疑惑或者课前的假设。如果我们的课设计得不够好，学生并没有从观察、实验中找到有力的证据证明自己的假设，最终的结果必然是"星期一乘以芒果等于9"。其实，这样的例子并不少见，我也曾有过。主要原因还是自己对课的理解不够透，把学生备

得不够准，知识的储备不够足。多多学习，慢慢积累吧，我想会有提高的。

>>>>>>>>>

8月20日　星期一

以往犯的一个错误不能再犯了……

今天随意一翻，看到了这样一个小标题：每个小组需要同时完成任务吗？意思是说在开展合作学习的课堂上，小组完成合作任务的时间标准怎样定？要不要搞一刀切？

回忆自己上课时的感受，尤其是有人听课的情况下，总担心一个问题，千万别有实验慢的组，大家一定要配合好，不要让我完不成教学任务。所以，对于没有完成的个别组我往往会这样交代他们：没有完成的组我们下课后可以再继续做。而对于先完成的组我通常会表扬一下，并且告诉他们再试一试，或者干脆告诉他们等一下别的组。现在看来这些都是不对的，不符合科学研究的常理，科学家怎么能没有研究个水落石出就盲目听信别人的结论呢？

读完这个段落，才算真的明白了，一个错落有致、层次感强、立体结构的课堂是怎样出现的，书中很干脆地回答了小标题中的提问：当然不需要。

1. 检查那些比别人完成得快的小组，确保他们是真正完成了任务。

2. 如果一个小组真正完成了任务，就给他们一个"海绵行动"或让他们提高自己的水平。学生可以通过"海绵行动"以有效的方式吸纳一些额外时间。班级也可以组织一些"海绵行动"，比如阅读一本书、做一些家庭作业或者扩充已经完成的学习内容。

3. 如果有两个组都先完成了任务，可以把他们的成果进行比较。

4. 小组间可以相互交流他们是怎样完成任务的，这样可以为那些有困难的小组提供有用的信息。

5. 先完成的小组可以帮助那些有困难的小组。

6. 用时间限制来鼓励小组集中精力工作。时间限制应该比较灵活，如果小组都在团结一致地工作但是确实需要更多的时间，就可以延长些时间。

以上方法不可能在一堂课上全部出现，但它为我们处理同一个问题提供了 6 种处理方法。北大附小张敏老师在讲解《热胀冷缩》一课时就注意到了这一点，当时她两次运用了这些方法，虽然有些雷同，但张老师确实关注了学生小组行动时间不一致的问题。比如实验设计完备的组就可以先去实验区实验了；实验过程中先完成的组可以先回讨论区完成小组的实验报告。这一点，当时听课时印象比较深。

再如，袁涛老师《骨骼》一课也注意到了这个问题，第一次是学生自摸骨骼后拼接骨骼图片，先完成的组可以将图片挂在教室前面的细绳上，这些完成的组自己初评、作比较、找差距，没完成的组继续；第二次是看到正确骨骼课件以后再修改，修改好的组再挂到前面，再评。整个教学过程涵盖了小组评、组间评、全班评，在这一过程中袁老师照顾到了所有学生，是非常成功的，值得学习和尝试。这当然是要功夫的，更重要的是在课前要设计好，要预设到这些问题，要打有准备的仗才行！

2007年09月

六	09月01日	新学年又开始了……
日	09月02日	
一	09月03日	
二	09月04日	
三	09月05日	
四	09月06日	
五	09月07日	上好小组合作探究的第一课
六	09月08日	
日	09月09日	
一	09月10日	
二	09月11日	
三	09月12日	我看到了什么
四	09月13日	轻松随笔,自得其"乐"
五	09月14日	
六	09月15日	
日	09月16日	
一	09月17日	
二	09月18日	
三	09月19日	
四	09月20日	
五	09月21日	
六	09月22日	啊呀,不好,什么东西这么软!
日	09月23日	
一	09月24日	
二	09月25日	今天捉蜗牛的不是我
三	09月26日	给教研员王老师的一封信
四	09月27日	植物的叶
五	09月28日	
六	09月29日	
日	09月30日	

我开始了《科学究竟是什么》《合作学习的教师指导》两本书理论的实践,虽然步子算不上大,也还不算稳健,但我迈出了这一步。所依托的正是教科版《科学》。孩子们很喜欢它!

2007年 >>>>>>>

9月**1**日　星期六

新学年又开始了……

时间不会因为你的懒惰而为你停下脚步，也不会因为你的勤奋而为你奔跑得更快，每天太阳都会准时来到你的身边，不管你还困不困，也不管你是否做好迎接一切的准备，更不会理睬你的心情是灿烂还是郁闷，时间对每个人都是公平的，24小时，周而复始，永不停息。

新学期又来了！这个学期我准备实践一下《合作学习的教师指导》，给自己的课堂注入一些新鲜的东西。

>>>>>>>

9月**7**日　星期五

上好小组合作探究的第一课

小组合作探究是科学课上常用的教学方法之一。研究表明，通过参与合作学习，学生可以从以下几个方面获得益处：

48

1. 提高学习成绩；
2. 在学习中更加主动，不局限于以前的成绩和个人需求；
3. 增强学生对学习的责任感；
4. 增进同学之间的关系，积极参与学术讨论；
5. 节省时间；
6. 提高发散思维能力，等等。

这学期教三年级科学，结合学校科研课题"不同学段学生科学探究能力培养策略的研究"，我准备在第二学段进行实践。培养学生小组合作的意识和能力是第一步。刚升班的三年级孩子没有在这间实验室上过课，所以第一周想尝试给学生按性别混杂分组，然后做两个增进小组成员之间感情的合作游戏。这一周虽然不讲新课，但这样做对后面的合作学习来讲十分必要。

科学教室共 6 张大圆桌，班容量一般在 43 ~ 46 人，上学期我按桌子数量来安排座位，7 ~ 8 人一组，但是实际上课过程中，发现这种桌子非常不适用：第一，实验器材摆在桌子中间的黑台子上，孩子们个子矮，根本拿不着实验器材或看不到实验现象，操作起来更是困难。好在去年教六年级，大孩子站起来还能对付。现在轮到给三年级上课就绝对不行了。但是如果把实验器材摆在黑台子下面，那么七八个小脑袋都凑到一起，就会挤成一团，实验效果很难保证。

假期中，从《合作学习的教师指南》一书中了解到，小组容量一般为 2 人，超过 4 人孩子们是无法承受的。所以，本学期，我果断决定把孩子们分成 12 个小组，每组 3 ~ 4 人，这样学生交流起来方便，实验分工、操作都会相对规范一些。组建小组后，给孩子们安排了两个增进小组成员之间感情的游戏，目的是让小组成员之间增进了解，促进小组合作、小组自治。

第一个游戏是创建小组吉祥物标志。要求小组成员一起创作，每个人完成吉祥物的某一个或某几个部分，然后共同给吉祥物起一个名字，这个名字的前缀最好跟科学相关，如，"神奇的兔子"、"好奇的猩猩"等。孩子们接到这样有意思的任务，兴趣十足，自主分工立即行动起来，画的画，涂色的涂色，然后又起名字，又向其他组展示，那高兴劲儿都感染了我。七八个班的课上完，只有一个小组出现合作问题。经过老师的引导，经过别的小组的感染，他们最终也融入了大家的行列。看到孩子们自己设计制作的吉祥物，很欣慰。虽然他们不

如画家画得好，让美术老师看了也会挑出这样那样的毛病，但不知道此事的人绝对看不出是几个人共同的作品。最重要的，孩子们通过此项活动增进了相互之间的感情。

第二个游戏是说出"我"心中的小秘密。我在黑板上画了一条数轴，左端点代表 0 岁，右端点代表孩子们现在的年龄，在数轴上任意点上作一个标记，代表这个年龄时有一件值得回忆的事情，或悲伤、或高兴、或愤怒、或不光彩，等等。每个人选取一件讲给组里的伙伴听，组里要确定好顺序，小声讲话，并且在组内做好保密工作。孩子们开始活动了，从他们的眼睛里我看出了他们的喜悦，看出了他们的兴趣，看出了他们最纯真的一面。时而我也会走过去倾听，当然是得到他们允许以后。有的孩子讲到了四岁时还尿过一次床，有的孩子讲到了考试成绩不好爸爸打过他，等等。

　　时间过得很快，两节课过去了，孩子们还不愿意离开教室，这次尝试成功了！这两个游戏易于操作，除去水彩笔和一张画纸，几乎不需要任何其他工具。

>>>>>>>>

9 月 12 日　星期三

我看到了什么

　　为了使孩子们更好地了解大树这个生命体，使他们经历一次用观察的方法学习科学的过程，认识到大树是有生命的物体，它要生长在一定的环境里，我组织学生进行了初步观察大树的活动。

　　第一步，由教材名《科学》导入，我问孩子们，"科学"后面加一个什么字，这个人就是人们公认的世界上最有学问的人？孩子们马上反应出，加一个"家"字。我接着说："今天开始我们就要像科学家研究问题一样学习这门课了。首先学习

第一课《我看到了什么》。"

第二步，让孩子们打开书第 2 页，问：从图上看，你都看到了什么？

孩子们回答出很多信息，我统计了一下，每班大概都能找出 17 条左右。但是，也有的孩子会根据自己的生活经验和猜测，说出一些根本不是图上能亲眼看到的信息。这时，我有时候让孩子们自己提出问题来，有时候则直接指出该生的回答不符合要求，使他们初步感知怎样才叫科学观察，指出科学观察强调的是真实、客观地反映自己亲眼所见、亲耳所听的信息，凭主观猜测、想象的信息是不科学的。

第三步，让孩子们一起回忆，生活中你在一棵真正的大树前见到过什么？

教室里异常活跃，孩子们纷纷举手，站起来一谈就是四五条信息，什么见到过树洞、小蚂蚁、蜘蛛、蚯蚓和蚯蚓的粪便、柿子、苹果，等等。信息量明显多了很多，足足有三十多条。在这一环节中，孩子们能明显感受到即使不经意地看大树，收集到的信息也比从图片上获得的信息多很多，此外还感觉到实地看的重要性。但是这种只能叫做"看"，是无意识无目的的，能够记住完全凭借的是当时该物体本身对视觉的冲击；有目的、有计划地"看"才叫"观察"。这时再讲解科学课的学习方法"观察法"，就水到渠成了。

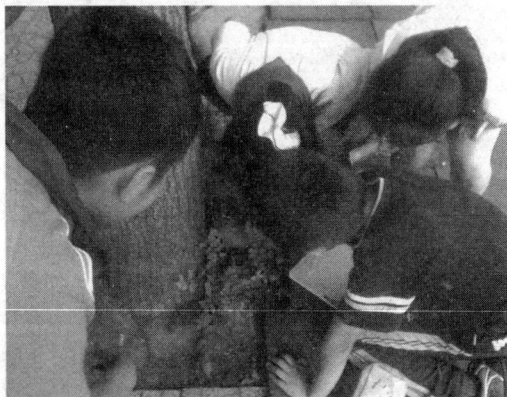

第四步，指导到一棵真正的大树前观察，收集更多一手信息。

问孩子们：到外面去实地观察，会不会得到更多信息呢？

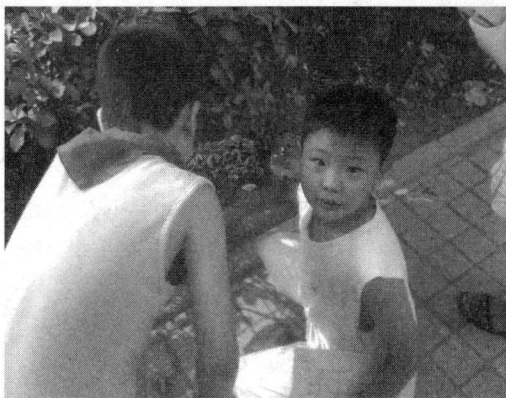

此时孩子们的兴趣已经被激发到极点。但是教师这时一定要清醒，因为这种情况下出去，其实等于白白浪费了时间，比学生在无目的的情况下收集到的信息不会多到哪儿去。

接下来，确定观察方法：用眼看，可以看大树哪些信息？用鼻闻，可以闻到大树哪些信息？用嘴尝，可尝大树哪一部分？用耳听，可以听到大树的哪些信息？用手摸，可以摸到大树哪些信息？

借助哪些工具：放大镜、尺子。

各组讨论：你们打算观察校园里的哪棵树？采用哪种观察方法？想观察大树哪些信息？

讨论外出观察要注意的问题：安全问题、环保问题、纪律问题。

孩子们小组合作外出观察，边观察边交流。

回教室全班交流新的发现。通过总结，孩子们发现这次收集到的信息比前两个环节收集到的都多。我告诉孩子们这种观察活动很简单，但我们以后的科学课上会经常有，今后我们还会进一步学习它，实践它。

2007年

>>>>>>>

9月13日 星期四

轻松随笔，自得其"乐"

今天，在区教师进修学校 10 号教室里，面对区里面科学教育领域的 40 多位精英、骨干发言，还真有些紧张。但一谈到"教学日记"，话匣子就关不上了……

各位老师：

大家好！

首先，对教研员王老师给予的交流机会表示感谢！

今天在座的各位都是我们海淀区科学教育岗位上的专家、骨干，同时也是我心目中的标杆，其实我一直在悄悄地向你们学习。突然接到王老师的委托，我心中颇有些惴惴不安，老师们，给我一点儿鼓励好不好？

此外，我今天的发言如有不妥之处，欢迎您批评指正！

我今天交流的题目是：轻松随笔，自得其"乐"。

2006 年 9 月份我调入七一小学，如今整整一年。一年来，我亲历了七一小学朝气蓬勃、蒸蒸日上的每一天。从我校学生为军委演出，到飞向"春晚"；从我校的校级文艺团体，到海娃艺术团；从海淀区委各级领导在开学典礼上为我们鼓劲儿，到海军司令员为孩子们送来"六一"的祝福；从体育运动队为学校再创佳绩，到"福娃"进校园为奥运喝彩；从老师们兢兢业业的工作，到七一小学社会声誉的日益扩大，这桩桩件件无不让我为之兴奋，为之动容。"七一人"的烙印已深深刻在我的心里。

所以每每深夜，我总会问自己一个问题：你为七一做了什么？我觉得"工作"的标准分为四个层次：即任务、工作、

学习、生活。"任务"层次就是将工作当成任务来完成，这个标准是最低的；"工作"层次就是将其当做养家糊口的来源，这个标准里面有一些积极成分；"学习"层次就是对"工作"较高的要求了，它是一种更加积极的状态，因为学习是为了更好地工作；"生活"层次是对"工作"理解的最高境界，同时也是任何行业对员工的最高要求，如果员工真的达到这个标准，那么这名员工的工作状态也应该是最有活力、最有爆发感的。具体到我的工作中，我在努力实践着第三个层次，而第四个层次正是我为自己确定的方向。只有我们真正将工作当成了"乐趣"，我们才会感到幸福，我们也才会真的为学生的幸福人生奠基。

因此，我每一天都在努力着，并且一年以来利用业余时间随时记录自己对教育教学的感悟，目前累计字数达4万5000字，随机留下来的活动照片几百张。如今，写随笔已经成为了我的习惯，并让我尝到了甜头。

甜头一：写论文、写案例、写总结方便快捷。

很多时候，我们做过了，当时印象深刻，但是根据人的遗忘规律，想用的时候已经忘掉了很多细节。如果当时我们用笔记下了，结果就会大不相同。

例如，在我的随笔中有这样一篇："这个孩子真的吓了我一跳"，是2006年9月19日记录的。随笔是这样写的：

一年级××今天可真吓了我一大跳。今天上课之前，孩子们先在科学实验室门口整队，然后再有秩序地进入教室。队伍已经整好了，可是他没有跟上队伍，而是在十几米后的饮水机那儿把水龙头打开了，然后才向队伍跑来。我看到后，急忙上前制止，一来不能浪费水资源，更重要的是万一开水烫到他怎么办。可就在我向他走到很近的时候，他忽然两个手抡起来就向我打过来，边打还边喷着口水，好在只打到了我的手。我只好绕过他关上了水龙头。见我没有攻击他的意思，他才不再闹下去，可当时看到他不管不顾朝我打来的样子，我的汗毛眼儿都张开了。

上课了，他仍然坐不住，嘴里还不停地发出声音。就在给孩子们做紫甘蓝汁变色实验时，我忽然发现××特别安静，两条胳膊叠加在一起，注意力也比刚才集中。哎

呀！我总算松了口气，赶紧对他大加赞扬，并且对全班说："你们快看××，看他多认真，我要看看谁跟他一样会听讲。"孩子们一看××都做得那么好，当然出乎意料，也纷纷不甘示弱，全班都可好了。我并没有就此停下来，而是对××说："你快到前边来，我今天一定要奖励你一颗'进步之星'！"××当然也高兴极了。

看来，专家说的话就是有道理，好孩子的确是夸出来的，虽然我每周一次的科学课不可能让这个孩子很快成为特别优秀的孩子，但我想坚持这样做下去，对他的成长应该能起到点儿积极的作用吧。

后来，我把这篇随笔写入了一篇有关随班就读的论文里，这篇论文获得了北京市教学论文评比二等奖。写入时，没有修改一个字。

再如，有这样一份德育案例："将爱国教育融入科学课堂之中"，是2007年4月28日记录的。案例描述的是在六年级科学《宝贵的矿产资源》一课教学中，我将当时热播的一档央视节目《艺术品投资·鉴宝》引入课堂中，取得良好教学效果的例子。

在教研室征集德育案例时，我立即交上这篇案例，没用临时写，并且得到教研室王老师的好评。

又如，"读《科学究竟是什么》有悟"这篇案例，在学校征集教学论文比赛中，我也是按时上交，没有费吹灰之力。所以，表面上看，写随笔增加了负担，其实恰恰相反，是减轻了自己的工作负荷。说白了就像我们平时挤时间锻炼身体一样，每到双休日，大多数年轻人选择多睡一会儿，其实反而没有真正休息好，这种补觉反而越补越困。假如我们稍稍早点起床出去打打球，踢踢毽儿，让血液循环起来，反而会更精神，更有年轻人该有的活力。

甜头二：对自身教育教学能力提高确实有帮助。

听课回来，我会写听课反思；看完哪本书有火花的时候，我也会写反思；自己讲完课好的地方会写下来，坏的地方也会写，写作其实是一种反思，我觉得对于自己的教学是有促进作用的。

我来海淀工作整整三年了，第一年教语文，带班主任；第

二年才开始真正接触科学。这之前我在房山教过几年自然。海淀人才济济，卧虎藏龙，我深感自己再凭着经验过日子绝对不行。我心中一直有这样一种观点：落后并不可怕，可怕的是不知道自己落后，更可怕的是知道自己落后却迟迟不肯学习。

通过这两年对科学课程的了解，特别是读了南京大学教育系张红霞教授所著《科学究竟是什么》之后，我对科学课与自然课的区别与联系更加清晰了。两者目标不同："自然"重知识建构；"科学"不仅重知识，更重如何教孩子们获取知识。

小学《自然》里有"电路"一课，从我当时的随笔中可以看出，我完全采用的是教师讲学生听，学生在教师的讲解下完成教学任务。参加"九五"科研课题"自然科学与素质教育"北京子课题"培养学生自主学习能力的教学策略研究"以后，我努力尝试着用新理念教旧教材，对这一课的处理采取了"三放一总"的教法处理，在当时收到了较高的评价。但是在去年海淀区小学科学研究课上，五一小学的王少刚老师处理这个问题就没有过多浪费时间，而把重点放在了如何让学生动手连接电路，自己探究电路的正确连接方法。为了避免开关在连接时的干扰，王老师还特意省去了连接开关的环节，设计非常巧妙。学生在活动中确实提高了探究能力，培养了小组合作意识，同时在活动过程中建立了电路概念。

对于同一个教学内容三个时期的不同处理，我觉得自己这样的分析非常有必要，对自己的教学能力很有帮助。

再如，仍然是读张红霞教授这本《科学究竟是什么》，有这样一篇随笔："观察记录的科学性、客观性和准确性"。这篇日记就真实地记录了我对科学课上科学观察记录准确性、客观性的认识。（详见 2007 年 7 月 19 日记录的日记，此处略去具体内容）

这篇日记使我对科学观察记录的要求有了更清晰的理解，今后教学过程中应注意，不能让不科学的东西再在课堂上出现。我把它记录下来，警醒自己，指导自己的教学。

第三，听课回来写随笔，有助于学习别人的优点，弥补自己的不足。例如，"听北大附小石润芳老师的课有感"是 2007年 5 月 20 日记录的；读"人大附小石秀荣老师《鸡兔同笼》教学设计""红英小学胡芳老师《24 时记时法》教学设计""七一小学王晓英老师《生死攸关的烛光》教学设计""翠微

小学袁涛老师《骨骼》教学设计"是在 2007 年 8 月 8 日记录的。无论是哪一次听课或学习，我觉得都有值得我学习的地方。好的地方拿过来用，永远是青年人成长的捷径。

第四，抓住一节优秀课不放，争取最大限度地分析它、搞懂它、学习它。翠微小学袁涛老师《骨骼》一课的设计深深地吸引了我，因为这节课从区教研室到市教研室都非常推崇，我就非常想弄明白它，所以只要见到相关信息、资料，我总要留意，并且写入随笔，及时总结。关于这一课的教学在我的随笔中先后提到了 4 次，分别为 2007 年 7 月 17 日的日记"读《科学究竟是什么》有悟"，2007 年 8 月 8 日的日记"学科教学内容不同，但教学方法却有共通之处"，2007 年 8 月 14 日的日记"顿悟——再谈袁涛老师的《骨骼》一课"，2007 年 8 月 20 日的日记"以往我犯的一个错误不能再犯了"，此处略去具体内容。

对于同一课的分析，我想应该来自于不同侧面，并且要找到理论依据，只有这样，我们才能进步得更快些。遗憾的是我一直没有机会亲耳听袁老师讲这一课，据说我们很快就有幸亲耳听到袁老师再次上这一节课，我想我还会有新的感受，听后我想我还会记录下来，再次分析，再次吸纳，再次学习，让自己有新的认识。

甜头三：自私一点讲，是给自己提供了一次感受幸福的机会。

为什么我会有这种感受，给您读几篇随笔您就会明白我这种为人师的幸福了。我的邮箱对孩子们是公开的，他们可以随便和我交流，也可以利用邮箱交作业，还可以把课前搜集的资料发给我。以下是我们交流的一部分。

吕老师：

您好！我是张鹏翔。费了好长时间，终于把论文写完了。里面有我们那次实验的介绍和摩擦力的资料，我还提出了计算书本之间摩擦力的办法，还提出了一些观点。内容可能不太严谨，请您多多包涵。

有一些内容是根据新买的《物理学基础》写的，厚厚一本，挺深奥的。我以后，一定要多学物理！

致原子序数为 13 的 Al 吕

礼

zpx_ 0

（展示张鹏翔的论文：书本之间的摩擦力）

说句实在话，这篇论文我真的不能完全读懂，我这样给孩子回了信：

孩子：

看了你的来信，我感到特别欣慰，同时特别感动。你是那么认真地对待一件事情，那么专注地研究一个问题，这一点，我应该向你学习。从你的来信中我能看出你付出的时间、精力，更能感受到你对科学的喜爱。你对这个问题的认识远远超出了一个小学生应有的水平，你很棒！！我相信有了你这种钻研的精神，无论将来从事哪一个行业，都会相当出色。虽然你快要离开"七一"了，但吕老师会期待着你的好消息。继续努力吧！

你对我姓氏的解读很有特色，巧的是上初三学化学时我也这样联想过，有意思，我喜欢！

快乐永远！

Al 春玲

2007. 5. 1

还有这样一封家长来信：

……（详见 2007 年 4 月 29 日日记，此处略去具体内容）

关于这样类似的幸福还有很多，这些幸福感是其他任何一个行业的人难以体会得到的，而我，七一小学的一个最普通的科学老师体会到了，我们学校的很多老师都有这样的美妙感受。

今天与大家的交流已接近尾声，感谢大家耐心地听我讲述。我也一直在期待着一个事实的出现，那就是由量变到质变的飞跃，那就是我早日追赶上你们的步伐，成为一名优秀的海淀区科学教师。

我想说做老师是幸福的，做科学老师是幸福的，做七一小学的科学老师更是幸福的！

最后，我想用我们许培军校长办学理念中四个教职工和谐目标与大家共勉，并且结束我今天的汇报，那就是：

因为有我，我的学生很愉快！
因为有我，我的伙伴很轻松！
因为有我，我的家人很幸福！
因为有我，我的学校很精彩！

>>>>>

9月22日 星期六

啊呀，不好，什么东西这么软！

　　该讲《蜗牛》了。课前，给孩子们布置了饲养蜗牛活动，给自己也布置了同样的任务。周六一大早，准备开车去陶然亭公园，因为在那里偶然有一次见到公园的假山上有蜗牛。正准备开车时，发现车位前边爬满爬山虎的墙壁上好像有一只小蜗牛，走近一看，还真是。真有些喜出望外，顺着墙边找去，一只、两只……啊呀，不好，什么东西这么软！原来是一条手指般粗的大青虫，吓死我了，从小就怕这个，浑身起了鸡皮疙瘩。好歹找到了十来只，可还是不够。小区的墙已经找完了，"不然去公园？"我问自己，看来只好这样了。

　　"呃，一楼阳台的底部会不会有？这些地方比较阴凉，或许会有新的发现。"我想着，朝8号楼一层住户阳台走去，啊呀！果然有，一只，两只……正高兴着准备到下一个阳台时，后退的右脚不偏不倚地踩在了一摊狗屎上，谁家狗这么讨厌？真气死我了！……

　　原来"狗屎运"的滋味不一定都快乐呀！

>>>>>>>

9月25日 星期二

今天捉蜗牛的不是我

今天捉蜗牛的不是我，而是公公和婆婆。

由于担心上课时蜗牛出壳率不够，孩子们带来的蜗牛又不一定都用得上，于是决定由家人帮着去找。

下班回到家，老两口给我足足找了六七十只。他们说他们找蜗牛的举动引起了天坛公园不少游人的关注，路过的人几乎都关心他们在找什么，找蜗牛干什么，是不是喂什么宠物吃……可惜他们的猜测都是错误的。

感谢老两口……

链接：
人应该有一种不可少的能力——感受"幸福"的能力

每每有人听说我们一家三口和公公、婆婆住在同一屋檐下，都会流露出不同程度诧异的表情。因为在日益讲究个人空间的今天，和公公、婆婆住在一起的人确实不多了。然而，我们一住便是9年。9年多来，我们已经融为密不可分的一家人。这不光是因为我爱热闹，更源于公公、婆婆对我一如既往的细心照料，源于老公对我无微不至的关爱。

我喜欢心理学，也看过一些心理方面的小测试。就在前不久，我让儿子（8岁，三年级）用一幅画表现一下家里五个人之间的关系。他在纸上画了奥运五环，又在房子的外面画了一排五个小人儿。我问他什么意思，他说五环就像我们家的五个人，上面一排的三个环分别是爸爸、爷爷和妈妈，下面的一排是奶奶和自己，五个人彼此相连。外面排成一队的五个小人中第一个是爷爷，第二个是奶奶，第三个是爸爸，第四个是妈妈，第五个是自己。我不知道自己的分析有几分科学性，但我的家的确就像儿子画的五环一样，五个人人人都是这个家的中心，人人又都不是中心，我们没有严格的长辈晚辈的界限，平时说话可以开玩笑，可以很随意。但彼此的心中都有长幼之分，就像儿子画中房子外面的五个小人儿的顺序。

最让我感动的事情之一是公公、婆婆从来没有在意过我一定要叫他们"爸、妈"。我的嘴比较"笨"，从结婚那天起，我就很少爸爸妈妈地喊，不知为什么。只有打电话的时候，我才能做到。婆婆文化不多，但她是一个特别精明的女人。她大概发现了我这一点，儿子快满月的时候她对我说："以后有垚垚了，再有同事来，你就说这是垚垚爷爷，那是垚垚奶奶就行了。"这件事她可能早忘了，而于我，却有了终生难以磨灭的记忆。正是婆婆这样一次次让我意想不到的对我无条件的接纳，让我逐渐融入这个家。

婆婆不吃荤，但是她会为我们把羊排、红烧肉、酱肘子做得特别可口，并且窍门绝不是靠尝，她甚至连闻都不想闻那个味儿，而是靠吃的人对菜味儿的评价，最后自己再从作料的量上把握。这绝对是一种奉献，对家人无私的奉献。公公总爱用这样一句话评价婆婆：吃的是草，挤出来的是奶。我们便会哈哈大笑，那种全家人开怀的笑，只有经历过的人才会知道其间的幸福。结婚9年多了，我没怎么做过饭，没怎么洗过衣服，倒是婆婆每每等衣服晾干后，再将衣服叠得整整齐齐放在我的床头，一叠就是9年多。不过，我是刷碗的，我刷碗也是一刷9年。

一次，我一件外套掉了一粒纽扣，当几天后我准备穿之前拿出针线想缝扣子的时候，扣子怎么也找不到了。婆婆说："你看看在没在外套上？"我再一看衣服，扣子早好好地钉在衣服上了。于是我对着客厅里的公公和老公说："看见了吗？我婆婆对我的爱是悄无声息的爱！"屋子里又是一阵幸福的笑声。老公说我又在"水"（就是拍婆婆马屁的意思）婆婆了，我也不反对。

我的家是一个民主的家庭，我是我们家"户主"，呵呵！虽然是个虚名，但是从传统角度讲，户口本上的这个位置应该是公公的，然而正是他在报户口时填的我的名字。公公是个特别"精"的老头儿，我们都这么叫他，他也不恼。其实，他年轻的时候可是个脾气出奇不好的人，老公现在还和我说他原

来特别怕他爸。可能是因为我给他生了个孙子吧（老人有点重男轻女），退休后的他脾气好得不得了，我们家的力气活，修修补补，哄儿子外出玩耍这样的事全是他管。

最懂我的还是老公。他是个警察，平时工作加班是常事，所以他总觉欠我的，对我就由衷地好，只要我想要的，他的能力能达到的就一定会满足我。但这些还不是他最打动我的。他最让我感动的是他12年以来一直愿意听我说话，婚前是这样，婚后还是这样，高兴的事不高兴的事他都会倾听，让我感到一生可以依靠，那种相濡以沫的安全感没有体会过的人是感受不到的。

如果没有他们，我不会毫无牵挂地把所有心思用在工作上；没有他们，我的儿子不会健康地成长；没有他们，我不会理解"家庭幸福"的含义。我爱我家，经济上我们算不上富有，但感情世界里我们称得上"富翁"！

>>>>>

9月26日　星期三

给教研员王老师的一封信

该讲《蜗牛》一课了，可蜗牛的生殖孔准确位置到底在哪儿呢？求助吧！

王老师好：

以下是关于三年级上册《蜗牛》生殖孔、气孔位置的不同说法的相关资料，发给您：

1. 配套光盘的说法。

蜗牛的身体由壳、头、触角、眼睛、嘴、腹和尾等部分组成。

蜗牛身体构造是怎样的？

蜗牛身体的外面有一个螺旋形的壳。壳内贴着一层膜。膜包裹着柔软的身体。蜗牛的软体部分分为头、腹足和内脏囹三部分。头部有两对伸缩自如的触角，前面的一对比较短，能够触探土和食物，有触觉作用；后面的一对比较长，顶端的眼能够辨别光线的明暗，并且有嗅觉作用。蜗牛的口在头部的腹面，适于在爬行时取食。蜗牛的腹足宽大、肌肉发达，是蜗牛的运动器官。

蜗牛在爬行时，在贝壳口的右侧外套膜的边缘处会露出一个圆形的小孔，是蜗牛与外界进行气体交换的开口，叫做呼吸孔。（这里的一句是否和上图标注自相矛盾？）

2. 课本第30页上又是一种说法，似乎跟下面的资料"肛门和鼻子在一起"是一致的。

3. 网上查到的资料：肛门和鼻子在一起。

蜗牛房子的入口处有两个小洞洞，一个是呼吸用的"鼻子"，一个是排便用的"肛门"。如何分辨哪个是鼻子哪个是肛门呢？这好办，平时一开一合的小洞是鼻子，因为它要不停地呼吸；而经常合着的就是肛门了，因为只有在排便的时候肛门才张开。

蜗牛的生活习性，取决于适宜的温度和湿度。这是因为蜗牛的日常活动全凭自身分泌含水量较多的黏液，以保持身体湿润；另一方面又因为蜗牛是依靠外套膜呼吸空气，不能完全浸在水中生活，因此蜗牛形成了爱潮恶漫的习性。

谢谢，您辛苦了！！ 我等待确切答案。

吕春玲
2007.9.26

链接：
王老师给答案啦！——在海淀教师研修网上

问：蜗牛的气孔、排泄孔和生殖孔分别在哪里？
答：蜗牛有三个孔：气孔（也叫呼吸孔）、排泄孔和生殖孔，分布的位置都不同的。气孔和排泄孔都在壳边，两者距离很近，一般我们不容易观察，区别主要在于气孔约 5 秒张开一次，而排泄孔只有在排泄的时候才张开。生殖孔在头颈部。

排汇孔　气孔（也叫呼吸孔）

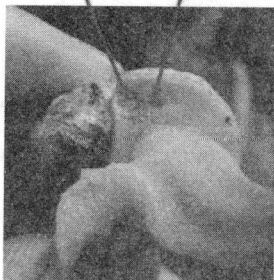

生殖孔（产卵中）

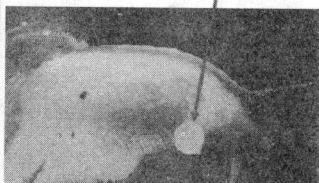

9 月 27 日　星期四

植物的叶

植物的叶是学生常见的事物，但学生只是随意一看，甚至视而不见。对于这种便于找到，又易于学生观察的常见材料，我们应该在教材的指导下，有效组织，使学生从身边的事物开始研究科学，在这个过程中培养学生探究身边科学的兴趣。

目标：

1. 经历对树叶的颜色、形状、大小等属性的简单观察活动；

2．了解不同种树叶的相同结构；

3．了解叶的生长变化过程；

4．初步意识到观察是细致的。

活动步骤：

一、了解树叶的收集情况，鼓励学生在以后的研究中要"捡"树叶。

·同学们，看到你们收集了这么多的树叶，我真高兴。那老师问你们，这些树叶是从哪些地方收集来的？（学生回忆收集树叶标本的地点）

·讨论：为什么不能摘叶子？（教师进行环保教育）

二、统计捡来的各种树叶。

·这么多的树叶放在桌子上，让我们整理一下，作个统计。

·统计自己捡了几片树叶；这里面有几种树叶？

·学生拿出统计记录纸做统计记录。（个人探究）

·不如将我们小组所有的树叶合在一起，统计我们小组一共有几种树叶？

·小组商量我们小组有几种树叶？（小组合作探究）

·汇报统计结果。（杨树叶、松树叶、槭树叶、泡桐树叶、柿树叶、槐树叶等）

①统计好了吗？哪个小组愿意将你们的统计结果告诉大家？

②学生汇报自己小组的统计结果。（各小组逐个汇报）

三、讨论同种树叶判断的标准。

·你们是按照怎样的标准判断这些树叶是不同种的呢？又根据什么标准说这些树叶是同种树叶？（学生说出自己的理由）

·小组讨论：我们刚才给树叶分类的标准。

·汇报自己小组商量的结果；比一比谁发现的信息点多。

·教师记录。（板书）

·分析各小组的判断标准。

①教师记录标准：

颜色……

大小……

形状……

叶柄……

……

②刚才大家都说了自己的标准，你们赞同哪个小组的说法？

③小组之间相互质疑，相互说自己的理由。（学生说出自己的质疑理由）

④开始关注树叶的各种属性。

四、观察一片完整的叶。

· 这是一片完整的叶吗？（出示一片无叶柄的叶）

· 学生思考并进行讨论。

· 学生反馈。

· 在实验组中选出你们认为完整的叶来。

· 提问：这些叶很多地方都不同，为什么它们都叫叶？

· 通过比较归纳得出：植物的叶一般由叶片、叶柄构成，叶片上一般都有叶脉。（这里一定强调"一般"二字，因为有的叶就例外，例如，金鱼藻的叶就没有叶柄）

五、了解叶的生长变化过程。

· 小组观察、讨论，比较同一种树叶其新鲜叶与落叶的异同。

· 提问：这说明了什么？

· 教师讲解：叶也是有生命的，从新芽到长大最后到衰老枯萎，走完一生。有的常绿植物虽然不会秋天凋落，但也同样有这样一个过程，例如柏科植物的叶。

课后自析：

学生对于司空见惯的树叶，常常是不经意地观察。本教学设计以"你们是按照怎样的标准判断这些树叶是不同种的呢？又根据什么标准说这些树叶是同种树叶？"两个问题统领全课重点，使学生从树叶本身很多细节开始观察，例如，学生通过比赛找树叶的不同点和相同点，饶有兴趣地观察了树叶的很多细节，从而对叶的颜色、大小、形状、边缘形态、水分含量、叶脉走向、叶柄长短、叶片上的斑点、叶的味道等很多方面进行了比较，从而较好地完成了本节课培养观察能力的任务。在此基础上，再来认识叶的相同构造、叶有生命的特征，就是顺理成章的事情了。

2007年10月

一	10月01日	
二	10月02日	
三	10月03日	先子学生研究蜗牛
四	10月04日	
五	10月05日	
六	10月06日	
日	10月07日	
一	10月08日	
二	10月09日	"我觉得小鱼失恋了"……
三	10月10日	
四	10月11日	
五	10月12日	
六	10月13日	
日	10月14日	
一	10月15日	这绝对算是"顿悟"了吧?
二	10月16日	
三	10月17日	"如果把蚯蚓切成三段、四段、五段,能变成三条、四条、五条吗?"
四	10月18日	她用实物投影展示了一个扬声器
五	10月19日	
六	10月20日	
日	10月21日	
一	10月22日	
二	10月23日	杭州之行第一日——魅力杭州
三	10月24日	杭州之行第二日——开启思考的闸门
四	10月25日	杭州之行第三日——眼前一亮
五	10月26日	杭州之行第四日——再次与杭州亲密接触
六	10月27日	
日	10月28日	
一	10月29日	
二	10月30日	
三	10月31日	

这个月过得很充实,最大的收获莫过于和我的朋友、同事石俊杰老师一起赶赴杭州参加全国科学教育盛会,我们看了10节优秀的科学课,欣赏了南方城市的柔美。感谢学校给了我们这样的学习机会。

10 月 3 日　星期三

先于学生研究蜗牛

我自己找的蜗牛加上老两口找的，得有上百只。为了保证实验质量，必须保证蜗牛的出壳率，即得保证蜗牛的成活率，所以我做了——

第一个实验：熏蒸法挑蜗牛。

实验方法：找一个盆（1 号盆），将蜗牛倒在盆内。用手在蜗牛身上弹洒温水，将所有蜗牛湿润后，再拿来一个盆（2 号盆），这个盆内倒入开水，但不要太多，以将 1 号盆放入后，盆底与水面间隔几厘米为宜。放好 1 号盆后，即可等待小生命一个个从壳中钻出。

实验原理：蜗牛需要合适的温度和湿度才会出壳活动，即我们完全可以人为控制蜗牛的活动。

实验结果：出壳的蜗牛大概有七八十只，完全够全年级学生使用。

第二个实验：研究蜗牛的冬眠界温。

实验背景：为了更好地了解蜗牛，我上网查阅了大量资料。其中有这样一条：蜗牛进入冬眠状态的温度在 5 ℃左右，进入夏眠在 40 ℃左右，而在 0 ℃以下蜗牛则有被冻死的危险。

实验方法：将两只活的蜗牛用卫生纸包好，多包几层，免得弄脏冰箱。将冷藏室室温调至 5 ℃，然后将包好的蜗牛放入。

实验原理：人为控制蜗牛冬眠需要的温度。

实验结果：整整冻了两只小蜗牛一个晚上，早上爬起来，没刷牙、没洗脸先去看两只宝贝。打开纸包，它们一动不动。

10 月

实验质疑：它们怎么了？是死了？还是冬眠了？

实验验证：找来暖瓶盖，放上半盖儿温水，将小蜗牛放入。

实验最终结果：奇迹出现了，一眨眼的工夫，两只小蜗牛的身子"唰"（这个词不准确）一下就从壳里钻了出来。太棒了，5 ℃时，小蜗牛确实进入冬眠状态。此外，还有一个意外的收获：就是小蜗牛对温度的刺激非常敏感。这是动物的一种应激反应，符合动物的共同特征。

第三个实验：研究蜗牛对温度的冷极限要求。

实验背景：上面的实验中提到，蜗牛在0 ℃以下有被冻死的可能。我想继续实验找证据。

实验方法：将实验二中的两只蜗牛继续用纸包好，放入冷冻室，室温是－12 ℃。冻了一个上午。

实验结果：当我打开纸包时，真是又高兴又伤心。高兴的是实验结果出来了，小蜗牛确实"光荣"了。伤心的是，小蜗牛还没来得及将身体缩回壳里，心脏就已经停止了跳动，柔软的身体上全是冰碴。"我是不是太残忍了？"不，不是的，它们死得很有价值，这是为了研究的需要。此外从某个角度讲蜗牛属于害虫，只当我为民除害吧！只可惜，可能夺去了一只萤火虫的两顿晚餐。

第四个实验：研究蜗牛的吃食。

实验背景：为了做出课件，要对蜗牛吃的食物的情况进行先后对比，拍出照片。

实验方法：傍晚投喂一片完好白菜叶，投喂前，给完好的菜叶拍照；第二天早晨，取出蜗牛吃剩的菜叶再次拍照。照片如下：

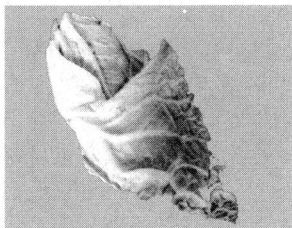

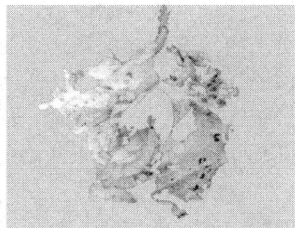

实验结果：蜗牛吃白菜，并大部分夜间活动。早晨取菜叶时，蜗牛又进入休息状态。

实验分析：夜间活动原因：蜗牛视力差，白天仅能看到几毫米远，夜间则能看到几厘米远；蜗牛喜潮湿，夜间没有太阳，空气湿度大……

说明：总体感觉很好玩。当我把我的研究经历讲给学生时，11个班的孩子全都听入迷了，他们特别感兴趣。作为教师，我感到了快乐！

> > > > > >

10月 9日　星期二

"我觉得小鱼失恋了"……

科学小论文一直不敢触碰，也一直懒得去做。一来，觉得有难度，不知道该如何给孩子讲；二来确实时间不够用，得靠"挤"；三来孩子有观察的兴趣，但是一提到"写"，大多会皱起眉头，可能写作文让很多孩子觉得难吧。

但是，通过去年带六年级科学小组，感到这件事并不困难，只要肯尝试。

在去年六年级的科学小组里，我每次都给孩子们做一个小实验，或者由孩子们自己主持实验。我发现，实验时他们都特别高兴，于是就开始渗透这方面的要求，并且自己先记录了一次实验的情况，还把题为《他们为什么这么高兴？》的文章读给孩子们听。那是他们亲自实验的，文章中写的又是他们自己，所以他们感到很有趣。借着这股劲儿，我向孩子们提出了写科学小论文的要求。开始的要求并不高，只要真实记录每次活动实验的情况，并且写出收获即可。再到后来，要求他们关注生活中的科学问题，练习自己通过实验、搜集资料等方式寻找答案，再写下来。渐渐地，有些孩子对科学论文产生了兴趣。遗憾的是，他们很快就毕业了……

今年，带三年级，一开始，担心他们年龄小，刚从二年级

上来的"小豆豆"肯定够呛，也就没再想。但是现在开学一个多月了，经过这段时间的观察，发现三年级的孩子对科学问题的喜好完全不亚于六年级的大孩子。于是，"十一"假回来，我大胆作了一次尝试：利用下课前的 10 分钟，我向孩子们出示了一条干死的小鱼，并且告诉他们这条鱼是我养在实验室鱼缸里的一条小鱼，是（8）班的××从科学教室的墙边捡到的，没有任何人把它捞出水面，它为什么会"自杀"呢？

这个问题一抛出，立即引起了孩子们的极大兴趣，纷纷举手谈自己的想法：

"老师，我觉得是这条小鱼跟伙伴在一起玩时，不小心用力过猛跳出了水面，又回不去了，就死掉了。"

"老师，我觉得是这条小鱼跟其他小鱼发生了矛盾，自己离家出走了。"可有的孩子表现出了不屑的表情。

"我觉得小鱼失恋了。"教室里回响起孩子们的笑声。我说："你肯定很喜欢童话故事，小鱼到底有没有喜怒哀乐有没有感情呢？你可以到网上找找证据。"

"老师，我觉得是晚上您回家了，关了教室的灯，小鱼怕黑，所以就跳了出来。""这也许是种可能吧。你可以通过对比实验试一试，看看光线对鱼是否有影响。但是照你的说法，每天清晨有鱼的池塘边都应该能捡到鱼才对呀！"孩子们都笑了。

"老师，我觉得是水里缺氧了，它想出来呼吸新鲜空气。因为我们家养过鱼，如果长时间不换水，有的鱼就会自己跳出来。"这个回答似乎得到了大多数孩子的认同，教室里很安静，很多孩子的眼睛都投射出了敬佩的神情。

"老师很佩服你们的想象力，不管你们说的原因对不对，都是你们对这个问题的猜想。要验证自己的猜想，必须想办法找到证据来证明自己的猜测，可以通过实验，可以请教家长，可以上网查阅资料，等等。不管自己猜得对与否，得出结论，这才是正确的做法。而我们把整个过程，即发现问题、提出猜想、找出证据、得出结论的过程记录下来，就是一篇科学小论文。我非常欢迎你们用自己的眼睛观察身边的科学，把它写下来，就是你的收获。如果你愿意参与这项实践活动，我可以帮你修改你的论文，文章不一定要多长，说明问题即可。修改好以后我会把你的小论文挂在吕老师的博客上。你的亲戚朋友在网上都可以看到你的文章，那将是一件多么光荣的事情。最重要的，是在这个过程中，你的科学探究能力得到了培养，这将

是一件终身受益的事情，谁愿意在玩儿中学？"

很多孩子跃跃欲试，我不知道这种热情能够燃烧多久，也不知道能有多少学生坚持下来，但我相信有心的孩子、好奇心强的孩子肯定会有。

这几天我的邮箱里就已经收到了五六份，还真有很像样的。下面这一篇就很不错，我稍加修改后已经挂在了我的博客上，引起了很多同学的羡慕。

鱼为什么要长鳞？

三（5）班 李欣怡

鱼为什么要长鳞？我今天就要来调查一下，不过在调查之前我要先观察一下我们家的金鱼。

通过观察我发现，金鱼的鳞好像跟它的皮肤是连在一起的。观察完之后调查就要开始了，我先去问哥哥："你知道鱼为什么要长鳞吗？"哥哥回答："可能是方便游动吧。"我再去问姥姥："您知道鱼为什么要长鳞吗？"姥姥回答："鱼鳞应该是跟身体连在一起的吧。"最后我去问妈妈："您知道鱼为什么要长鳞吗？"妈妈回答："我不知道。"我现在要到互联网上去找找答案了。

通过上网，我终于找到了答案："鱼的身体很柔软，鱼鳞其实是鱼皮肤的一部分。如果没有鱼鳞，水会不断地渗入淡水鱼的体内，而海水鱼身体的水分又会跑出来，鱼就活不下去了。刮掉鱼鳞，就等于剥掉鱼的皮肤，鱼就会死掉。"

哦！原来是这样啊！看来科学就在我们小朋友的眼睛里。

我认为这是一项有益的尝试，我会坚持下去，与愿意从事这项实践的孩子一起尝试，利用我们的课余时间，品尝一种科学体验的快乐。

后续：2007年12月18日日记

到今天，邮箱中的小论文已经有近30篇了，说真的，每天都不知道自己在瞎忙什么，竟然抽不出些时间来给孩子们好好看看，这可都是孩子们科学小论文的处女作呀，惭愧！

今天没有管理班的任务，看了看，还真有不错的，给孩子们仔细批阅了一下。在这里摘录几篇。

我用科学的办法给金鱼换水

三（5）班　何启东

今天我学着爸爸的样子给鱼缸换水。

给金鱼换水，是养鱼人应具备的基本技能，也是很普通的一件事情。

看似简单的事情，里面却有一定的科学道理。还是先说我是怎么做的吧！

我先把两个水缸分别搁在一高一低两个不同的位置上，一个未换水的大鱼缸、一个小的空鱼缸，然后将一根水管放入大鱼缸中，水会进入水管到达与水面齐平的位置。

将水管的另一头对准放在低处的小鱼缸，再用嘴将水管中多余的气体吸出来，水快到嘴边时赶紧松口，这时水就会从大缸（脏）流入小缸（净）。

一件看似简单的事情，用的却是科学的方法来解决的。爸爸告诉我，这个办法利用了大气压力原理，管子里吸走了一部分空气，压力减小了，外界大气压没变，所以就把水压了出来。爸爸说，其实还有很多办法可以给鱼换水呢！让我好好再想想，我想我会再找到别的办法的。

金鱼为什么不会眨眼睛？

三（6）班　于丹宁

今天晚上，我忽然发现，我家鱼缸里的金鱼休息时也不眨眼睛。我忙跑过去问妈妈："金鱼为什么不会眨眼睛？"妈妈说："金鱼没有眼皮，所以不会眨眼。"

我终于知道了，金鱼没有眼皮，不会闭眼或睁开，即使睡觉它们也是睁着眼睛。

我们身边的科学事情真多，我们要去发现身边的科学问题。

灰尘有什么作用？

三（8）班　彭谓睿

有的时候我发现天空总是灰蒙蒙的，汽车上、玻璃上也总

罩着一层灰，显得很不干净。我觉得灰尘很脏、很讨厌，我还知道它们总是带着大量的细菌病毒和虫卵到处飞扬，传播疾病，可是灰尘就真的对我们没有一点好处吗？我带着问题想去网上查个究竟，看看能不能找到去除大气中灰尘的好办法。

我来到了网上，没有想到的是，我竟意外查询到了这样的结果：如果大气中没有灰尘，太阳光就得不到吸收、反射、散射和折射，天空不是太亮，就是太黑。由于灰尘是吸湿性微粒，没有它这个核心，空中的水汽无法凝结，天上的云就难以形成，地表失去了云层的覆盖，就会变得干旱贫瘠，天气不是太热，就是太冷。没有灰尘，宇宙中的许多有害射线会毫无阻挡闯进地球表面，并对人类和各种生物产生致命的威胁。

灰尘除了这些好处之外，还能凝结水汽，让它们变成水珠，不然，所有的东西都是湿漉漉的。虽然灰尘有许多不是，但是它的功劳也无量，它能使地球温和地获取太阳能量，也能使大气中有足够的凝结核，以增加云、雨形成的机会，还能调节地表的气温，使之适合于生命的生存和繁衍。

啊！原来灰尘也有这么多的作用呀！通过今天的探究，我明白了一个道理：任何事物都有好处，也有坏处。吕老师告诉我，这叫事物的两面性，我们也要用辩证的观点看待身边的事物和现象。我好像懂了，又好像还有些不明白，老师说慢慢学习，慢慢观察，慢慢就都懂了。我相信，我会都搞明白的。

甲醛是什么？怎么去除甲醛？

三（8）班　彭谞睿

自从我们搬了新家，家里老有一股刺鼻的味道，我很奇怪。

我问爸爸，爸爸说："是甲醛。"我又跑去问妈妈，妈妈说："是甲醛。"我又问："什么是甲醛？"妈妈说："甲醛是无色、具有强烈刺激性气味的气体。"我又问："为什么家里有甲醛呢？"妈妈说："因为我们新买的家具在制作过程中使用了大量的黏合剂，而黏合剂中含有大量的甲醛。甲醛总是在不断地挥发，所以家里总有一股刺激性的气味，而这种气味对人的身体非常不好。"我一听，可着急了，急忙又问道："那你们没有想办法吗？怎么才能去除这些甲醛呢？"妈妈回答："想了，你看，咱们不是新买了这台亚都空气净化器吗？

其实还有很多方法，妈妈说不全，咱们上网去查一查吧。"

我和妈妈一起上网查，知道了以下几种方法都可以去除甲醛。

1. 开窗通风法去除甲醛：通过室内空气的流通，可以降低室内空气中有害物质的含量，从而减少此类物质对人体的危害。

2. 活性炭吸附法：活性炭是国际公认的吸毒能手，活性炭口罩、防毒面具都使用活性炭。利用活性炭的物理作用除臭、去毒，对人身无影响。

3. 土招：300克红茶泡在两脸盆热水中，放入居室中，并开窗透气，48小时内室内甲醛含量将下降90%以上，刺激性气味基本消除。

4. 植物除味法：在家中摆放植物如吊兰、虎皮兰等。

5. 化学法去除甲醛：到市场上买一些去甲醛的产品。

看完后，我对妈妈说："妈妈，我这才明白为什么你每天都要开窗、家里养的都是吊兰了。可这些用的时间都比较长，要想很快解决问题，还是化学的方法来得更快。当然，多种方法结合，土洋结合，效果肯定更好。"

通过今天的实践，我发现，用科学的方法能够解释、解决生活中的问题，真有趣！

根的力量真大

三（8）班　赵元

10月9日，科学吕老师给我们讲了一个现象：在香山植物园里有一块大石头，足有十几吨重，石头有一个小裂缝。有一次，一粒柏树的种子被风吹落到了裂缝里，由于裂缝里有少许土，再加上下雨便有了水分，又加上空气、温度等条件，种子便开始生根、发芽，开始了它的一生，等长成大树的时候，它的根便把大石头劈成了两半。李潇雨同学听了老师的讲解，也给我们讲了一件事情：她家养了一株魔豆，种在花盆里，等魔豆长大时，她发现，魔豆的根把花盆顶了一个洞。

这使我想起来，国庆节爸爸带我去动物园玩，我发现有一棵树的树根都长出了土壤。

经过这几件生活中的小事，我知道了植物的生命力是多么

旺盛，只要有适宜的生存环境，它就生根、发芽，植物的根很厉害哟！

蚕取食的对比实验

三（5）班　李欣怡

以前，我家的小蚕，常吃洗过的桑叶，但它们全死了。

我去问我们护蚕小队的队长徐淑杰，她回答："桑叶不能洗！小蚕不能吃洗过的桑叶！我再给你几条吧，记住桑叶千万不能洗！"

回家后，我想做一个实验，于是把小蚕分成两份，一份吃洗过的桑叶，另一份吃没有洗过的桑叶。我心里默默地对小蚕说："多吃点！多吃点！快点长大吧……"

几天后，吃洗过的桑叶的小蚕快要死了。这时，我从冰箱里拿出没洗过的桑叶喂给快要死的两条小蚕。一天后，它们果然缓了过来，我开心极了。又过了几天，这两条小蚕又不行了。我束手无策，但妈妈对我说："孩子，不要伤心，虽然这两条小蚕死了，但事实告诉了你蚕宝宝不能吃洗过的桑叶，加油养好其他的小蚕吧！"

从那时起，我知道了：蚕只能吃自然状态的桑叶。以后再不能为小蚕洗桑叶了。

"看！颜色变了！"

五（4）班　陈佶

今天中午，吕老师在小海燕电视台给我们做了一个小制作，使我印象深刻。小制作的名字叫"变色陀螺"。

实验要准备的材料有：卡纸、剪刀、彩笔、半圆仪、圆规和一个陀螺。首先，用圆规在卡纸上画一个大圆圈。接着用剪刀把大圆圈剪下来，再用半圆仪把圆卡

纸分成七个小部分，分别涂上红、橙、黄、绿、青、蓝、紫七种颜色。然后用发射器上的工具把陀螺上的螺丝拧下来，把七色卡片放在陀螺上，再把螺丝拧上去。就完成了！来试一下吧！

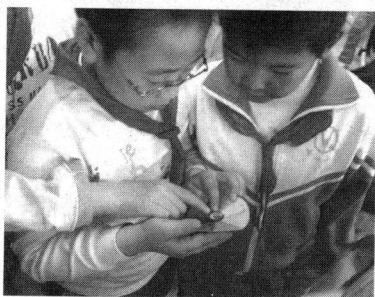

10月

嘣！看！颜色变了！变成白色了！

科学可真奇妙呀！

每每看到这样的孩子，除了高兴，更隐隐的会有一种担心：我在他们人生的道路上到底能负多大的责任？

>>>>>>

10月 **15**日　星期一

这绝对算是"顿悟"了吧？

今天琢磨怎样研究纸的结构，有一个实验是将纸撕成小块放入水中，经搅拌后，观察悬浮在水中的"小毛毛"。但总觉得透过无色透明的水观察白色的小毛毛，不仔细看，孩子们很容易看不清，或者注意不到。这个问题如果不解决，就可能影响实验效果，可是一

2007年

时也想不出什么好招儿。

下课去了一趟教学楼，回来的路上，还在思考怎么解决。突然，脑子里亮了一下，对，用手电筒从烧杯对面照过来，不就行了吗？快回实验室试试。我加快了脚步。设想得到了验证，儿子帮我完成了实验，图片上歪着脑袋观察的就是他。真高兴！这大概就是做科学老师的幸福所在吧——有一丝丝成就感呦！

>>>>>>>>

10月17日 星期三

"如果把蚯蚓切成三段、四段、五段，能变成三条、四条、五条吗？"

这周和孩子们一起研究蚯蚓，在讲到蚯蚓的再生现象时，发现孩子们的表情最兴奋。

首先，给孩子们讲了一件发生在我身上的真实的事：我生在农村，从小与大自然零距离接触。有一次我和妈妈去菜园种菜，种菜前需要先将土翻松，就在我翻得起劲儿时，一条小拇指粗的蚯蚓被我的铁锹铡成了两半，玫瑰色的血液染了我的铁锹，染红了土壤，当时我吓得倒吸一口凉气，本能地向后退了好几步。自打那一次起，我再也不敢去田里翻土，因为我害怕惨剧再次发生，不愿意再有蚯蚓惨死在我的手里。后来长大通过读书才知道，其实当时那条蚯蚓根本死不了，因为在蚯蚓身体里有一种储备的原生细胞，加之蚯蚓血液内白细胞在伤口处形成的特殊栓塞等一系列生理反应，被切成两段的蚯蚓可以变成两条蚯蚓，这是蚯蚓多年来适应土壤中生存的一种本能，我当时的担心完全是没有必要的，这种担心是一种缺乏科学知识

的表现。

　　没想到，我的现身说法把孩子们都听呆了。在 11 个班讲同一件事，班班都是这种效果。几乎所有孩子会提出同一个问题：如果把蚯蚓切成三段、四段、五段，蚯蚓能变成三条、四条、五条吗？还有的孩子更是突发奇想：老师，如果把蚯蚓纵向切开，能不能变成两条蚯蚓呢？孩子们太可爱了，提出的问题真好，正是培养他们科学探究能力的好时候，于是，我尝试着作了这样的处理：

　　"你们的奇思妙想也正是我所感兴趣的，但是我也不知道正确答案，不如你们亲手实践，自己找一找答案，好不好？当然，实验要征得家长同意，并请家长帮忙。如果需要我的帮助，下课可以提出来。但是我要你们留下实验的照片资料和文字资料，即科学小论文或科学观察记录。"

　　很多孩子感兴趣，纷纷表示要进行此项实验，我也在期待中……

　　以下是一个孩子的回应——

蚯蚓再生的研究

三（5）班　张怡萱

　　在一次科学课上，吕老师讲到了蚯蚓有再生能力：如果把蚯蚓切成两节，蚯蚓可以变成两条。原因是蚯蚓被切的伤口处可以形成新的再生芽，继而形成新的口和肛门。当时我们都有这样一个疑问：如果蚯蚓被切成三段、四段、五段，会怎么样呢？蚯蚓还能再生成三条、四条、五条吗？吕老师当时没有给我们答案，而是让我们动手试一试。但是吕老师建议我们先把蚯蚓切三段，这样能够保证万一中间的一段活不了，也不至于伤及蚯蚓的性命。如果中间一段也能够成活，再进行其他实验。我决定试一次。

　　天公作美，不几天就下了一场雨，早晨我在路边捡到了一条出来呼吸新鲜空气的蚯蚓，高高兴兴地带回了家。我用手小心地把蚯蚓放在一张白纸上，再用一把锋利的小刀把这条蚯蚓切成了三节，每节大约长两厘米。蚯蚓被切断后，它的一头向右弯，另一头向左弯，边上的两节在纸上挣扎，还留了鲜红的血，原来蚯蚓也会流血呀！中间的那段一动不动地躺在纸上。后来我把它们放在了盛有湿润泥土的瓶子里，每天观察。几天

2007年

后，中间的那段蚯蚓死掉了，两边的又长出了新肉，是浅粉红色的，这一次我真的相信蚯蚓是会再生的。

那么蚯蚓为什么会再生呢？我又上网查阅了资料。原来，蚯蚓被切断后会形成新的细胞团将伤口闭合。这时，蚯蚓体内的一部分未分化的细胞很快被输送到这里，形成再生芽。此时，其体内的器官、神经系统以及血液等组织细胞，通过大量、快速地繁殖，迅速地向再生芽里生长。

张怡萱

一条小小的蚯蚓蕴涵着这么丰富的知识，我们需要探索的真是太多太多了，让我们在科学的海洋里尽情遨游吧！

>>>>>>>>

10月 18日 星期四

她用实物投影展示了一个扬声器

今天，在北大附小听了中关村三小孙文红老师讲《声音的产生》一课。说实在话，这节课，我也重点研究过，并且在第一次讲和第二次讲时确实有了飞跃。比如说第二次讲，我加入了自己的创意，自制教具"舞动的声音"，让学生亲眼看见了声音是什么样的，而不是通常说的听声音。在处理学生初步提出的假设，即"你认为声音是怎样产生的?"这个问题时，也比第一次有所提高。记得第一次讲时，学生自己制造声音后进一步提出敲、摩擦、拍、弹、拉可以产生声音，有个别

学生说是振动产生声音，我只是简单地说我同意最后同学的观点，利用老师的威严简单解决了学生对这个问题认识的分歧，当然，那是发生在五年前的事。

两年前，我又一次研究这一课，同样遇到了怎样将学生所猜测的外力原因引导到"振动"产生声音上来，我采用了这样的方法："敲、摩擦、拍、弹、拉等这些词在语文课上叫什么词？"学生回答："动词。"我说："是的，这些动作只是产生声音的前提条件，而声音是在这些动作停止后才出现，甚至还在延续的，所以，刚才有同学提到这些动作引起的物体'振动'，可能才是声音产生的真正原因。那么你有什么办法证明我们的猜想？"

这种处理方式肯定是比上次有所提高，在当时我也确实觉得很满足了。

但是孙老师处理这个问题却用了更加巧妙的办法，甚至不露一点痕迹。她是这样做的：学生提出初步假设后，她用实物投影展示了一个扬声器，并且使其发出声音，再请学生利用触觉、利用纸片感觉振动发出声音，而操作者并没有动作作用在扬声器上。

这个办法简直太巧妙了，据孙老师说她借鉴了美国 FOSS 教材的方法，这套教材真好，我真想看看。

>>>>>>>

10月 23日　星期二

杭州之行第一日——魅力杭州

坐了十几个小时的火车，熬过了一宿的颠簸，今天终于来到了"人间天堂"——杭州。起先，我对日本的印象非常好，干净、空气湿润是令我最着迷的。

2007 年

今日到了杭州，呼吸着湿润的空气，看着柔美的西湖水，不禁感叹祖国河山的秀美。原来只是自己的阅历太过浅薄，不了解自己国土的美丽罢了。杭州的空气跟日本的一样好，甚至更好，因为"欲把西湖比西子，浓妆淡抹总相宜"的境界是日本远不能及的。

在西湖

喜欢杭州！感谢学校给了我这次学习、长见识的机会！

>>>>>

10 月 24 日 星期三

杭州之行第二日——开启思考的闸门

开幕式后听了 7 节课，开始还好，头脑清醒。听到下午，头真的痛了，痛得心里都有些恶心。还是坚持了下来，因为来一次不容易，能听到来自全国三地的科学高手讲课，更不容易。每一节课的背后都有一个强大的后盾在支持着，每一节课都是专家团和做课老师共同智慧的结晶，代表的是全国科学教学的最高水平。

今天的 7 节课，各具特色，教师水平也是不相上下，都很好。7 节课中，我特别关注了三节《比较水的多少》，因为"同课异构"更加有助于教师的提高。本次研讨会的主题是"用科学探究活动帮助儿童建构科学概念"，因此而产生的一系列现场研讨相当激烈，给我印象很深。这节课要用怎样的科

学探究活动帮助学生建立什么样的科学概念，是本次研讨的重中之重。杭州的李家绪老师的回答很果断，他认为要解决这个问题，就是要研究走怎样的路到哪个目的地去的问题，因此，他给本课确定的科学概念就是使学生认识到"水有一定体积"，这个概念的建立又以前面一课学生的已有认识：水没有颜色、透明，没有固定形状为前提，并且在本节课过渡到"水的体积大小可以测量"这个层面上。第二位李老师则将教学重点建立在让学生亲历量筒的再发明再创造的活动上，并使学生初步建立"水的体积可以用统一标准来测量"的概念；第三位来自广州的李老师则是希望学生知道比较水的多少可以有多种方法，并且最终比较时必须用相同的杯子、相同的试管、相同的袋子，从而建立比较时标准要统一的认识。

到底该怎样定位？整个现场没有给出明确的回答。回来后，我查了一下教参，教参中是这样说的：

·液体具有一定的体积，液体的体积是可以测量的。

·非标准单位的测量会导致结果的多样，标准单位的测量使信息交流成为可能。

如果从修订后的教材和教参本身出发，我认为前两位老师对于教学内容的定位更加准确些，而第三位广州的李老师可能用的是上一轮修订前的旧教材，因为一年前我给中关村三小的学生也讲过这节课，当时我也是给孩子们准备了和她一样的实验用品：弹簧秤、塑料袋、尺子、水彩笔、漏斗，还比她多准备了一样材料：手表；目的就是想让学生通过这些有结构的材料，从比较水位的高低、水的重量、水的流速三个方面出发，对三瓶水的多少进行比较。至于多多少，用什么方法，采用什么工具得出多多少的结论，则放在第二课时处理。这一点同这位李老师的教学内容安排也是一样的，因此，我猜她用的是旧教材。

另外两位李老师用的则是修订后的新教材，体现的是新目标，但是二者又有所不同。这不同从他们所选用的实验材料上、从他们教学设计的过程上，都有所体现。第一位李家绪老师给孩子们提供的比较材料有漏斗、试管、一次性塑料杯、尺子。学生预测两瓶水的多少后，教师马上让学生自由选择材料进行实验比较，没有进行任何的实验指导，也没有学生关于实验设计方法的初步讨论，学生拿过材料就开始比较，非常快地就过渡到了"一点点"、"20 毫米"、"25 毫米"的实验数据上。教师从"一点点"这种模糊、不够科学的描述，到"20

毫米"、"25 毫米"这种精确但所得结果不一致的描述，导出问题所在，即什么原因导致数据的不同。通过学生对各组所用工具的底面积大小不同（李老师称"宽度"）的观察，找出刚才实验结果不同的原因。然后过渡到超市牛奶、醋的体积单位"毫升"的认识上。之后，出示量筒（上下一般粗细）和量杯（上粗下细），由学生猜测量筒上 200mL 和量杯上 200mL 刻度所在位置高低不同是因为什么，这与测量水的体积多少有怎样的关系，从而结束了全课。

听课

会后与教研员王思锦
老师（左二）合影

这一课有几个亮点值得学习：第一，教师实验表格设计简洁、好用；第二，投影出示实验要求，简单明了；第三，学生自主选择材料，体现学生自主探究；第四，统计实验数据，凸显矛盾，生成探究问题，关注了学生思维；第五，用放大镜放大牛奶盒上的小字再拍成照片形成课件，手法巧妙；第六，有

选择地使用实验材料，巧妙控制实验方法，定位在比较水位一种方法上，为后面的教学设计铺平道路。

10月

同时，我也有一些疑问：第一，既然我们教参中的科学概念定位为"非标准单位的测量会导致结果的多样，标准单位的测量使信息交流成为可能"，那么教师将比重量和比流速的方法舍弃，是不是没有完成本概念的前半句，即"非标准单位的测量会导致结果的多样"？第二，实验之前没有进行任何设计和教师指导，是否可行？或者说李老师的设计有没有关注因材施教？第三，课的最后出示量筒（上下一般粗细）和量杯（上粗下细），并且让学生比较它们每一格刻度的宽度为什么不同，意义何在？这个环节是不是可以理解为，水的形状不同，但体积是一定的，并且可以测量，可以用"毫升"来描述？

第二位李老师的设计似乎更符合修订后新教材的内容。他选用的实验材料有一次性塑料杯、天平、烧杯、水彩笔，学生利用材料设计出了多种方法，比较出了两杯水哪杯多哪杯少。结束之后，李老师又组织同学找到最简便的方法，培养了学生的实验能力。紧接着，这位李老师重点引导学生自制量筒进行比较，测量到底多多少水，收集测量结果，凸显问题，即标准不统一给测量带来的麻烦，从而导出测量水体积的常用实验器材——量筒。最后用量筒测出准确数据，从而结束探究全过程。

整节课下来，李老师用不同的轻音乐为各个环节做背景，这是我很少见的，有声而不噪，有韵而不闹，原来科学课的意境也可以和语文课相媲美啊！

>>>>>>

10月**25**日　星期四

杭州之行第三日——眼前一亮

大会今天安排了三节课：《跳动起来会怎样》《雨水对土

2007年

地的侵蚀》《保护鸡蛋》，课与昨日同样精彩。在此，向10位做课老师致敬，向你们学习！

最让我眼前一亮的是一位不起眼的个头不高的小伙子。他执教的是《雨水对土地的侵蚀》。这位男老师在说课时说了这样一段开场白："课一结束，我给我远在外地的指导老师发了这样一条短信：'生了！顺产！！'。"这句话几乎让所有在场的老师都笑了，也许是在笑这样的话怎么会出自一个小男孩儿的口，也许是笑这句话本身，但我想这句话幽默诙谐地概括出了他研究这一课的全过程，从这句话我也感受到了这位老师对这节课倾注的所有感情，所以，博得认可是必然的。

之所以让我眼前一亮，首先"亮"在课前准备的开篇诗上。配乐朗诵诗歌《土壤妈妈》，使学生初步感受土壤的重要性。

其次，"亮"在教具上。教师根据需要，改进了教材上的实验设计，使模拟实验更加具有科学性。

第三，"亮"在全课的设计理念上。整堂课将探究雨水对土壤的侵蚀原因作为重点，学生学"透"了，教师讲"明"了。

第四，"亮"在教师熟练使用现代教育设备上。教师当场用数码相机拍摄学生用"雨水"冲刷土地后的照片，并立即放到大屏幕上展示，给学生视觉上的冲击力强，学生、台下老师印象都深刻。而这位老师毫不手忙脚乱，而是稳稳当当，其功力可见一斑。

最后，"亮"在全课结尾处。这位老师是温州人，孩子们课上表现得很好，老师问孩子们想要什么礼物，有个孩子想要土，原因在于本节课教师的情感、态度、价值观教育渗透得好，所以学生要"土"作纪念真算得上点睛之笔。

好课！好课！！好老师！！！

>>>>>>

10 月 26 日　星期五

杭州之行第四日——再次与杭州亲密接触

离家已经四天了，还真有点想儿子，想老公。活动已于昨

香樟之果！

桂花好香！

2007年

日傍晚结束，我们也归心似箭。可是没有买到返京车票，只好逗留一日，赶今晚 11 点的火车。也罢，趁此机会，好好呼吸一下这里的空气，再次徜徉于西湖的美景，再闻桂花之馨香。

我和同伴边走边指认着路边的植物，这是法国梧桐，那是我国北方常见的垂柳；这是我们认识的白玉兰，那是十分珍贵的水杉；这是北方也有的凤尾蓝，那不是香樟树吗？顺着我手指的方向，我们亲眼见到了三年级科学书第二课中的一种植物——香樟树。因为这套教科版的教材是以浙江等南方省市最先为实践基地的，所以植物单元的很多图片都来源于南方植物，我们北方的老师只好因地制宜，就地取材，比如我就将香樟树换成了白杨树、柿树进行教学，而将自己和学生都不熟悉的香樟树作为补充资料给学生作为拓展内容。哈哈，下次再给学生讲这一课，我就有了一手材料，因为我拍了照片呦！

杭州真好，一个免费的南方植物园，此时又真想再多留几日，将这里的植物认个够……

2007年11月

四	11月01日	为何不"拿来"一用？
五	11月02日	配合北京市学具调查，提出自己的想法
六	11月03日	巧留质疑，把探究活动延伸到课外
日	11月04日	
一	11月05日	
二	11月06日	
三	11月07日	
四	11月08日	
五	11月09日	找个学生易操作的办法试了试……
六	11月10日	
日	11月11日	
一	11月12日	
二	11月13日	
三	11月14日	
四	11月15日	
五	11月16日	第二次坐在了区中心教研组的讲台上
六	11月17日	
日	11月18日	
一	11月19日	"谁和我比下腰、下腿？"
二	11月20日	
三	11月21日	
四	11月22日	
五	11月23日	
六	11月24日	
日	11月25日	
一	11月26日	
二	11月27日	
三	11月28日	小处着眼，改进实验好处多
四	11月29日	
五	11月30日	

这个月的大部分时间，都在集中精力研究《它们吸水吗？》。即便这样，到了在全区展示研究课的当天，仍不是完美的。这一课不仅是区级研究课，而且还是海淀区课改录像课，虽然最终仍免不了还存在这样那样的问题，但自己感觉通过这一过程有了很大提高。感谢文中提到和没提到的所有帮我进步的人！

>>>>>>>>

11月 1日 星期四

为何不"拿来"一用？

在《它们吸水吗?》一课中，引导学生比较木片、纸片、金属片、塑料片的吸水能力，然后着重探究纸吸水能力最强的原因。

授课过程中，学生提出了自己的两点假设：第一，纸的内部肯定有小孔，水进入到小孔里了；第二，跟组成纸的材料有关。

面对学生的假设，我们老师要做的是引导学生设计实验进行验证。教材提供的实验方法是观察法，既可以采用撕、折、揉等方式观察，也可借助放大镜来观察。通过这些方法，学生可以看到纸上有小孔、纸被撕开的边缘或者揉烂的地方有小毛毛。但是我有几点疑问：第一，用揉的方法观察纸的成分组成，学生较难想到，需老师引导。第二，折纸对研究纸的结构和纸的成分组成没有什么帮助。本节课不是单纯的观察纸，从这一点来讲，个人觉得新教材的修订欠妥。第三，经历古代造纸的过程虽然有助于学生对纤维疏密的认识，但占用探究时间过长，造纸不应该是重点。如果教师课前造好纸，让学生通过与其他纸的观察比较，比如看一看、摸一摸，学生很容易就能找到纸的薄厚、纤维排列的疏密、纤维排列的样子均是影响纸吸水快慢的原因。只是在研究纸的结构时，教师必须让学生对其有足够的表象认识，这将有助于学生对影响纸吸水能力强弱的因素的认识。

那么，怎样才能解决这个问题呢？经过试讲，感觉学生利用放大镜观察纸的结构和组成仍然停留在表象，如果就这样生给学生讲解，有些牵强。终于，想到了一招妙棋。说"想到"

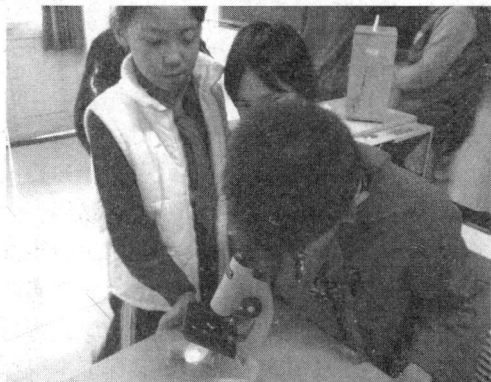

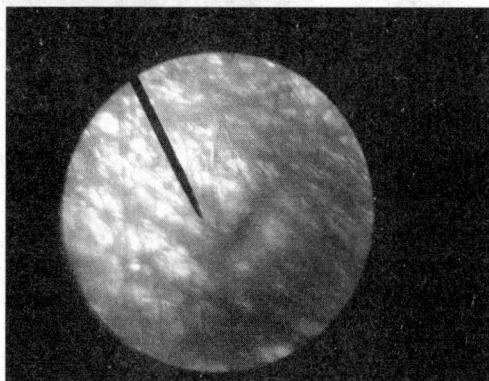

也不准确，说"想起"更加准确些。一次外出听课，见到邓翼涛老师用显微镜观察过纸，为何不"拿来"一用？这不就是"拿来主义"的生活原型吗？对，就这么定了。但是，在

我以前工作过的几所学校里，实验室根本没有显微镜，并且小学也不要求孩子们学习使用显微镜。只依稀记得上师范时在生物课上简单学过一点显微镜的使用方法。恰好去年和几个同事一起从学校仓库清理实验器材时，拿到实验室几台显微镜。晚上，对照着使用说明，我装好了目镜和物镜，调好了焦距，真的清晰地看到了纸的纤维和小孔的结构，太棒了！我兴奋的叫声引来了爱人和6岁的儿子，爱迪生当年发现钨丝大概也就如此吧！说得或许夸张了些，但成就感确实油然而生，同时也真的感受到了钻研问题的乐趣。成功了！将显微镜这种高端器材引入课堂，效果真的不错，整堂课下来很顺畅，显微镜确实给学生的探究提供了有力的"技术支持"。

"支持"一词很普通，但它很好地印证了教具学具要为教学设计服务、为学生探究服务的教学理念，所以大胆地将显微镜纳入《它们吸水吗?》一课，没错。

>>>>>>>

11月2日 星期五

配合北京市学具调查，提出自己的想法

这几天，同组的几位科学老师根据自己日常教学情况，配合市教研部门对北京市科学学具使用情况进行了调查。我们不仅对学生进行了调查，而且自己也提出了对科学学具的意见和建议。大家都很辛苦，全部利用课余时间来完成。调查涉及三年级至六年级共四个年级，老师们态度都很中肯，目的只有一个，为今后科学教学工作扫除困惑和不便。从这个角度讲，我们也在为自己工作更顺利作准备。此次市里搞这个调查也确实想听到来自一线的声音，他们工作的动机很好！

下面是我提出的意见中的一条。

题目 12. 您认为是否有必要配备学具，并说明您的理由。
A. 有必要；B. 没有必要。

选择：A. 有必要。

理由：有必要配备，但不是现在这种配备法，建议以小组为单位配备，配备质量好一些、大一些、像样一点的学具。目前学具人手一份，与小组合作学习是冲突的，每节课下发、收回学具就耗费了大量时间，学生做起来又各顾各的，不利于合作；如果教师不让学生人人做，而是小组共用一套，则学具又小，不适合四人共用。况且，无论是哪个级别的公开课，很少见到做课老师使用学具袋里的学具上课，足见其不是很实用。建议有关单位切实想想办法。我们期待调查结束后，尽早调整学具，让广大老师和学生使起来得心应手。

>>>>>>

11 月 3 日　星期六

巧留质疑，把探究活动延伸到课外

《它们吸水吗?》一课在充分观察实验与交流的基础上，学生得出了纸吸水能力强，与纸的组成及结构有关这一结论。此时，学生对纸能够吸水已经深信不疑。随后我试着安排了这样一个环节：教师出示一纸杯水，并且告诉学生："这杯水是课前老师晾上的，一节课了，同学们肯定也很累，谁渴了? 我请你喝凉白开。"这时，学生肯定非常踊跃，纷纷想来喝这杯水。教师指名让学生前来，目的只有一个，证明纸杯里确实有水。接着提问："刚才做了那么多实验，都证明纸能吸水，为什么几十分钟过去了，纸杯没有湿呢?"学生被问住了。是呀! 为什么呢? 此时，教师可以给学生介绍现代造纸，例如播

放影像资料，也可下发文字资料供学生阅读，但均只涉及往纸浆中加入不同辅料可以造出不同种类不同需要的纸。至于造纸杯时加入的是哪种辅料仍留给学生课下去查，他们在查阅资料时肯定还会有更多新发现。

但也有另一种可能，就是有的学生知道纸杯的纸中加入了石蜡。此时，就要求教师要打有准备的仗，一方面对这名学生及时肯定表扬，另一方面要布置另外的延伸作业，比如，本节课中，木头虽然吸水速度比纸慢，但也能吸水，它的内部结构是怎样的呢？等等。总之，教师要备课，要备学生。

>>>>>>

11月9日　星期五

找个学生易操作的办法试了试……

《它们吸水吗？》一课，教材最初的安排是这样的——

观察比较金属片、木片、塑料片、纸片的吸水能力哪个更强？

方法：

1. 提供给学生四种材料，让学生说说它们谁容易吸水，要求能解释自己的认识，激发学生探究比较材料吸水能力的需求。

2. 提供给学生滴管、红墨水，请每名学生按照教材的比较和观察方法，比较四种材料的吸水能力。教师通过活动提示的方式，引导学生向细致观察及科学描述方面发展。

活动提示：

·滴水时要考虑水滴的大小和滴水的位置，尽量保持相同。

·从侧面观察水滴变化，既要观察水滴的变化，也要关注材料上的变化。

·用图画和合适的词语描述观察到的现象，如材料的吸水速度、材料浸润面的大小、材料上水滴的形状等。

·根据观察到的现象，判断四种材料的吸水性，并按照吸水能力强弱排序。

3. 小组观察比较后，全班交流观察到的现象和排序结果，着重引导学生描述木头和纸吸水的现象，引导学生提出疑问。教师根据学生的回答小结并提出新的问题：这四种材料的吸水能力不同，纸最容易吸水。有没有同学发现纸吸水能力强的秘密呢？吸进去的水到哪里去了？（细心的学生可能会发现纸和木头在吸水时的变化与材料构造之间的联系：如纤维结构、木头或纸表面相对粗糙些，中间可能有空隙等。）

对于这种设计，我有这样几点思考：

第一，三年级的孩子首次接触胶头滴管，教师要讲解使用方法。教会孩子使用是应该的，这一点，毋庸置疑。

第二，即便使用胶头滴管也并不能完全保证四滴水大小一致，毕竟是每名学生手持一个滴管。

第三，观察水滴在四种材料上的变化时，既要关注水滴从侧面的变化，又要关注四种材料上的变化。这对三年级小孩子来讲有些困难，不经过教师的引导，仅凭孩子们自己观察，恐怕很难关注到这两方面的内容。但是如果教师这么做了，占用的探究时间就会有些长了。毕竟，本节课的重点是"以纸为例，探究材料吸水能力不同与构造和组成之间的关系"，因此，我这样改进了实验——

同样是研究四种材料的吸水能力，采用的是"按手印"的方法。

1. 孩子们，再过几个月，奥运会就要在北京举行了。一场场激动人心的比赛即将拉开帷幕，你们高

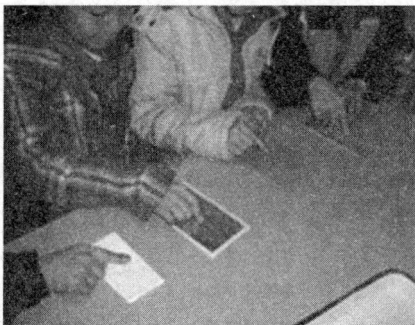

2007年

兴吗？今天的科学课上，我们就要进行一场特殊的吸水比赛，你们都是评委。下面就请我们的四位特殊"运动员"上场。（以组为单位，每组每名学生各拿一种材料，教师介绍材料。）介绍比赛规则：课件。（规则：A. 预测，完成表一"预测名次"部分；B. 按预测名次摆成一排，每人用食指指尖蘸一下水，在所持材料的表面按一下，立即抬起；C. 观察，完成表一"实际名次"部分。）

2. 学生小组活动，实验四种材料的吸水性；汇报结果。（教师贴板书。）

3. 通过实验，我们发现，纸和木头都能吸水，纸的吸水能力是最强的，快把掌声献给我们的冠军。

这样改进有三个好处：

第一，解决了难以观察的问题，给教师减轻了负担；

第二，手指蘸的水比滴管吸的水少，用的时间短，学生便于操作；

第三，有助于学生把注意力集中在观察水滴的变化上，而不是仪器上。

并且，我们不必担心水滴的大小，因为同组的孩子身高、体重差不多（我们学校是按身高给学生分组的），所以食指指尖差异也不大。

我尝试了一下，这样做用时短，出结果快。

>>>>>>>

11月 **16**日 **星期五**

第二次坐在了区中心教研组的讲台上

今天，第二次坐在了区中心教研组的讲台上，参加人员是

市区级科学学科带头人、骨干教师、中心级骨干教师，有40人左右，地点在海淀区教师进修学校10号教室。大家交流的是10月份去杭州参加全国年会的体会，不太紧张，毕竟是在夸奖别人、剖析别人，自己当然轻松了许多。不过，真希望自己的体会能够对没有去杭州的老师们有些许帮助。（发言稿详见2007年10月23日至26日日记：杭州之行第一日——魅力杭州；杭州之行第二日——开启思考的闸门；杭州之行第三日——眼前一亮；杭州之行第四日——再次与杭州亲密接触。）

>>>>>

11月19日 星期一

"谁和我比下腰、下腿？"

讲解《谁更柔韧一些？》一课时，起初是按照教参上设计的"什么是柔韧性？"这个概念教学的，但效果一般。教参这样安排——

柔韧性的初步认识：出示两根长度、厚度和宽度一样的塑料条和木条。让一学生上台取其中一根，和教师一起提起一个同样重的物体，其他学生观察到塑料条和木条变形后，一根断了，一根没有断。

学生描述观察到的现象：木条断了，塑料条没有断；塑料条弯了，没有断，木条先是弯了，最后断了。

我们把像刚才这样塑料条受力变形后，不

2007年

易折断的特点叫做柔韧性。

我们学校是艺术特色校，学生中练舞蹈的特别多，所以在后来上课的班级中，我就采用了"谁和我比下腰、下腿；我和谁比下腰、下腿"这一活动。当练舞蹈的学生现场下腰下腿时，孩子们的掌声异常热烈。

轮到我了，孩子们几乎屏住了呼吸，两眼圆睁，等我表演绝活……结果当然没法和孩子们比，下到一半就搁浅了。"唉——"我听到了孩子们的叹息声。"你们认为谁的柔韧性更好一些？""当然是×××了。""好，我甘愿服输。如果我再请一个人来和她比，她可就不一定行喽！""老师，谁呀？""中国杂技团的演员。""在哪儿？快请她出来！""哦——可惜她今天有演出，没法来。如果她真的来啦，你还敢和她比吗？"我对着刚才和我比赛的同学问。"那么你们认为谁的柔韧性更好一些？""当然是杂技演员了！"孩子们异口同声。"对呀，他们每天都要经过专业训练。而我呢，假如我要面子硬是下腿，可能会出现什么后果？""您的韧带就拉伤了。""太对了，那么你认为什么叫柔韧性？"学生经历了这样的活动后，教师再指导学生认识什么叫"柔韧性"，自然是水到渠成。

学习本课，引导学生认识"柔韧性"这个概念是后面一系列教学活动的前提。本课对这个环节的处理，注重结合学生实际，找准学生的兴趣点，找准学生对这个概念认识的生长点，对学生认识什么是物体的柔韧性很有帮助，效果良好。

>>>>>>

11月28日 星期三

小处着眼，改进实验好处多

今天试讲《它们吸水吗？》一课，对烧杯这个材料进行了

11 月

更换，效果不错。最初的教学设计中采用的是"按手印"的方法比较金属片、塑料片、纸片和木头片的吸水能力，这种设计要用到水。在后面研究纸的组成成分时，又安排了一个让学生将纸撕碎放入水中，观察水中悬浮的"小毛毛"（即纤维）的设计。所以，两个环节的设计都要用到水。但水量要由前面提到的第二个环节（即利用水观察纤维的环节）决定，所以，用1000 mL的大烧杯盛了400 mL的水，自己觉得水不能再多了，可太少了也不行，因为还要牵扯到实验中学生用的标本纸的大小。经过王老师指导后，我将第一个环节（即比较四种材料的吸水性的环节）进一步放开，一切由学生决定，比如比赛方法、比赛规则。这样一来，如果学生想用四种材料同时放入水中比较谁吸水快的方法，那么烧杯就不能满足需要，因为烧杯口太小。经过再三琢磨，决定将烧杯换成小托盘，只装一厘米深的水。

这样无论学生设计哪种实验方法，托盘里的水都够用，而且水量恰到好处，还节约了用水。而借助水观察纤维的实验我决定删去，一来可以少准备一样材料，二来利用放大镜、显微镜观察"小毛毛"已足够，又何必画蛇添足，给自己找蹩脚的路走呢？今天试讲了一下，成功！

通过这个细节的改动，我悟出了一个道理：凡事多动脑，一定能找到最佳的解决办法。作为教师，就应该呈现给学生最佳的设计，这是每一位教师应该努力的方向，我就在这个行列里，尝试着，修改着，成长着……

11月份，我重点研究了三年级《科学》上册《它们吸水吗？》一课，每次试讲，都有不同的收获。这里所说的收获不仅仅是闪光点，更多的是发现细节上的问题。这个月几篇关于这一课的日记记录了我对这一课的思考和不断改进的过程。自己讲课，同事、领导听课后发现的问题，我都会去想办法在下一次设计中避免。在不断的尝试中，我收获着"成功的快乐"（个人理解意义上的，只限于当时的认识）和新问题的煎熬，这个过程让我觉得自己真的有提高，比以前有进步了。直到最后，在教研员王老师的指导下，才发现自己当初的几个思路其实是存在问题的，比如第一个环节"按手印法"可以改为更加开放的设计，由学生自主设计，自由选择方法，这样才符合课改理念；再比如，前面的设计中，将第二环节设计为学生利用各种方法比较餐巾纸和复印纸都能吸水的原因，再来比较餐巾纸、复印纸、老师造的再生纸吸水能力不同的原因，虽然遵循了教材的安排，但是在试教过程中，总觉得只比较两种纸的相同点就总结出所有的纸都具有纤维成分和小孔结构不太符合科学规律，但是总也找不出解决办法。王老师建议我不要被教材所局限，将第二、第三个环节调换一下位置，轻松解决了这个问题，而且全课的主线更加清晰，环节之间也更加紧凑了。

2007年12月

继续着思考、实践，
感受着幸福！

六	12月01日	
日	12月02日	
一	12月03日	
二	12月04日	
三	12月05日	
四	12月06日	《它们吸水吗？》 课后反思
五	12月07日	
六	12月08日	
日	12月09日	
一	12月10日	
二	12月11日	
三	12月12日	
四	12月13日	
五	12月14日	人为控制外界条件，就可以改变动物的生活规律
六	12月15日	
日	12月16日	
一	12月17日	今天向学校递交了这样一份申请……
二	12月18日	
三	12月19日	"老师，您跟心理专家一样！"
四	12月20日	
五	12月21日	
六	12月22日	
日	12月23日	
一	12月24日	
二	12月25日	
三	12月26日	关于科学记录的再次思考
四	12月27日	
五	12月28日	结合自己学生的情况，因材施教
六	12月29日	
日	12月30日	
一	12月31日	

12月 6日 星期四

《它们吸水吗？》 课后反思

　　今天，怀揣着几分紧张、几分兴奋，经历了全区科学教师对自己教学基本功的一次考验。感谢教研室王老师给了我一次学习的机会，感谢学校给我们这次活动搭设了平台。我执教的这节课课题是《它们吸水吗?》。

　　这一课是教科版小学《科学》三年级上册第三单元"我们周围的材料"中的第四课。学本课之前，关于各种材料的吸水能力，学生已有丰富的感性认识：纸和布很容易吸水，木头也能吸水，塑料和金属却不太能吸水。但他们从没真正地去比较过不同材料的吸水能力，也没有把它作为一种物理性质看待，更很少会去思考各种材料吸水能力不同的原因。

　　本课教学设计之初，作为授课教师，我首先考虑的问题就是在教学中用什么样的科学探究活动帮助学生构建怎样的科学概念。通过反复研读本节课教材、教参，再过渡到关注整个材料单元的教学目标及编排体系，最终确立了本课要在学生头脑中构建的科学概念为：①不同的材料吸水的能力不同；②纸的吸水能力强弱跟纸的组成成分、内部结构以及制作工艺等因素有关。

　　确立了教学目标，下一步就是要设计探究活动来帮助学生通过观察、实验、交流等方式建立科学概念。教材提供的实验方法是观察法，采用撕、折、揉等方式观察，也可借助放大镜来观察。通过这些方法，学生可以看到纸上有小孔、纸被撕开的边缘或者揉烂的地方有小毛毛，从而得出纸能够吸水的原因。教参中还指出研究纸时要为学生提供两种纸，即铅化纸和

餐巾纸。教参认为，四人小组形成两个两人小组，有利于合作和思维碰撞，正好两个人观察一种纸。但是，仅仅用两种纸的观察结果就给所有纸的组成成分和结构下结论，似乎不太符合科学探究的规律。另外，教材安排了课上造纸的活动，意在让学生亲历古代造纸的过程，使学生对于纤维疏密、排列的样子有一定认识，并且要知道这些是导致纸吸水能力不同的原因。但这个环节占用时间过长，此外，造纸活动我觉得并不是重点，而改变一下教学设计同样能够得出上面的结论。

因此，在经历了三次教学思路的调整后，又在教研员王老师的指导下，最终这样确定了本课的教学设计——

一、放手让学生想办法，验证自己的预测。实践第一个教学目标：探究不同材料吸水能力不同。本单元重点要研究的就是金属、木头、塑料、纸四种常见材料的吸水能力不同。以奥运会在北京召开为契机，将吸水比赛引入课堂，由学生担任评委，制订比赛方案、比赛规则，预设出比赛结果，并亲自动手实践自己的预设，得出结论。实际教学中，学生们兴趣很高，想出的办法多种多样，举例如下：第一种，用滴管同时在四种材料上滴一滴水，观察水滴的变化，从而判断出四种材料的吸水性；第二种，将四种材料同时浸入水中，观察谁吸水快；第三种，将一滴水滴在桌面上，用四种材料分别去吸，观察谁吸得快；第四种，小组成员都用同一个手指沾一滴水按在不同材料上，观察谁吸水速度快。教师以比赛公平公正为准则，帮助学生完善实验设计。这一环节的教学在不同班级的效果有差异。有的班级能想出两种办法，有的班级能想出三种。最后上课的班级只想出了两种。我没有在这里耽误太多时间，因为我们的目的是让学生想办法比较出它们的吸水能力不同，而不是要想出多少种办法。所以我果断地这样做了小结：办法其实还有很多种，今天我们就想出了两种，课下我们再动动脑筋，肯定还能想出更多的办法来。这样，结束了"尴尬"的局面，也将探究引向了课外。

在这一环节中，教师完善学生的实验设计是重点，所以课上的语言要求简练，有质疑、启发的特点："这个办法行吗？""你觉得哪儿不行？""你认为该怎样修改？""那怎么解决这个问题？""你有什么好办法帮帮他？"在教师这些提问的引导下，学生完全有能力完善整个实验设计。

在这一环节中，学生预测四种材料的吸水能力，得出实际比赛结果都不难，难的是把观察到的结果表述出来，即回答

"你看到了什么就说它的吸水性强?"。

在这一环节中,发生争论的焦点在于,塑料排第三还是金属排第三?每次试讲,它们的名次如何确定都是众矢之的,今天也一样,说明这个问题带有共性。我是这样处理的:在规定的时间里,你能够明显地看出谁先把水吸完了吗?这一问,学生都无言以对,此时我提了这样的建议:让它们并列第三,好不好?结果全票通过。

本次本环节的设计比前一稿的设计更加关注了学生探究能力的培养、思维的发展,学生在想一想、议一议、说一说的过程中,思路打开了,头脑转动了。而前一种思路即按手印法的设计,教师统一指挥,学生统一行动,看似节省了时间,完成任务无误,但恰恰忽视了科学课的本质,忽视了学生的主体地位。

二、以三种不同种类的纸(元书纸、复印纸、餐巾纸)为探究材料,给学生构建一个由简单到复杂、由低级到高级、由初步到深入、由常用方法到科学方法的探究环境。以人体五种感官为探究手段,以放大镜、手电筒、显微镜为探究工具,让学生在比较、找出三种纸不同的过程中,理解吸水能力不同的原因,并且在教师有效引导过程中发现纸能够吸水的真正原因是纸的纤维组成和小孔结构有差异。这个环节中,显微镜的使用可以使学生亲眼所见纤维的样子和小孔的结构,教师将显微镜下的三种纸拍摄下来给学生展示,对学生理解第二个教学目标有非常大的帮助,相信微观视野下的纸给孩子留下了深刻的印象。

在这个环节的教学中,将第二个科学概念的教学分成了两个层次,即先找三种纸的不同点,之后再找三种纸的相同点。首先请学生用实验一滴水的方法或其他方法比较元书纸、复印纸、餐巾纸吸水能力的强弱,然后通过人体五种感官和借助工具找出三种纸吸水能力不同的多种原因。有的小组找出了十三点不同,如纹路、透光性、缝隙大小、材料、含有的"杂质"、大小、光滑度等;也有的组说出了纤维长短不同、粗细不同、数量不同、颜色不同、揉时声音不同、气味儿不同、柔韧性不同、结实度不同。孩子们的发现让我很敬佩,看来,设计好探究活动,给学生提供有结构的材料,对于学生探究能力的培养真的很有效。

紧接着,找三种纸的相同点,我及时抛出了这样一个问题:通过刚才实验,我们发现三种纸确实都能吸水,那么水都到哪里去了?学生很快就回答:跑到小孔里去了。此时我及时给出"结

构"这个概念，并且出示显微镜下三种纸的微观照片，再将"纤维"与"小孔"结构建立联系，使学生的理解贯通起来。

12月

接下来，说说不足。课上在处理学生发现的种种"不同"时，有的地方不错，比如，不仅关注了学生发现不同点的表面，也注意了向更深层次引导学生思考，如当学生说颜色不同，我就进一步提问：颜色不同说明了什么？还有，学生说三种纸纤维长短不同，我就及时在这里处理了纸的组成成分，即"纤维"这个概念，并且赞扬学生的课外知识丰富。但也有的地方处理还停留在表面。例如，学生谈到三种纸的小孔大小不同时，我只反问了学生用什么方法发现的这点不同，但是没有像处理"纤维"这个概念时，及时帮助学生理解纸的这种小孔结构也是纸能吸水的原因。怎样在学生汇报"不同"时，及时将这两点纸能吸水的原因结合在一起，是我需要进一步思考的问题，也许这样处理全课会更加自然天成。

总之，整堂课的设计力求体现一种由宽渐窄，逐步聚焦在纸能吸水的焦点上的思路。当然，在实际教学中，还有一些自己应该灵活应变的地方，应该更多地关注学生生成、思维发展的地方。今后多多学习，争取让自己的课日趋完美吧！

最后，真心感谢沈建华和刘国英老师及她们的学生给我的配合和支持！

>>>>>

12月 14日 星期五

人为控制外界条件，就可以改变动物的生活规律

今天一早做卫生，打扫到窗台的时候，发现装蜗牛的瓶子里的沙土有些干了。这瓶蜗牛是上次讲完课以后留下的，准备

饲养到明年天暖和的时候再把它们放回大自然，这样就能和孩子们观察蜗牛近一个周期的生活情况。再说，冬季养蜗牛太容易了，它们不吃不喝，只顾呼呼大睡，既不像兔子那样有难闻的气味儿，也不像金鱼要求"生活品质"那么高，还给实验室带来了生机，给孩子们提供了素材，何乐而不为呢？

当我为小蜗牛洒了一些水，以满足它们休眠时期对水分的最低要求后，这些小家伙居然出壳了，还在瓶壁上爬了起来。（这个季节自然界中的蜗牛都冬眠了，因为外界温度太低。）看了一下温度计，室温为 16 ℃。看来人为控制外界条件，就可以改变动物的生活规律。如果故意将"蜗牛"这一节内容的上课时间反季节安排，给学生一个思考的空间，是不是会上得更鲜活一些呢？

这样可行吗？价值有多大？意义何在?! 要是身边有位专家能问问就好了。

写到这里，又想起一例：寓言《农夫和蛇》的故事。语文老师在课堂上注重的是从文本出发，在品读文本的基础上，对学生进行一定的思想教育，特别是寓言故事，更要从中挖掘其寓意。所以，记得小时候学这一课时，老师告诉我们：蛇不懂回报，没有感恩的心，不能做像蛇一样的人。其实，如果从科学课的角度想，农夫完全是自讨苦吃，不值得怜悯，因为蛇是一种变温（或称冷血）动物，冬眠是它的越冬方式，而农夫偏要改变人家的生活规律，蛇苏醒后必然会找东西吃的，加上动物的应激性使然，悲剧自然就会发生了。

>>>>>>>

12月 17日　星期一

今天向学校递交了这样一份申请……

为了给孩子们一个说法，使小组合作学习能够顺利进行下

去，今天向学校教学处提交了一份申请——

申　请

校领导，您好：

　　本人申请印发一部分小奖状奖给科学课表现不错的孩子，申请理由如下。

　　小组合作探究必须有纪律作保障。

　　本学期我重点在三年级进行了小组合作探究的实践，通过实际教学发现，上完小组合作的第一课，小组成员之间的感情确实增进了。但是仅有开学初的热闹是远远不够的，要培养学生合作的团队意识，可谓任重道远，光靠教师苦口婆心是不够的。不同于国外十几个孩子的小班教学，我们是四十多人的大班，所以，必须形成小组活动规则才行。我给学生提出了两个口号：一是"不要个人的突出，要的是小组的优秀"；二是"对小组里的每个人不抛弃，也不放弃"。第一节课没讲课，而是进行混杂分组，组织学生创建小组吉祥物，使学生互相亲密接触，近距离聆听小组里伙伴的秘密，打好一学期的小组共同成长的基础。在此基础上给每个小组记分，每班课代表一个记分本，有加分和扣分两个项目，每周两节课后要汇总12个小组的分数。评比内容广泛：排队纪律、进实验室纪律、讨论时声音大小、合作情况、带科学书情况、回答问题情况、课外知识情况、课外科学研究情况、额外收集科学资料情况、写科学小论文情况、上课用科学课语言情况、课上与同学老师交流礼貌情况等，都是我们评比的范围。为此，我向学校提出申请，印发一些"科学之星"的奖状，每班根据一学期20周总成绩（期末测试成绩作参考），在12个小组中评出前5名为优秀小组，即每班将有20名学生获奖。这样做，对所有的孩子在课上的表现有一种约束，有一种激励，因为优秀的孩子不一定能得到科学奖状，必须要小组4个人都好，这就给好孩子提出了要求，也给所谓的"差生"以希望。总之，在科学课上，就是要大家互相学习，互相影响，共同进步。有了这样一个评比的框架，感觉上课还是比较轻松的，不必担心纪律问题影响教学。

　　举一个最普通的小例子：实验室的小凳很不稳，三条腿，很多孩子都爱让小凳两条腿着地，他们觉得好玩。结果，倒地上的情况时有发生。去年我很烦这个问题，但是无论我怎样强

调都不管用。扰乱课堂秩序，"哐啷"一声还不算什么，如果把学生哪里磕破，甚至向后倒，磕到脑干恐怕连命都难保，想来很后怕。本学期，我将这个小项目纳入小组评比，大家都知道维护小组荣誉，课上的"哐啷"声几乎听不见了。因为孩子们都知道，自己代表的不是个人，而是小组的集体荣誉。再如，经过本学期的训练，大部分孩子已经能够做到认真倾听他人意见，如有不同意见能够做到举手修改或补充。凡是这样表现的时候我都要给加分的，目的就是想使其习惯成自然。这也是合作技巧训练的一个要点。又如，孩子们都喜欢动手实验，但是实验时各人顾各人，自己做自己的实验绝不是科学精神的体现。有时我们确实需要独立思考，但思维互相碰撞、互相交流、合作学习更为重要。合作中，我发现这些独生子女们以自我为中心的现象非常严重，"我来做"、"你别动"……这样的声音经常听到，展开小组间合作评比后，这样的争执越来越少，有问题共同想办法、共同解决的现象不断涌现，因为他们知道小组的荣誉很重要。

等待批准！谢谢！

申请人：吕春玲
2007.12.16

提出申请后，学校同意了，给了我这样的回复——

支持你的想法，同意你的做法。要求四点：①每班名额不宜太多，获奖人数不超过本班实际人数的三分之一；②设计出奖状版式初稿，咱们共同商定；③获奖学生除了发放奖状，请你在学生的评价手册上注明；④每班的获奖学生有一个合影。

王晓英

当我向三年级的孩子们宣布评比内容和评比办法以及获奖后的表彰办法时，孩子们跃跃欲试的表情告诉了我，他们会用自己的言行为小组争光。这学期是初试，下学期将进一步研究，使其更加合理，让孩子们合作意识、团队意识不断增强，使他们从内心认识到集体力量最强大！

后续：

本学期最后一次科学课上，按照记分本上的成绩统计，每

班选出了前三名的小组，有个别班级是 4 个小组获奖，因为有并列情况存在，这样全年级共有 140 多名学生获得"科学之星"的奖状，我为孩子们拍了照片，并且在他们的综合评价手册荣誉栏里标注了"被评为科学之星"的字样。

我看到获奖的孩子们眼睛里流露的是高兴，是自豪；而没有获奖的孩子们眼神里除了有羡慕之外，更多的是遗憾、失落。我没有忘记鼓励他们，告诉他们回去组里开个小会，找找原因，但决不能抱怨某个人，别忘了，"对小组里的每个人不抛弃，也不放弃"。下学期我想这个评比活动应该在此基础上，再次完善，继续开展下去。

12月 19日   星期三

"老师，您跟心理专家一样！"

有这样一件事，至今想起来依然觉得有种满足感，因为我的这次思想教育取得了成效。三年级有个孩子赵××练跆拳道，颇有几分功夫。有一天科学课间他被同班的王××打哭了。科学课是两节连排，课间出了事我应该解决，而不是给班主任添麻烦。于是，我毫不留情地批评了王××。但下一周再上课，才得知，原来赵××平时仗着会几下拳脚，经常欺负同学，这一次只是遇到了一个更厉害的人而已。我用了大概3分钟的时间解决了上次课遗留的问题。我对赵××说："赵××，吕老师上次特别同情你，站在了你这一边，但今天看来，吕老师的批评有失误的地方。不过我不想再追究那件事到底是怎么回事，只想告诉你一句话，'真正的男子汉不会用拳头征服别人，靠的是头脑'。我相信你真的听懂了吕老师这句话，你的坏习惯会离你而去，我期待着你的转变。"孩子们没有想到我会说这样的话，也没有想到我会用这种方式来处理这件事，大家的目光中流露出对我的敬佩，赵××红着脸，低下了头。这时有个女孩说："老师，您跟心理专家一样！"呵呵，多么高的评价，真不敢当。忽然我听到第一桌的一个女孩说："老师，如果赵××改不了，那您的心理咨询就失败了。"对呀，没错，我也没底，不知道赵××是否能够真的尽弃前嫌，"改邪归正"。此时，我走到赵××的跟前，用手托起他的下巴，真诚地看着他的眼睛，问道："你行吗？"他的眼神分明向我传递了一种决心。"行！""那就看他的行动吧！"

再后来，班里的孩子主动告诉我赵××真的不打人了。我当然非常高兴，宣布和赵××做朋友。这一下可不得了，班里

若干孩子要求和我做朋友。课上的纪律当然也就不成任何问题
了。真没想到，看似花去了几分钟进行思想品德教育，其实却
为后面的教学省出了大量时间。

>>>>>>>>

12 月 26 日　星期三

关于科学记录的再次思考

今天和孩子们一起学习《我们周围的空气》一课。遇到
了这样一个问题，即：什么样的观察记录才是科学的、客观
的、准确的。在我让孩子们在小画板上画出"我头脑中的风"
时，他们的画就出现了前面提到的问题。

大部分孩子的画这样表现了风：吹肥皂泡、树枝摇动、用
扇子扇风、烟的流动、旗子的飘动，等等。但也有一部分孩子
却画出了卡通风（一朵云的样子，云的前端怒张着嘴巴，瞪着
双眼），也有一部分孩子用线条表示风，即 3～5 条同方向倾斜
的线条，或者螺旋上升越往上螺旋越大的所谓"龙卷风"。我将
这三种画法画在了黑板上，问孩子们谁亲眼见过这三种风。在
大多数孩子哑口无言的情况下，也有孩子勇敢地举起手，声称
在动画片里见过。"哦！那你在现实生活中亲眼见过这样的风
吗？"孩子们纷纷表示没见过。"科学记录讲究真实，这种记录
不是客观存在的，而是经过了动画制作者的加工，为的是艺术
创作的需要。但是在科学课学习中，这绝对是不科学的东西。
这种记录是不可取的。当然，如果对线条的两幅画稍加修改就
符合要求了。想一想，在刮风时，之所以我们可以看见那些线
条或螺旋形，实际上我们看到的是什么东西呢？真的刮这样的
大风，我们首先是不敢睁眼，因为担心沙粒会迷我们的眼睛，
再有就是满身是土，对不对？有了这样的提示，你们觉得怎样

修改这样两幅画就符合科学要求了呢?"孩子们马上想到了利用沙粒、落叶组成这些线条来表现风。"拨乱反正"任务完成!

今天这个环节的教学全赖假期中学习张红霞教授的《科学究竟是什么》。7月19日的日记曾思考观察记录的科学性、客观性和准确性,今后应继续关注这方面的例子,以便及时把孩子们带出科学记录容易走进的误区。

>>>>>>>

12月28日　星期五

结合自己学生的情况，因材施教

在讲解《空气占据空间吗?》一课前,备课时遇到了一个困难,即如何利用一块橡皮泥、两根吸管使矿泉水瓶中的水不断地挤出来。说实话,我还真是想了、试了半天才成功。通过再次阅读教参,才完完全全明白其中的道理,即利用橡皮泥将瓶口堵住,使空气不能外流,再通过一根封在瓶内水面上的吸管向内吹气,另一根封在瓶内伸入水面以下的吸管就会将吹入空气所占据的那部分空间的水导出瓶子;要想不停地将水挤出,就要不停地吹气。说白了,空气也像桌子一类的物体一样占据空间。但是感觉让学生一上课就设计出实验方案应该有难度。教参中是这样给出建议的——

1. 教师先出示一些石头和水,然后提出问题请小组讨论:空气既然确实存在,那它能不能像石头和水一样占据空间呢?

2. 演示乌鸦喝水的童话故事。

教师出示一个瓶子,一边讲述故事概要,一边向瓶中放入小石头,使水上升到瓶口,然后问学生:瓶中的水为什么会上升呢?假如不用石子,你们能让水上升吗?用空气可以让水上

升吗？为什么呢？

3. 根据学生讨论的情况，出示实验的材料：橡皮泥、吸管、瓶子等，提问：利用这些材料，你们能不能让瓶子中的水上升并且流出来？

如果学生回答仍有困难，就可以提示学生，在平时喝盒装饮料时，你们有什么经验？（个人意见：**这个启示对理解该实验究竟有什么帮助呢？？？**）

4. 在指导学生分组实验时，请提示学生注意观察，并且思考以下问题：橡皮泥有什么作用？如果橡皮泥没有把瓶口塞住，水还能升上来吗？你们能看到水通过吸管上升吗？是什么原因让水上升的？如果停止吹入空气，水还能上升吗？如果让瓶中的水不断上升，你们的办法是什么？

5. 分组实验完成后，请学生交流。重点解释实验发生的现象。教师要在黑板上记录下学生的解释，这将对后面的活动有意义。

6. 教师演示，将玻璃杯塞入纸巾后倒扣入水中，请学生预测：杯中的纸巾会不会被水浸湿，为什么？

7. 请各小组实验，提示实验中需要注意的事项：杯子要竖直倒扣入水中，纸巾要放够，不要掉下来。

8. 学生交流实验的情况，杯中的纸巾有没有被水浸湿，水为什么不能进入杯子里面。把学生的想法记录下来，再和前面的实验进行对比，请学生说说：这两个实验都说明了什么？你们对空气的性质有了什么新认识？

为了尊重教材、教参，同时也担心自己没有充分相信学生，我并没有妄自修改教参建议，试教了 2 个班，发现学生设计这个实验确实有困难。于是，在后面 9 个班的教学中对环节顺序作了一下调整，即将教材建议中 6～8 环节稍加修改调至 1～3 环节处，再将装有纸的杯子在水中倾斜，然后请学生观察纸的情况。对比两次实验，提出问题：出现什么现象，你就可以判定第二次纸一定会湿？请大家以小组为单位分析纸不湿的原因。然后直接给出半瓶水、一块橡皮泥、两根吸管，由小组讨论水被挤出的方案。

这样修改教学设计后，学生设计实验有了依据，一开始提到的"难"的景象在这里便有了梯度，再加上教师的引导，方案的出台就容易了许多。可见，尊重学生的实验设计才是我们该选择的。

2008年01月

二	01月01日	
三	01月02日	
四	01月03日	
五	01月04日	
六	01月05日	有效的提问是打开学生思维之门的金钥匙
日	01月06日	
一	01月07日	
二	01月08日	
三	01月09日	
四	01月10日	
五	01月11日	
六	01月12日	
日	01月13日	
一	01月14日	
二	01月15日	
三	01月16日	
四	01月17日	本学期又快结束了，总结一下……
五	01月18日	
六	01月19日	
日	01月20日	
一	01月21日	
二	01月22日	
三	01月23日	
四	01月24日	
五	01月25日	
六	01月26日	
日	01月27日	
一	01月28日	
二	01月29日	
三	01月30日	
四	01月31日	

这个月很短暂，已是隆冬时节，春节就快到了，我也快33岁了。

1月**5**日 星期六

有效的提问是打开学生思维之门的金钥匙
——《空气占据空间吗?》教学片段案例分析

一、案例背景

设计有效性问题的目的是提高指导的有效性。在课堂教学中创设良好的教育环境和氛围,精心设置问题情境,提出的问题有计划性、针对性、启发性,能激发学生主动参与的欲望,有助于进一步培养学生的创造性思维。教学中我力图让学生在真实的思维情境中学会思维,在探究问题中学会探究,力争使有效的课堂提问成为学生创造能力培养的桥梁、火种和催化剂。

二、案例描述

《空气占据空间吗?》是《科学》三年级上册"水和空气"单元中的第六课。本教学设计针对这一课的导入片段如何提出有效问题进行初步尝试。

课堂实录	回应分析
(一)播放视频:乌鸦喝水	
师:乌鸦为什么能喝到水?	
生:因为放入了石子。	
师:乌鸦放入的石子和水位上升有 什么关系吗?	无判断性地给予学生回应,同时提出新的质疑
生:石子比水重,下沉了,就占据 了水的空间,所以水就上 升了。	

（二）探究空气占据空间也能将水挤出的原因

师：假如不用石子，改用空气，你还能让水上升并且流出来吗？（师出示多半瓶矿泉水。）　　*询问学生的想法*

生：能。

师：好哇，说说你的办法。　　*寻求解决问题的办法*

生：我用手捏瓶子，水就上升并且流出来。

生：那你用的不是空气呀？

师：对呀！谁还有办法？我给你们提供两样材料：一块橡皮泥、两根吸管，看看怎么利用它们？　　*运用生生间质疑表明教师自身的判断*
提供材料，限制思考：寻求跟主题相关的答案

生：我可以用一根吸管把水吹出来。

师：是吗？你来试试？　　*通过反问表明反馈意见，再次寻求解决办法*

（生用一根吸管用力吹，水的确溅出来一些。）

师：这个办法确实让水出来了，但是符合我们开始提出的要求吗？　　*通过重复陈述提出反馈*

生：不符合，水并不是上升并且流出来的，而是溅出来的。　　*利用生生交流给出反馈*

师：（见学生们想不出办法）这样吧，我把我的方法展示一下，你们看看行不行？（学生屏住呼吸，认真观察。）
（教师现场利用橡皮泥封住瓶口，将两根吸管放入瓶内，一根放水面上，一根插入水面下。注意瓶口处密封要好。操作完毕，用嘴吹水面上的吸管，水从另一根管迅速流出。教室里立即响起一片惊叹声和掌声。）

师：你认为吹入瓶中的空气和吸管流出的水之间有着怎样的关系？小组同学讨论一下。　　*直接质疑：就要被解释的现象提问*

119

生1：我觉得通过吸管向瓶子里吹气，然后橡皮泥就把空气堵住了，空气就没地方跑，只能顺着吸管往上跑……

师：你们听懂了吗？没听懂可以向他发问。　　　　无判断性的质疑

生2：××，你没说出那点，就是橡皮泥起到的是什么作用？

师：对呀，橡皮泥把口堵住了，空气还出得来吗？　　　　释义

生：出不来了。

师：那里面的空气就越来越多了。还有谁想说？

生3：××，我也想问你，空气确实被橡皮泥挡住了，那另一根吸管是伸入水面以下的，要是出来也是水出来，空气怎么会往上跑呢？

师：对呀！××，你再仔细看看两根管的位置。现在你认为我吹的空气跑到哪里去了？　　　就将要被生成的假设再次提问，寻求更多信息

生3：因为空气比水轻，应该在瓶子的上边。

师：哦，原来空气是这么多，现在我又吹进去了很多空气，那会有什么变化呢？　　　限制思考：寻求答案

生4：空气一多，就把水给压到底下了。

师：为什么能把水往下压？

生5：因为往里"灌"空气是有一定力度的。

师：哦，确实我往瓶里吹气，用了一定的力量。

生 5：有了这个力量，因为空气轻，必须得有一定的力量才能把水往上压，现在您没吹气，水就不流。**（学生的关注深度已超过了我的想象）**

师：我除了给空气力量，我还往里吹入了大量空气，它又起了什么作用呢?

限制思考：寻求答案

生 6：大量的空气占据了更大的地方。

师：我们用一个科学的名词说，就是吹进去的空气占据了流出来的水原来所占据的空间。（板书：空气占据空间）

通过参与到他陈述的主要观点中提出反馈

（三）小结

师：那么，这是我们对这一现象提出的假设，到底空气是否占据空间，还有很多实验都可以证明，下面请你思考更多的办法……

进一步寻求验证假设的方案

三、理论依据

南京大学教育系教授、教育专家张红霞老师在《科学究竟是什么》一书中曾提过这样两种观点：

1. 开放性的科学问题无边无际，封闭性的科学问题往往指向确定的答案。这样的问题有利于活动的设计、学具的选择，有利于教学目标的明确，有利于孩子们沿着活动所指引的而不是教师所规定的清晰的目标，顺利地达到认知的彼岸。

2. 真正的"科学问题"是一个暗含着理论假说的问题，是启发学生提出更多问题和假说的梯子。教师应该把从开放性问题向封闭性问题转换的过程放在活动前完成。

四、案例分析与反思

科学探究就是观察现象——提出问题——作出假设（解释）——分析、检验假设——寻求新的证据——作出新的假设……最终形成结论的过程。问题可以由学生提出，也可以由

教师提出。本案例采用的是教师提出问题。

（一）提问要将"开放性"与"封闭性"相结合，关注小学生的年龄特点

小学阶段的学生，抽象思维能力还不够发达，往往会从身边具体的现象中寻找问题答案，关注表面现象比较多，因此，思考问题不够深入。这就为教师的教学设计提出了要求，即"开放性"与"封闭性"相结合。

在本设计中，首先我提出了两个封闭性的中心问题：

A. 放入石子和瓶中的水位上升有什么关系？

B. 吹入瓶中的空气和吸管流出的水之间有什么关系？

这两个问题统领整个教学片段，学生在问题的启发下，完成了一系列自问。

其次，给学生创设生生之间思维的碰撞环境，提高学生的思维能力。

第三，通过活动在学生头脑中建立空气也和石子一样，是一种客观存在的物质的前概念。至于空气是否真的占据空间，还需要后面继续设计实验寻求证据。

实际教学中发现，"封闭性问题"的提出确实有助于学生思维能力的提高，使学生的思考有的放矢，不至于非常迷惑，无法把握。

例如，播放完乌鸦喝水的故事后，我首先呈现了一个开放性的问题：乌鸦为什么能喝到水？学生马上答出，因为乌鸦往瓶中放了石子。但是，对于放入石子和水位上升之间的关系，学生却并没有经过头脑的深入处理。作为授课教师，不能满足于这种浮于表面的回答，所以，紧跟着我又抛出了一个封闭性的问题：乌鸦放入石子和水位上升有什么关系吗？这个问题引领学生对这个现象进行了更深一步的思考，学生经过"想一想"的环节，便能得出是因为石子占据了水的空间，所以水才能上升这样一个结论。

接着我又抛出一个过渡性问题：石子能占据水的空间，假如不用石子，改用空气，你还能让水上升并且流出来吗？学生会想各种办法，但都不符合要求。在学生遇到难题的情况下，我给出了有结构的材料：两根吸管、一块橡皮泥。有了这些材料，学生又进行了第二次实验的尝试。比如有一个孩子就用了一根吸管用力吹瓶中的水，水确实溅出来了。但是这样做是否就可以了呢？当然不是，我们的要求是让水上升并且流出来。

此时，学生的思维陷入了僵局。我及时演示了一种办法，但并不交代这种办法的原理，而是实验完毕后由学生分析，得出解释。实验方法如图所示：

实验结束后，我提出第二个封闭性问题：吹入瓶中的空气和吸管流出的水之间有着怎样的关系？这下学生的思维可活跃了，生生之间展开了争论。争论的第一个焦点：橡皮泥起了什么作用？第二个焦点：

空气在人嘴给了外力以后流动的方向怎样？第三个焦点：人嘴吹气时给的外力在这个实验中起到了多少作用？第四个焦点：人嘴吹进去的空气起到了什么作用？学生之间有提出自己观点的，也有提出反驳意见的，还有解释自己的理解的。在这个过程中，我参与其中，推波助澜，适时引导，使问题的焦点最终确定在空气是否可以占据空间上。当然，还需要更有力的实验来帮助学生全面证明自己的解释。到此为止，本环节的任务完成。

（二）认真倾听学生发言，抓准学生思维生长点给予反馈

示例：

师：你认为吹入瓶中的空气和吸管流出的水之间有着怎样的关系？小组同学讨论一下。

直接质疑：就要被解释的现象提问

生1：我觉得通过吸管向瓶子里吹气，然后橡皮泥就把空气堵住了，空气就没地方跑，只能顺着吸管往上跑……

师：你们听懂了吗？没听懂可以向他发问。

无判断性的质疑

生2：××，你没说出那点，就是橡皮泥起到的是什么作用？

师：对呀，橡皮泥把口堵住了， 释义
空气还出得来吗？

生：出不来了。

师：那里面的空气就越来越多
了。还有谁想说？

……

在这个环节中，生 1 发现了橡皮泥在这个实验中起到了重要作用，但是他没有发现橡皮泥的真正作用，在这种情况下，我及时抓住这一点把问题矛头指向其他同学。"没听懂的可以向他发问。"，马上就有学生通过观察思考，发现橡皮泥在这里起的作用是堵住空气使其不能流出。"那里面的空气就越来越多了。还有谁想说？"这样一来，后面关于空气占据空间的解释就会顺理成章。可见，关注学生的回答，就是关注学生思维的发展。

（三）巧设生生互动的局面，为学生创设探究问题的氛围

我非常喜欢学生不用我教促，想说话的时候就说话，在这种情况下，他们会感到很安全，同时他们的回答又会激发起伙伴的进一步思考，从而良性循环，直到大家意见一致。教师只是创设有效情境并且在学生讨论过程中起到"穿针引线"的作用。学生在对问题不断地理解、反馈、解释的过程中，提高了自己的探究能力。

总之，我感觉这次试教是成功的，我所谓的成功并不是说这种设计有多么完美，而是经过对问题的分析之后，自己对提问的有效性的理解进一步深入了。今后还要多多尝试，不断思考。

>>>>>>>

1月 17 日　星期四

本学期又快结束了，总结一下……

又年终了，今天上交了个人总结。

来七一小学工作已经整整一年半了，再过些天就是农历的初一，也就是我们中国的新年——春节了，这是我在咱们学校过的第二个春节。一年多来，工作中除了感到繁忙，再说其他感受，恐怕脱口而出的还是"忙"，尤其这个学期，感觉更是如此。因为本学期比上学期每周增加了两课时，再除去每周半天去参加教研外，几乎每天都是从第一节上到最后一节，再加上管理班、小饭桌，如果再赶上值周，那就更是忙得不亦乐乎了！

学校里的每一个人都是那么忙，上到领导，下到每一位老师，再到每一位后勤人员，每个人都在自己的岗位上做着自己该做的事。在这样一个向上的团队里，我不甘落后——

一、认真教研，学习提高

本学期科学教研活动得到了学校、三年级组、科任组很多老师的有力支持，时间上给予了充分保证，所以我没有缺过一次，我的教研考勤为全勤，受到区教研室好评。

在教研活动中，我做到了认真学习，认真记录，不放过每一次提高的机会。特别值得一提的是，听取了海淀区教师进修学校高三教研员古小梅老师的地理知识讲座、首都师范大学宋天乐老师的化学实验讲座、海淀区教师进修学校物理教研室老师的力学讲座、海淀区进修学校王思锦老师的"采用各种有效形式进行实验记录"的讲座，真的受益匪浅。他们在讲座

之前认真备课、备听众，做到了深入浅出。比如听完物理知识讲座，我彻底明白了什么叫静摩擦，物体在什么情况下才具有最大静摩擦力。听完王思锦老师的有效实验记录的讲座，我知道了科学实验记录方法多种多样，绝不仅仅只是文字版，等等。这些讲座确实对自己有帮助。

二、认真备课，不断提高

本学期我校接受督导检查，由于督导时间不确定，而《科学》教材内容又具有季节性强的特点，所以我先后深入研究了《金鱼》《蜗牛》《它们吸水吗?》三课，其中《蜗牛》为两课时的教学安排。特别是《它们吸水吗?》这一课的教学设计，我先后修改过4稿，其间教学细节的安排调整我自己也记不清有多少次了。每一次调整都使得自己对这一课有新的认识，对教学目标的确定及如何用一条线索将全课教学每一环节贯穿起来有新的想法，我觉得通过对这几课的深入研究，自己理解教材、把握教材的能力有了点滴进步。

平时教学工作中，我也注意不断调整思路。我任教的三年级共11个班，每课教学过程中我都会根据各班具体情况和之前的教学情况调整教学设计。给先上课的班级讲授时，自己觉得蹩脚的地方在后面的班级中我会加以调整，这样上到最后面的班级时，基本上思路就完善多了。

例如，在讲解《它们谁更柔韧一些?》一课时，起初我是按教参上的方法，用生活中具有柔韧性的物品给孩子们讲解什么叫柔韧性这个具有可操作性的定义，但是我发现效果一般。在后来上课的班级中，我就采用了"谁和我比下腰、下腿；我和谁比下腰、下腿"这一活动，当我准备现场下腰下腿时，孩子们的呼吸都屏住了……结果我当然没法和练舞蹈的学生比，但课堂效果非常好。加之对于什么叫柔韧性，学生已经有了前概念，在此基础上，教师指导学生认识什么叫"柔韧性"自然水到渠成。

三、坚持总结，不断提升

本学期我和科学组的老师一起参加了两个课题的研究工作，一个是中央教科所"十一五"课题"科学课程设计和实施的过程研究——架设科学素养目标和学校实践的桥梁"的子课题"不同学段学生科学探究能力培养策略的研究"，一个

是我校"教师反思能力"课题组的"通过有效性提问提高教师指导策略的研究"。

研究过程中，我们几位老师共同听课，一起读书，一起研讨，互相启发，并且都写出了自己的学习体会、案例、随笔。

我在这一学期的教学工作中，认真学习，反复实践，不断摸索，共写出随笔 3 万多字。每一次用文字表达自己的思想、自己的理解、自己的顿悟时，我觉得又是一次再学习，因为不思考，不理清思路，表达出来也是混乱的。

四、外出学习，借鉴提高

2007 年 10 月 23 日，我和石俊杰老师去杭州学习。在几天的日子里，我们共听了 10 节来自不同省市的课。在听课的过程中，我们和与会老师共同探讨，共同琢磨，发现优点，发现长处，同时寻找哪些可以用到我们自己的课堂上，丰富自己的教学。

回京后，受教研员王老师委托，我还在全区科学教研活动上作了学习交流发言，反响良好，自己对怎样利用科学探究活动帮助学生建立科学概念有了更进一步的认识。真的感谢七一给了我们这样的学习机会。

五、点滴成绩

本学期承担区级交流发言任务 2 次、家长开放日展示课一节、海淀区课改录像课一节、海淀区区级研究课一节，一篇论文获市级二等奖，还获得海淀区青少年活动管理中心建模、车模优秀辅导教师和海淀区科技园丁，在课题研究博客上发表辅导学生的科学小论文和个人撰写的文章 32 篇。

许校长"良心活"一词用得特别好，千字短文不能概括每一位老师的付出，同样以上文字也远远不能概括我半年来的工作。今后我会一如既往，用自己的热情，感染更多的孩子喜欢这个学科。

2008年02月

五	02月01日	
六	02月02日	
日	02月03日	
一	02月04日	放假最大的好处就是可以睡懒觉。
二	02月05日	
三	02月06日	
四	02月07日	
五	02月08日	
六	02月09日	
日	02月10日	
一	02月11日	
二	02月12日	
三	02月13日	
四	02月14日	
五	02月15日	
六	02月16日	
日	02月17日	
一	02月18日	
二	02月19日	
三	02月20日	
四	02月21日	
五	02月22日	
六	02月23日	寒假真短……
日	02月24日	
一	02月25日	
二	02月26日	
三	02月27日	
四	02月28日	
五	02月29日	

2008年

>>>>>>>

2 月 23 日　星期六

寒假真短……

寒假在每天懒洋洋的节奏中结束了，感觉真短，要是再长20 天多好，哪怕 10 天也行啊！我准保知足了，绝不敢再有非分之想……唉！时间真是不等人哪！！

说明：

这个月的日记很短，就这一篇。但我还是决定不删掉，因为这同样是我的真实感受。

2008年03月

六	03月01日	好好"啃"这块骨头吧！
日	03月02日	分析上学期小组成绩，对小组进行微调
一	03月03日	"植物的生命周期"单元教学前测
二	03月04日	
三	03月05日	
四	03月06日	
五	03月07日	
六	03月08日	
日	03月09日	
一	03月10日	
二	03月11日	
三	03月12日	
四	03月13日	
五	03月14日	
六	03月15日	
日	03月16日	
一	03月17日	
二	03月18日	
三	03月19日	关于"追问"的尝试
四	03月20日	
五	03月21日	
六	03月22日	
日	03月23日	我的凤仙花种发芽了
一	03月24日	
二	03月25日	今天提交了15个动画脚本、5个视频脚本
三	03月26日	
四	03月27日	
五	03月28日	
六	03月29日	
日	03月30日	"植物的生命周期"单元小结
一	03月31日	

实践《合作学习的教师指导》、参与教育部知识点开发、提问有效性的课题研究、日常教学活动，四项工作"一个都不能少"！

>>>>>>>>

3月 **1**日　星期六

好好"啃"这块骨头吧！

　　今天是周六，在海淀区教师进修学校开了一个会，参会的是来自海淀、朝阳、密云、石景山、延庆五个区县的教研员和几个区的骨干教师，会议的内容是国家"农村中小学现代远程教育工程教育资源开发项目"中"小学科学教学知识点资源"的开发，是教育部的一个项目。

　　要求我们每人承担一个单元的教学知识点开发工作。"物质的利用"单元是我领到的任务，共涵盖了 6 个知识点，这些知识点全部以新课程标准为依托，没有现成的教材，我们只能借鉴现有各版本教材的编写形式，无法借鉴的要由我们自己来编写完成。同时，要上交以下内容：教学设计案例（每个知识点纲要配 1 ~ 3 个教学设计，每教学单元合计不少于 1 万字）；教学单元说明 1 篇（控制在 100 字以内）；单元重难点分析（3 ~ 5 分钟视频讲解）；知识点内容分析 1 篇；重难点教学实录（每个重难点 5 ~ 15 分钟，可适当延长，每个教学单元不少于 27 分钟）；学习评价（3 篇以上）；文本素材（5 篇以上）；视频素材（10 分钟）；动画素材（15 个）；图片（40 个）；音频素材（6 个）；课件（4 个）；单元复习题（2 套）；单元复习课教学设计（1 节）。

　　这可以说是我工作以来接到的最复杂的任务，我有些惴惴不安。但我觉得这是王老师对我的一种信任，对七一小学的一种信任。当然，对我来说，更是一个挑战。参加这次项目开发的老师都是海淀区的精英，基本都是市骨干、区学科带头人，我的资历是最浅的。但我不应该退缩，从今天开始好好"啃"这块骨头吧！阅读大量资料，翻看大量教材、教参……相信，

这将会是我提升教学能力很好的一次机会，在不断的修改、不断的交流中肯定会有收获。

3月

>>>>>>>

3月2日　星期日

分析上学期小组成绩，对小组进行微调

　　刚刚过去的这周，在每个班的第一节课，我都没有讲新课，而是根据上学期各小组获得"科学之星"的情况和小组学期末测评成绩，对小组人员进行了微调。

　　微调依据一：

　　上学期每班有三到四个小组获得"科学之星"的奖励，每组4人，共有140余名学生获得此荣誉。这些小组在排队纪律、进实验室纪律、讨论时声音大小、合作情况、带科学书、回答问题、课外知识、课外科学研究、额外收集科学资料、写科学小论文、上课用科学课语言、课上与同学老师交流时的礼貌等方面都是比较优秀的。

　　微调依据二：

　　仅仅考虑到平时还不够，学期末我还进行了以小组为单位的测试活动。测试题很简单，见链接。形式以北京市科学抽测题为原型，内容主要涉及上学期学习内容。答题以小组为单位，在不影响其他小组、不泄露自己小组答案的前提下，小组内4人讨论答案，最终由一人执笔，完成小组答卷。学生们表现出了极大的热情，这一点不仅能从答题时他们小声交流，总怕泄密的状态看出来，也能从这学期公布成绩时他们人人脸上的紧张和得知成绩后相互拥抱的喜悦上看得一清二楚。参加测试的10个班情况如下：

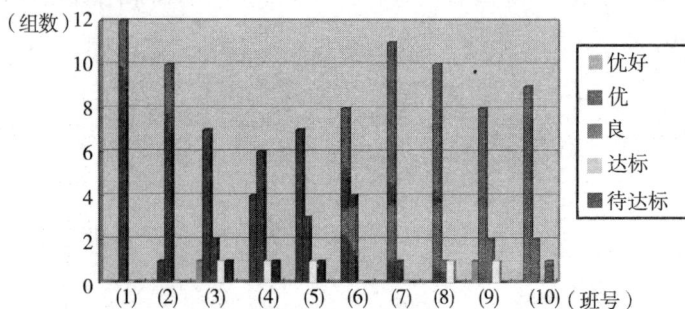

根据以上两项依据，我将成绩不达标的小组和"科学之星"评比分数最低的小组调配了一下，即将这两项评比优秀的小组选出两名与弱的小组对换，这样尽量保持小组成员力量的均衡。这样做虽然达不到绝对的公平，但在一定程度上为本学期小组合作作了准备。优秀的学生看到了自己的价值，弱一些的学生找到了自己努力的方向。

链接：

测试题

三（　）班　　　　　　　第（　）小组

姓名：（　　　）（　　　）（　　　）（　　　）

一、妮妮想在她的菜园里找到蜗牛最喜欢吃的植物。她种了卷心菜、胡萝卜和大豆，每种植物种了四棵。她在三天内每天下午五点检查蜗牛。如果找到蜗牛就将其除去。在每种植物中找到蜗牛的数目记录如下：

	找到蜗牛的数量		
	卷心菜	胡萝卜	大豆
第一天	6	7	5
第二天	5	7	4
第三天	3	6	2

请你分析一下，这个实验说明了哪些问题？（至少找到三点）

二、比较"动物"和"植物"的相同点和不同点。每种写出三点。

3月

相同点：1.

　　　　　2.

　　　　　3.

不同点：1.

　　　　　2.

　　　　　3.

三、写出下列五种植物的名称。

四、列出"水"和"空气"的相同和不同点，每种各写出三点。

相同点：1.

　　　　　2.

　　　　　3.

不同点：1.

　　　　　2.

　　　　　3.

简单分析一下测试情况：

通过阅卷发现，第三题问题最大，说明学生课外认识常见植物情况不好；再有一个是答题表述有问题，例如，答空气和水的不同点时，只答出"空气易压缩"，而后半句"水不容易压缩"却没有写。可以看出这道题目学生是会的，只是不会表述。

从促进小组合作方面来看，这种测试是有积极意义的。但是这种测试不能掌握学生个体的情况，这一点应该引起注意。另外，题目略显少一些，有的单元没有涉及。

2008年 >>>>>>>

3月3日 星期一

"植物的生命周期" 单元教学前测

在学习这个单元前，我找了一个班级作了一个前测。

测试办法：让学生画出某种种子植物从一粒种子到长大再到结出种子的过程，用箭头和图画及简单文字表示，何种植物不限制。

统计结果：全班38人参加测试，32人大致知道种子萌发、长大、繁殖过程，但从画中可以看出缺少生长发育、开花、生根等细节；没有理解老师意思的有5人；只有1人能够将一粒种子从萌发到最后结出果实的全过程表现出来，并且只有这一名学生在每一幅图上都画了植物的根。

在整个测试过程中，我非常希望能有个学生提出，这株植物最终会走向死亡。但是，没有一个人关注到这一点。

统计结果如下图：

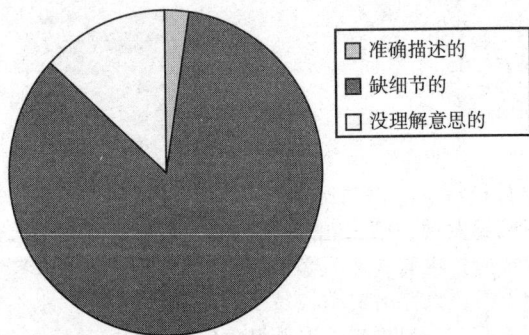

| 准确描述的 |
| 缺细节的 |
| 没理解意思的 |

对前测数据的分析：

1. 绝大多数学生对一株绿色开花植物的一生并不了解。

2. "死亡"是生命体的一个很重要的特征，学生并不

了解。

3. "根"是植物生存的重要器官，全班只有一人画了根，可见绝大部分学生并不知道根的作用。

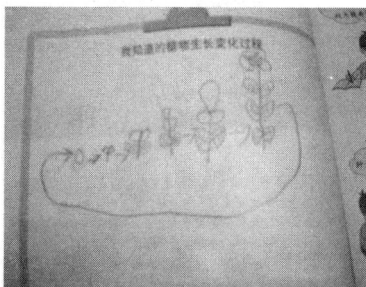

4. 有的学生居然没有画叶子，可见有些学生并不知道"叶"对于植物生存有多重要的作用。

5. 还有的学生每一幅图都在植物下面画了一粒种子，这粒种子从埋下土壤到最后新的果实成熟，居然没有任何变化。

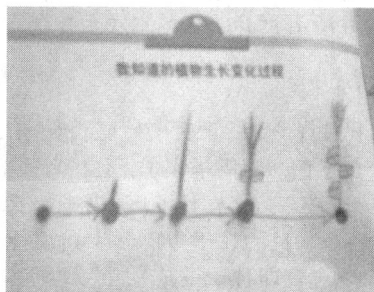

可见，该生并不知道一棵种子植物是怎样来的。以上这些问题，在本单元教学中，都要一一解决。

>>>>>>>

3月 *19*日　星期三

关于"追问"的尝试

一、案例背景

　　提问要选择恰当的时机，要与学习的内容和学生的实际情况相一致，努力抓住学生处于"愤""悱"状态的最佳时机，进行提问。追问是提问的一种方式，其目的就是针对某一内容或问题，为了使学生弄懂弄通，往往在一问之后又再次提问，穷追不舍，直至学生真正理解为止……把握好追问要注意以下课堂时机：一是学生学习情绪需要激发、调动的时候；二是学生研究出现问题、思维受阻的时候；三是促进学生自我评价的时候。

　　本教学案例是在教科版《科学》三年级下册《种子变成了幼苗》一课教学中，讲解植物的光合作用这一环节进行上述提问方式的有效尝试。我利用层层追问的方式，最终帮助学生找到了植物生存所需营养的来源到底是什么。

二、案例描述

　　课一开始，我进行了前一课种子种植活动的小调查。提出了这样几个问题：孩子们，两周过去了，你的种子变成幼苗了吗？它现在是什么样子？有多高了？长了几片叶子？子叶脱落了吗？

　　[设计这一环节，目的在于帮助学生建立种子变成幼苗这一生命活动的前概念，即种子变成幼苗后，茎会进一步增高，同时真叶数量会增加。其中子叶脱落是后面教学的关键性提问，因为在前一课讲过，子叶为种子萌发提供养料，如果子叶脱落，那么植物的营养又会从哪里来呢？]

　　紧接着，我继续讲解：幼苗出土以后，植物能够从种子那里获得的养料就微乎其微了，根本无法满足植物生长的需要。子叶萎缩后，养料基本就耗尽了。植物要想继续生存，就必须自己养活自己。

　　我初次提问：你知道它们生长需要的养料是从哪里获得的吗？

　　生：人们可以给它们施肥。

　　师：我们都知道，庄稼属于植物，花卉属于植物，蔬菜属于植物，它们就像植物界的宠儿，有人类会为它们提供营养，即肥料，帮助它们加快生长速度。但是自然界绝大多数植物是没有这种"福气"的。那么，它们生长需要的营养又来自于哪里呢？你猜猜看？（给两分钟）

　　[这一问题的提出，将孩子的思维转入要研究的问题，"你猜猜看"这一设计实质上是让学生根据自己的生活经验提出对这一问题的假设，实际上此问题也属于一个开放性的问题。]

　　生：（毫不犹豫地）来自于土壤；来自于水；来自于阳光；来自于空气，等等。

　　师：我知道你们的小脑袋里装着很多奇特的想法。非常好，这说明你们很善于表达自己的猜想，但是，这只是你们的猜想，科学是要用证据、用事实说话的，只有证据充分，才会让人信服。

　　[教师无判断性地接受学生的意见，同时作出反馈，并表明自己的观点，培养学生科学研究注重实证的意识。]

　　师：其实，很早以前很多人都和我们的想法差不多，大多数人都认为植物生长需要的营养来自于土壤，来自于水……但是直到1648年，比利时的科学家海尔蒙作了一个非常著名的实验，才纠正了人们的错误认识。下面我们来看一段录像，请你边看边思考以下几个问题：

　　1. 海尔蒙为什么用木桶装土？

　　2. 海尔蒙为什么用雨水浇小柳树？

　　3. 海尔蒙实验中小树增长的重量与土壤减少的重量有怎样的关系？

　　[这三个问题实际上属于三个封闭性的问题，一经提出就把孩子的思维限制在了小树增长重量的来源问题上。]

　　师生共同探讨，很快找出了前两个问题的答案：

1. 用木桶是为了避免干扰因素出现，更容易称量，更利于研究。

2. 用雨水是因为雨水中几乎不含任何养料，也是为了避免实验的干扰因素出现。

这样一来，问题的焦点就控制在了"土壤减少量"和"树增加的重量"上。学生们看完视频资料，我追问他们：柳树增长了82千克，是不是像我们开始猜测的，转化为82千克重量的营养真的来自于土壤呢？如果真的全部来自于土壤，那么，土壤为什么只减少了0.1千克呢？

［这里的追问，紧紧扣着"树增加的重量"来自于土壤的假设，因为学生认为植物生长的营养来自于土壤的占到全班人数的80%左右，而对于来自空气、阳光的说法，在后面讲完光合作用后再一并解决，这里不占用时间。对于来自于水的说法，在探讨第二个问题时已经解决。］

此时，学生被问住了，他们的思维进入了一个受阻的阶段，他们急于找到突破口。这种状态正是追问的最佳时机。

接下来，我和孩子们算了一笔账（依据PPT）：

假如营养来自于土壤，那么

100 − 82 = 18（千克）

但是土壤的实际情况是：

100 − 0.1 = 99.9（千克）

小柳树增长的82千克中只有0.1千克营养来自于土壤。那么，另外的81.9千克营养又来自于哪里呢？

最后，我讲解是叶的光合作用制造了植物生长需要的大部分养料，而很少的一部分营养来自于土壤。这样就给海尔蒙实验中的"81.9千克"找到了科学的依据。

三、案例分析

试教以后，有以下几方面心得体会。

第一，追问要有一定的探究性，使学生在层层追问下产生主动探究的欲望。

教学设计时，我牢牢抓住了一个关键性问题：提供营养的子叶脱落后，植物生存需要的营养从哪里来？

很多学生会想到施肥，但是人们并不是给自然界的每种植物都施肥，很大一部分植物是自生自灭的。这时候学生首先会想到的就是土壤给植物生存提供营养，这和学生们的生活经验

紧密相连，因为他们知道，大多数植物都生活在土壤里。但是如今植物界的无土栽培已经很好地证明了土壤并不是植物生长的必要条件。那么，植物的营养又是从哪里来的呢？有学生会想到阳光、空气，但多数是根据生活经验想到的，因为"阳光和空气"是我们在很多文学作品、电视、报纸杂志中能够看到的。但是阳光和空气对于植物生命活动有着怎样的作用，或者说如何参与到植物的生命活动中，学生是知之甚少的。

此时，我给出海尔蒙实验，并且在看视频资料前，提出了三个相关问题特别是第三个问题，使学生有目的地观看海尔蒙实验。

视频结束后，为了帮助学生进一步理解第三个问题，找到相关答案，我加入实验数据，使追问目的更加明确，问题也进一步明朗化。在此基础上，我又和学生一起算了一笔账，对学生追问到底，即：按照我们的推理，小柳树增长的 82 千克中有 0.1 千克营养来自于土壤。那么，另外的 81.9 千克营养又来自于哪里呢？此时，学生的思维严重受阻，追问的目的已经达到，学生已经迫不及待地想知道这 81.9 千克到底是从何而来。我这时讲解叶的光合作用，恰到好处。

第二，关注学生思维的生长点，把握好追问的时机。

在学生看完视频资料之后，我这样追问：柳树增长了 82 千克，是不是像我们开始猜测的，转化为 82 千克重量的营养真的来自于土壤呢？如果真的全部来自于土壤，那么，土壤为什么只减少了 0.1 千克呢？这个问题提出后，学生头脑中就会出现这样一种想法：对啊！植物生长的营养如果真的来自于土壤，那么，土壤确实应该不仅仅减少 0.1 千克呀？那又会是怎么回事呢？这时，我采取了假设推理的办法解决问题，即如果 82 千克营养来自于土壤，那么土壤此时应该还剩 18 千克才对，但是土壤现在剩的重量却是 99.9 千克，由此可知，这个实验中小柳树的生长只有 0.1 千克营养来自于土壤。这是学生思考海尔蒙实验时生成的第一个思维生长点。剩余的 81.9 千克营养肯定还会有其他来源，那么来源于哪里呢？学生非常希望老师能够给出答案。至此，学生思维又将出现第二个生长点，即找到植物生存所需营养的真正来源。

可见，追问应该关注学生，适时追问，不要急于求成，更不能使问题与问题跨度太大，致使学生思维出现间断。

第三，存在的不足。

分析海尔蒙实验时，我的启发和讲述有些多了。如果让孩

子们以小组为单位试着先分析一下，然后再有针对性地教学，是否更能够培养学生的思维能力呢？今后要尝试一下。

>>>>>>>

3月 23日　星期日

我的凤仙花种发芽了

这是我的一名网名为 Jenny 的学生今天下午发到我的博客上的一份种植日记。

3月7日　天气：晴

今天放学回到家，我把三颗凤仙花种和两颗绿豆种子放在一个小饼干盒里，上面盖上一层棉花当它们的被子，然后又在上面压了两颗鹅卵石。因为我怕它们太淘气了，半夜里跑出去会找不到家。最后我往小盒子里洒了一些水，这下我就等着看它们发芽了。

3月8日　天气：多云

早晨一睡醒，我就迫不及待地跑去看我的种子宝宝们了。可是观察了大半天，也没见什么小种子们长出来一点点。真让我失望。

3月9日　天气：晴

今天我又早早地等在小盒子旁边，生怕种子发芽了，我却没能看到。可是它们好像在跟我玩捉迷藏，就是不让我发现它们的秘密。我可是一名寄宿生，如果今天它们还没出来的话，我只能等下周五才能看它们了。

3月14日　天气：多云

我放学回到家，哇！我的绿豆种子已经长出了很长的芽。它们的豆茎上密密地长了很多根须，两片子叶托着嫩嫩的豆

芽，已经探出了棉被。而凤仙花只是冒出了一点儿头，两片绿绿的子叶在努力地向上顶棉被。

3月

3月15日　天气：阴

为了让我的种子们快快长大，我打算把它们分别种在花盆里。我小心地把它们从棉花上摘下来，生怕弄断了它们的根，然后分别种在两个盛满了土的花盆里。看着它们娇嫩的样子，我得意极了。

3月16日　天气：晴

我的凤仙花因为种在土里了，它们终于可以挺直腰板了。而两棵绿豆芽中的一棵在慢慢地萎缩，可能它不适应土里的环境吧。明天我又要上学去了，就委托妈妈帮我照看它们吧。

3月21日　天气：雨

今天回到家，看到凤仙花已经长高了一大截，大概有4厘米吧，只是它的子叶还没有脱落，我一直盼着它们能快快长大。我仔细地观察了一下，三棵中的一棵长得比较慢，另外两棵中一棵的茎是红色的，另一棵是白色的。我想红色的以后会开白花，白色的会开红花吧。真希望它们能快点开花，好验证我的猜想到底对不对。

3月22日　天气：阴

早上起来我又去看了我的凤仙花。它们好像又长高了一点儿，而我的绿豆芽已经有10厘米长了，可惜只活了一棵，那棵萎缩的绿豆芽已经死掉了。不过能留下一棵让我观察，我已经很高兴了。不知道它们长大了会是什么样子。

3月23日　天气：晴

今天准备把以前写好的观察日记，还有妈妈帮我拍的照片发到网上。可是妈妈说相机和电脑的连接线好像找不到了。我们找了大半天也没找到，只能让妈妈帮我先把日记发到网上了。等连接线找到了，一定把照片发到网上，让同学们看看我种的凤仙花是什么样儿的。

说明：这是一个寄宿生对植物的喜爱，对生命的喜爱，由此可见，科学是一门多么吸引孩子的课，教不好，不好好教，枉做一名科学教师呀！

>>>>>>

3 月 25 日　星期二

今天提交了 15 个动画脚本、5 个视频脚本

最近一段时间一直在熬夜，白天要完成教学任务，每天的 6 节课是绝不能含糊的，所以要提交的拍摄脚本只能熬夜做了。今天把脚本全部发出去了，心里很轻松。一会儿就睡觉，我要大睡一晚上。

>>>>>>

3 月 30 日　星期日

"植物的生命周期"单元小结

在这一单元的学习过程中，通过实际的种植和养护活动，孩子们是有收获的。对于一粒种子先生根再长茎和叶的教学，我尝试了如下几种办法。

小瓶法

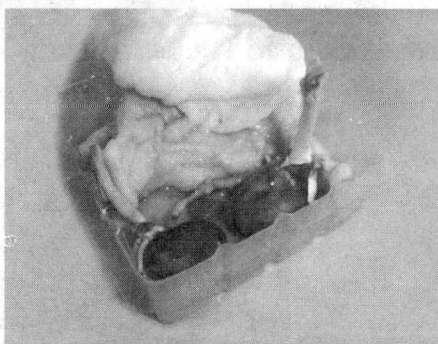

塑料盒法

试管法

利用这样的办法，学生可以清晰地知道种子要先生根，然后长出茎和叶。有些学生前测中画的种子一直不变化，随着种植活动的进行，他们自然会发现其脱落，我会相机再告诉他们那类似豆瓣一样的器官叫子叶，是种子的营养器官，营养耗尽后就枯萎脱落了。

至于茎的运输作用和叶的光合作用，我结合了图片、视频给学生讲解，并注意与学生交流讨论。当学生将自己的植物养

到开花结果时，我再结合实物进行讲解，使他们知道开花结果实际是植物繁殖后代的一个重要阶段，并且，任何一种植物最终都会走向死亡。

以下是一些学生种植活动的照片和观察记录：

三（10）班徐威养的花生

三（6）班张绍庭养的黄豆

三（1）班梁冠瑶养的玉米

怎么样？还不错吧？后面还有更精彩的呢！

三（6）班李彼昂同学的种豆记录和种豆总结都不错，看

看吧！

　　总之，通过这一单元的教学，学生对于植物的一生有了一个全面的初步了解，知道了一棵完整的绿色开花植物有六个器官。当然，进一步的学习还要继续。

147

2008 年 04 月

二	04月01日	
三	04月02日	
四	04月03日	今天，第一次参加说课活动，值得纪念
五	04月04日	
六	04月05日	课改——悄然改变着我的教学观
日	04月06日	再次陪儿子捉蜗牛
一	04月07日	
二	04月08日	
三	04月09日	
四	04月10日	今天提交了教学重难点分析和讲授课程描述文档
五	04月11日	
六	04月12日	
日	04月13日	
一	04月14日	
二	04月15日	
三	04月16日	
四	04月17日	
五	04月18日	洗沙——洗涤心灵
六	04月19日	
日	04月20日	提问要有逻辑性，目的是深化学生的思维
一	04月21日	
二	04月22日	在家里做了同样的实验，为什么和课堂上结果不同？
三	04月23日	教参有问题？
四	04月24日	感谢赵兢老师
五	04月25日	
六	04月26日	是的，宁静致远！
日	04月27日	
一	04月28日	一个拓展环节引发的"校园风波"
二	04月29日	
三	04月30日	

> 这个月的生活很紧凑，内容也很丰富，记得东西也就多了些。有点累，但是心里感觉很充实。

4月**3**日 星期四

今天，第一次参加说课活动，值得纪念

说课稿如下，15分钟，按时完成。

生命的教育需要人情味儿
—— 《蚕卵里孵出的新生命》说课稿

一、说教材

1. 本课教材在整个课程体系及该单元中的位置及作用

《蚕卵里孵出的新生命》是小学科学教科版教材三年级下册第二单元"动物的生命周期"第一节课的内容，是该单元的起始课，在整个科学课程体系中属于生命世界的范畴。通过三年级上册的学习，学生对动物的外形及生活习性已经有了一定的了解，本册这一单元将教学重点放在动物的生长变化和生命周期上。这一课与《蚕的生长变化》《蚕变了新模样》《蛹变成了什么》《蚕的生命周期》构成一个完整的知识体系，通过对蚕完整生命周期的学习，使学生知道蚕的一生要经历卵、蚕、蛹、蚕蛾四种形态，即蚕的生命周期会经过出生、生长发育、繁殖、死亡四个生命阶段。这五课对第六课《其他动物的生命周期》、第七课《我们的生命周期》的进一步学习起到引领作用。

2. 新课标对本单元的要求

新课标明确指出，生物的生命周期是生命的共同特征之一，本单元要完成的任务就是让学生在经历小蚕养殖的过程

中，能够描述它大致的生命过程。

3．本单元要求本节课完成的教学内容及本节课的编写意图

教学内容：《蚕卵里孵出的新生命》这一课是学生探究蚕生命周期的起始课，要求学生知道蚕的生命孕育在蚕卵中，新的生命即将从蚕卵开始，并且让学生作好饲养小蚕的物质准备和精神准备。

本节编写意图：在学生的眼里，生命的存在形式是动态的，本节课就是要通过学习使学生建立静态的蚕卵也是生命的一种存在形式，在头脑中建立蚕卵和蚕的联系。教材中提到给小蚕准备的盒子一定要扎上些小孔，目的就是有意引导学生关注蚕的生命与环境的关系。指导学生饲养小蚕的方法是养蚕活动的关键，只有这一步做好了，后面的观察活动才能顺利展开。

4．同类课研究的情况及本节课的创新点

（1）本人对同类课的研究成果

因本节课属于研究动物生命过程的起始课，与研究植物生命过程的起始课同属一类课，对于这类课的教学，我个人认为激发兴趣是我们教学的一个重点；细致指导学生养、护的方法是另一个重点；第三，在学生养殖过程中，要根据学生提出的养殖过程中出现的突发问题，给予贴心指导。

（2）他人对同类课的研究情况

教本学科也有些年头了，但是在听过的大量公开课、评优课、研究课中，老师们多愿意选择现场就能见到实验效果并且材料不受气候、环境等条件影响的课，所以，无法找到现成的脚本作参考。

（3）本节课的创新点

▲将饲养小蚕的方法编辑成科学童话，一方面做成文字资料，另一方面提供音频资料，达到对学生视觉、听觉的双重冲击，从而突破重难点。

▲从整个单元教学安排着眼，创造性地使用教材。我区教研员王思锦老师一直向我们灌输一种理念，就是教材是为教学服务的，决不要迷信教材，被教材所束缚。本节课教材安排导入环节为蜗牛一生的四个生长阶段，即卵、蜗牛交尾、成年蜗牛、蜗牛产卵，目的在于唤起学生对上学期蜗牛学习的回忆，引入新课。但是学生上学期对蜗牛的学习只停留在认识外形、研究食物、了

解习性上，所以本环节教材的安排实际上属于新知，知道蜗牛这四个阶段的学生，恐怕是凤毛麟角。因此，我将此新知合并到本单元第六课《其他动物的生命周期》这一课教学中。

二、说目标

1. 本节课要实现的教学目标及确定依据

一个好的目标就像黑夜的灯塔，可以照亮学生探究的道路。《科学课程标准》提出教师应把科学课程的目标真正落实到每一节课，具体到本节课，教学目标的确定依据就是新课标对本课的要求及学生现状。

科学概念：

·了解蚕卵的颜色、形态、大小等。

·蚕卵里孕育着生命，新的小蚕即将孵出。

过程与方法：

·能够借助工具观察卵的形状和颜色、大小，并用喜欢的方法记录和描述；

·能够运用语文课上的阅读方法，提取文字资料中的相关信息，填写在气泡图中，从而学习养蚕的方法。

情感态度与价值观：

·培养对动物的兴趣、爱心及责任心，能够细心照顾小蚕。

2. 本节课教学重难点及确定的依据

本节课的教学重难点是指导学生饲养小蚕的方法，因为这是养蚕的关键，是后面一系列教学的起点，是学生将来能够获得一手材料的有效保证。

三、说教法说学法

1. 教学环节安排及时间分配依据

本节课共安排了四个教学环节，两个重点活动，其中观察蚕卵为次重点，指导饲养小蚕的方法为第一重点。

四个教学环节分别为激趣导入环节，时间为3分钟，目的是根据学生生活经验引发对小蚕的研究兴趣；第二个环节为研究一粒蚕卵，时间为12分钟，教师指导观察，给足时间，使学生对蚕的第一个生命阶段有足够认识；第三个环节为指导学生学习饲养蚕的方法，时间为20分钟，学好饲养方法，为后面养蚕打好基础；第四个环节为拓展环节，宣布课前组建好的

护蚕小队人员分工。

2．重点活动的设计意图及预设方案

由于我校学生都为城镇长大的孩子，真正养过蚕的并不多，课前我对某些班的学生进行了饲养蚕的调查。

调查方法：随机提问法

调查问题1．谁养过蚕？

调查结果：

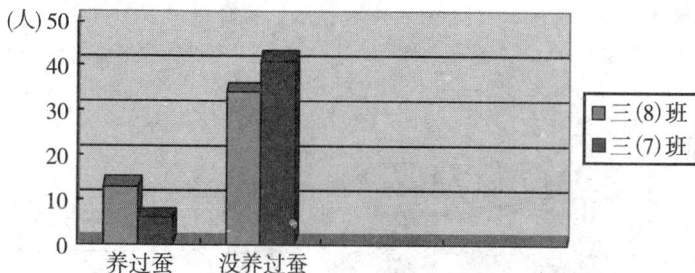

对结果的分析及对策：

通过调查，我发现三（8）班养过蚕的共13人，占全班总人数的28%；三（7）班养过蚕的共有6人，占全班总人数的13%，这说明养蚕活动很有必要。而教给学生饲养小蚕的方法应确定为本节课的重点。课上教方法，课下帮助学生解决养蚕遇到的难题。

开展养蚕活动的困难：

①寄宿班没法养，学校没有食物来源；

②走读班也不是人人都能养，并不是每个人都能找到蚕卵，也并不是每个人家附近都有桑叶；

③如果我在实验室养一批蚕，孩子们课间来观察，只有10分钟，根本不可能看全面，喂养也是问题，再加之双休日更是麻烦。

最重要的是怎么让养蚕实效性更强，学生能够亲眼所见整个过程和每个细节。于是我决定在三年级开展集体饲养和个人散养相结合的办法，即7个走读班集体在教室养一份，学生每天都可以看到小蚕；4个寄宿班有条件的可由家长托管小蚕，他们也可以到实验室观察老师为他们准备的一份，并且将走读班获取的信息给他们分享。为征得班主任老师的支持，我利用协同办公系统给走读班每一位班主任发了一封信，可喜的是很多班主任都支持孩子们，我们都很高兴。

具备以下四个条件才能参加护蚕小队：①有爱心、责任心、耐心；②家附近有桑叶；③离家近，每天能将小蚕带回家；④在以上三条基础上有养蚕经验的人。

此预设活动肯定还会有很多不足，例如养殖过程中可能会遇到各种各样的突发问题，我准备和孩子们一起请教有经验的人（比如家长、老师，也可以借助网络），共同想办法随时解决。另外，没有参加护蚕小队的，如果偶尔能够提供食物，完全可喂食，平时可配合参加养蚕活动。

调查问题2. 关于卵你知道什么？关于怎样养蚕你知道什么？

调查结果：

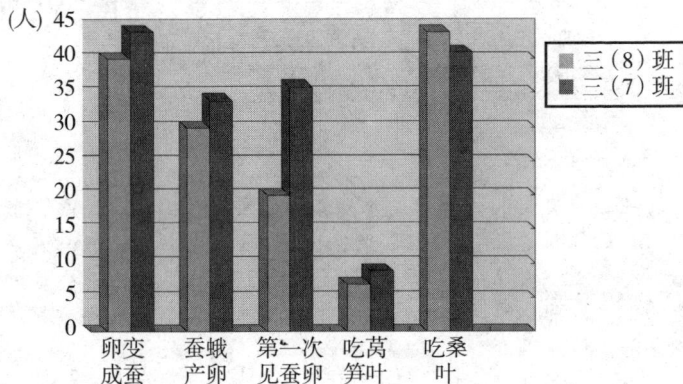

对结果的分析及对策：

从调查结果来看，知道蚕蛾产卵，卵变成小蚕这个知识的学生为数不少，看来孩子们课外知识不少，教材中欲使学生建立蚕卵与蚕的联系不是什么难点，可略处理。但是学生第一次见到真的实物蚕卵的人数却很多，三（8）班20人，占全班人数的43%；三（7）班36人，占全班人数的77%。所以教给学生观察方法，课上观察一粒蚕卵的颜色、形状、大小应为本课重点活动。可以用"你打算用什么方法观察蚕卵？""用这些方法可以观察蚕卵哪些方面的信息？"这两个有效问题统领观察蚕卵活动。可能出现的问题是学生对于蚕卵的颜色说法不一，例如，滞留到第二年的正常蚕卵应该是紫黑色或灰黑色，但学生很可能发现黄色、白色的卵，黄色卵是未受精的卵，这样的卵不能孵出小蚕；白色的严格来讲已不是卵，而是卵壳，因为蚕也有"早产儿"。如果遇到这些情况，教师可以直接讲给

学生。因为这些靠学生个人探究是很难有个所以然的。

此外，当问到学生养蚕方法时，学生只能简单说出喂桑叶，知道无桑叶时可用莴笋叶代替的学生每班都不到10人，其他方面诸如蚕对卫生、环境、安全等方面的要求就更说不出来了。所以我将养蚕方法的教学确定为本节课的第一重点活动，并且将以往对于这类课教学使用的干巴巴的讲授转换为学生易于接受、喜闻乐见的科学童话。这样做符合学生年龄特征，学生印象深刻，并且最大限度地拉近了学生和蚕宝宝的距离。同时，在阅读资料过程中培养学生提取信息的能力，这一点与北京市和海淀区科学抽测命题精神是一致的，学生平时应该加强这方面的训练。

预设可能出现的情况：不可能每个组在有限时间内掌握所有养殖技巧，可在互相交流基础上补充小组关于养殖方法的气泡图，并将气泡图挂于蚕盒附近，以利于提醒学生如何饲养。

以下录音是我改编的科学童话"蚕宝宝要告诉你的悄悄话"（略，详见附件一）。

养蚕活动是一项长周期的观察研究任务。要使学生对生命发展充满好奇与期待，我们就一定要激发学生对蚕的喜爱之情，否则再严密的长周期观察也显得苍白无力，没有实效性。这就是我设计本节课的初衷。

所以，一定要给我此次设计本节课的理念加一个题目的话，那么就叫"生命的教育需要人情味儿"！

谢谢大家！

附件一：

蚕宝宝要告诉你的悄悄话（本人原创）

嘿！你好？我就是你喜欢的蚕宝宝。今天我想和你聊聊抚养我长大的有关知识和注意事项，你要好好学呦！我非常愿意在你的呵护下茁壮成长。

【食物要求】由于我刚刚出生，还吃不了特别大、特别老的桑叶，所以你一定要给我准备一些嫩桑叶，最好帮我切成细条状，或者撕碎，麻烦你了，我的小主人。每次喂我桑叶时，千万不要用水洗，保持自然状态最好，要不然我可能会拉肚子的。我每天要吃早餐、中餐、晚餐，并且晚上在你临睡前还要喂我一顿夜宵，而且你完全可以晚上多给我放一

些桑叶，免得我夜里饿肚子。等我长大一些的时候，你可一定记得每天多喂我几次，因为我要长身体，自然吃得就多了。那么，多喂多少呢？这么跟你说吧，桑叶的数量以我基本能吃干净为好。如果桑叶剩得太多，说明你给多了，这样就造成了不必要的浪费；如果桑叶被吃得只剩叶脉，说明你给的少了，这时候就要多喂我一次了。如果你采摘的桑叶我一时吃不完，你可以帮我储存起来。储存的方法是放在塑料袋中扎紧袋口，放在冰箱中冷藏。需用时，取出后要等几分钟，使桑叶恢复到常温，擦净并晾干后再给我吃。如果你实在找不到桑叶，可以用莴笋叶。但是我刚出生你就用莴笋叶喂我，以后再改用桑叶，我会拒绝一段时间的，饿急了我才吃，因为我已经适应莴笋叶的味道了。但是吃莴笋叶会使我的个头长得不算大，吐的丝自然也就少了。

【卫生要求】还有一件不好意思的事需要你帮忙，就是还得麻烦你帮我清理粪便和吃剩的干桑叶。哎呀！别捂鼻子，也别笑，人家脸都红了。其实，我的粪便一点儿都不臭，而且还是一味上好的药材，能够祛（qù）风除湿，和胃化浊（zhuó），常用于风湿痹（bì）痛、麻木，皮肤瘙（sāo）痒等病症的治疗；做成枕头能够安神，治疗失眠、多梦。所以人们给我的便便起了个好听的名字"蚕沙"。你看，我是个宝贝吧？后面我还有更厉害的法宝呢！把我养大你就能亲眼见到我所有的本领了。

【睡眠要求】我的一生要大睡好几次，所以，在我睡眠期间，室内一定要保持安静，光线要稍暗，不要翻动我的身体。大睡之后我就会蜕皮，等到我的头部呈现淡褐色、爬动着找食时再开始喂我，这时候我的消化功能比较弱，需要逐渐增加桑叶量。

【环境要求】我对温度和湿度要求比较高。在温暖和干燥的环境中，我吃得多，可以缩短饲养期，还可以防止病菌繁殖。我的房间最怕闷热和潮湿，你最好把我的房间放在阴凉的地方，一定要通风干燥；还要消灭蚊、蝇和鼠类，以免我受侵袭或者被吃掉，否则到时候你可就看不到我了。但是千万别喷洒杀虫剂，我最怕那东西的气味儿了。对了，最好给我的房间盖个盖子，再扎上一些通风孔，要不然我会憋死的。

好了，愿我们友好相处，成为好朋友！别忘了，像你的

妈妈对待你一样，帮我记下我成长的每一个瞬间！谢谢啦！

附件二：

4月

给走读班班主任的一封信

老师：

您好！得知您同意孩子们在班内养蚕的消息，我很感动，谢谢您的支持！（有的班孩子们可能马上会和您商量这件事。）

为了让您了解此次科学课布置的养蚕活动，便于您对学生的管理，特将活动的经过向您说明，我是这样想的：

本学期第二单元是学习了解动物的生命周期，主要以蚕的一生为例，使学生了解动物的生命周期分为出生—生长发育—繁殖—死亡四个阶段。但是通过课前调查我发现，学生中真正养过蚕的寥寥无几，最多的班级也就10人左右。大部分学生没有实践经验，甚至有很多学生没有见过蚕卵，不知道蚕是吃桑叶长大的，蚕还会有蜕皮现象，等等。所以，我想在学生中开展养蚕活动，使学生亲历蚕一生的变化过程，获得第一手资料，这样会比我空讲效果要好很多。

但是实际操作中我发现有以下几个困难：

①寄宿班无法养，因为校园没有食物来源。

②走读班也存在很多问题：不是每个人都有蚕卵；不是每个人家附近都有桑叶。

可是，孩子们对小蚕又特别感兴趣，所以，我就根据实际情况采取了集体养和个人散养相结合的办法，即寄宿班依据个人情况散养，走读班集体养一份（只需在班级内有一个角落放一个纸盒即可）。最后将走读班集体养获得的信息在全年级交流，使寄宿班也尽可能上好这一课。

走读班每班成立"护蚕小队"，设队长、副队长各一名，队员若干。必须具备以下四个条件才能参加小队：①有责任心、爱心、耐心；②家周围找桑叶方便；③家住得离学校近，因为尤其到后来小蚕晚上临睡还要吃一顿，还有周六、日两天长假，所以每天值班的同学要将小蚕带回家；④也是最重要的，就是在以上三点的基础上最好还有养蚕的经验。此外，他们还排了每日值班表。

并且，我还和他们签了协议（有的班正准备签），协议内容：①不能耽误其他科目的学习；②不能影响班级卫生评比；③不能因为小蚕的相关事请让班主任操心、生气；④课间观察小蚕时不能拥挤，注意安全。

但是我知道，肯定还是会给您带来很多不便，给您添麻烦了。

之前我曾想过将蚕放到科学教室，但是每周只一次课，如果课间来看，只有10分钟，也看不全，而且11个班都来就会更加混乱，最重要的，蚕的蜕皮、吐丝时的状态等细节学生都看不到。喂养等问题也不太好解决（因为有时我外出教研，可能半天都不在，门锁着），放到实验室养实际意义不大，所以就想出了走读班在班里集体养的方法。确实是给您添了不少麻烦！感谢您的理解！如果确实影响到了他们上课，或者同学间发生了不愉快让您操心了，没关系，您就让他们把蚕放到科学教室来，咱取消他们集体养的资格！谢谢！有机会再和您面谈。

按理来讲，我应该提前和您通一下气，如果有的班沟通迟了，还请您见谅！

吕春玲
2008.4.1

说明：

本次说课获学校基本功评比一等奖。

>>>>>>>

4月**5**日　星期六

课改——悄然改变着我的教学观

即将参加一个论文比赛。得不得奖先放一边，趁这个机

会，梳理一下自己这段时间以来的实践和思考，也不是件坏事。

随着课程改革的不断深入，我和老师们对《科学课程标准》中提出的"探究性学习"理解得更加深刻了，在日常的教育教学工作中也在不断地尝试，不断地调整自己的教学观。目前已经从盲目地模仿别人授课过渡到自己能够深钻教材，创造性地使用教材，能够做到拿过一课教材后，根据学生的实际设计出鲜活的教学思路，使学生在各种活动中不断提升探究能力。

近两年来，蒙区教研室和学校重视，我参与了中央教科所小学科学教育研究中心的"科学课程设计和实施的过程研究——架设科学素养目标和学校实践的桥梁"课题研究和我校"教师反思能力"课题研究工作。在这两项课题研究工作中，我认真学习，认真总结，认真思考，近两年来，主动将自己的教育心得、学习感触撰写成教学随笔达十万余字。就在字字句句的记录中，我逐渐领悟了科学探究的实质、科学学习的过程、科学学习的目的；就在字字句句的记录中，我逐渐提高了对教材的分析能力，对课堂的调控能力；就在字字句句的记录中，我发现我的教学观念在悄然改变，学生思考问题的角度、方式也在转变。

以下是我的一些做法。

一、树立开放的教学观念，培养学生从生活中开始科学探究的意识

《科学课程标准》中明确指出："作为科学课程学习主体的小学生，在面对纷繁复杂的科学世界时，会产生无比激情和盎然兴趣，作为教师要以开放的观念和心态，为他们营造一个宽松、和谐、民主、融洽的学习环境，引领他们到校园、家庭、社会、大自然中去学科学、用科学。科学课程的开放性，表现在时间、空间、过程、内容、资源、结论等多方面。"为此，我在平时教学中，注意不将学生束缚在教室这个小空间里，因为教室外才是学生大有作为的广阔天地。

科学小论文一直是我不敢触摸，也是我一直懒得去做的一件事。一来自己觉得有难度，不知道该如何给孩子讲；二来确实时间不够用，得靠"挤"；三来孩子有观察的兴趣，但是一

提到"写",大多会皱起眉头，可能语文课上的作文就让很多孩子挠头了吧？

今年，我带三年级，一开始，我嫌他们年龄小，刚从二年级上来的"小豆豆"肯定够呛。但是开学后，经过一个多月的训练，我发现他们对科学问题的喜好完全不亚于六年级的大孩子。于是，"十一"假回来，我大胆作了一次尝试：利用下课的10分钟，我向孩子们出示了一条实验室鱼缸旁干死的小鱼，并且告诉他们这条鱼就是我养在实验室鱼缸里的一条小鱼，没有任何人把它捞出水面，可它为什么会"自杀"呢？

这个问题一抛出，立即引起了孩子们的极大兴趣，纷纷举手谈自己的想法："老师，我觉得是这条小鱼跟伙伴在一起玩时，不小心用力过猛跳出了水面，又回不去了，就死掉了。""老师，我觉得是这条小鱼跟其他小鱼发生了矛盾，自己离家出走了。"有的孩子表现出了不屑的表情。"我觉得小鱼失恋了。"教室里回响起孩子们的笑声。我说："你肯定很喜欢童话故事，小鱼到底有没有喜怒哀乐有没有感情呢？你可以到网上找找证据。""老师，我觉得是晚上您回家了，关了教室的灯，小鱼怕黑，所以就跳了出来。"我回应道："这也许是种可能吧。你可以通过对比实验试一试，看看光线对鱼是否有影响。但是照你的说法，每天清晨有鱼的池塘边都应该能捡到鱼才对呀！"孩子们都笑了。"老师我觉得是水里缺氧了，它想出来呼吸新鲜空气。因为我们家养过鱼，如果长时间不换水，有的鱼就会自己跳出来。"这个回答似乎得到了大多数孩子的认同，教室里一下子安静了许多，很多孩子的眼睛都投射出了敬佩的神情。此时，我又说："老师很佩服你们的想象力，不管你们说的原因对不对，都是你们对这个问题的猜想。要验证自己的猜想，必须想办法找到证据来证明自己的猜测，可以通过实验，可以请教家长，可以上网查阅资料，等等。不管自己猜得对与否，得出结论，这才是正确的做法。而我们把整个过程，即发现问题、提出猜想、找出证据、得出结论的过程记录下来，就是一篇科学小论文。我非常欢迎你们用自己的眼睛观察身边的科学，把它写下来，就是你的收获。如果你愿意参与这项实践活动，我可以帮你修改你的论文，文章不一定要多长，说明问题即可。修改好以后我会把你的小论文挂在吕老师的博客上、学校的网站上。你的亲戚朋友在网上都可以看到你的文章，那将是一件多么光荣的事情。最重要的，是在这个过

程中，你的科学探究能力得到了培养，这将是一件终身受益的事情，谁愿意在玩儿中学？"就在这次成功的"抛砖"之后，真的引出了不少"好玉"。下面一例便是一块"美玉"。

在三年级上学期学习《蚯蚓》一课时，我给学生讲到了蚯蚓的再生能力，当时很多学生对蚯蚓能够再生并不怀疑，但是对将蚯蚓切成三段、四段，甚至更多是否能再生成三条、四条或更多条蚯蚓有疑问。我当时有意没有回答他们，而是让他们自己回家实验找出问题的答案，并且要写成一篇科学小论文。很多孩子做了，也有的写成了优秀的小论文，例如下面这篇——

蚯蚓再生的研究

七一小学　三（5）班　张怡萱

在一次科学课上，吕老师讲到了蚯蚓有再生能力：如果把蚯蚓切成两节，蚯蚓可以变成两条。原因是蚯蚓被切的伤口处可以形成新的再生芽，继而形成新的口和肛门。当时我们都有这样一个疑问：如果蚯蚓被切成三段、四段、五段，会怎么样呢？蚯蚓还能再生成三条、四条、五条吗？吕老师当时没有给我们答案，而是让我们动手试一试。但是吕老师建议我们先把蚯蚓切三段，这样能够保证万一中间的一段活不了，也不至于伤及蚯蚓的性命。如果中间一段也能够成活，再进行其他实验。我决定试一次。

天公作美，不几天就下了一场雨，早晨我在路边捡到了一条出来呼吸新鲜空气的蚯蚓，高高兴兴地带回了家。

我用手小心地把蚯蚓放在一张白纸上，再用一把锋利的小刀把这条蚯蚓切成了三节，每节大约长两厘米。蚯蚓被切断后，它的一头向右弯，另一头向左弯，边上的两节在纸上挣扎，还留了鲜红的血，原来蚯蚓也会流血呀！中间的那段一动不动地躺在纸上。后来我把它们放了盛有湿润泥土的瓶子里，每天观察。几天后，中间的那段蚯蚓死掉了，两边的又长出了新肉，是浅粉红色的，这一次我真的相信蚯蚓是会再生的。

那么蚯蚓为什么会再生呢？我又上网查阅了资料。原来，蚯蚓被切断后会形成新的细胞团将伤口闭合。这时，蚯蚓体内的一部分未分化的细胞很快被输送到这里，形成再生芽。此时，其体内的器官、神经系统以及血液等组织

细胞，通过大量、快速地繁殖，迅速地向再生芽里生长。

一条小小的蚯蚓蕴涵着这么丰富的知识，我们需要探索的真是太多太多了，让我们在科学的海洋里尽情遨游吧！

像这样优秀的文章，我这里已有近10篇。很多人不相信这些文章出于三年级小学生之手，可是这偏偏就是一个个八九岁的孩子完成的。所以我又由此得出另一个结论：决不能低估儿童学习科学的潜能。给予他们应有的指导，他们会给我们意想不到的惊喜！这也是我下面要谈到的第二点。

二、教师要树立充分相信学生的观念，在教学中因势利导

在教学教科版《科学》三年级上册"材料"单元《它们吸水吗?》一课时，设计之初，我一味地担心学生设计不出实验方法，即便设计出实验又担心学生描述实验现象出现困难，所以第一个环节比较不同材料金属、塑料、木头、纸的吸水能力时，我给学生规定实验方法。实验确实顺利完成，但是限制了学生的思维，束缚了学生的手脚，学生的能力没有任何提高。后来，在区教研员王思锦老师的鼓励下，我从观念上转变了，调整成了如下思路：放手让学生想办法，验证自己的预测。实践第一个教学目标：探究不同材料吸水能力不同，即本单元重点研究的金属、木头、塑料、纸四种常见材料的吸水能力不同。以奥运会在北京召开为契机，将吸水比赛引入课堂，由学生担任评委，制订比赛方案、比赛规则，预设出比赛结果，并亲自动手实践自己的预设，得出结论。实际教学中，学生兴趣高，想出的办法有三四种，举例如下：第一种，用滴管同时在四种材料上滴一滴水，观察水滴的变化，从而判断出四种材料的吸水性；第二种，将四种材料同时浸入水中，观察谁吸水快；第三种，将一滴水滴在桌面上，用四种材料分别去吸，观察谁吸得快；第四种，小组成员都用同一个手指沾一滴水按在不同材料上，观察谁吸水速度快。教师要以比赛公平公正为准则，因势利导，帮助学生完善实验设计。"这种方法行吗?""你觉得哪儿不行?""你认为该怎样修改?""那怎么解决这个问题?""你有什么好办法帮帮他?"在老师这些提问的引导下，孩子们完全有能力完善整个实验设计。实验完毕，我又提出了如下问题："你看到了什么就说它的吸水性强?"没有想到的是，学生观察得相当仔细，他们能够从水印的大小、水滴的高矮、水消失的速度等多

方面来描述，从而判断它们吸水能力的强弱。

从这个例子不难看出，一名教师教学观念在一批孩子成长中起到的作用是多么巨大！我们的不信任，我们的不放手，将会给孩子带来多么大的损失！这一次我的错误幸亏及时被王老师扭转。今后应该进一步努力实践，充分相信学生，他们会还我们奇迹！

三、要树立"用教材教"，而不是"教教材"的科学观念

"教教材"的教学，常常把目标单一地定位于教知识；"用教材教"则是在更大程度上把知识的教学伴随在培养能力、态度的过程中。科学教材是为我们的教学服务的，我们要根据自己学生的实际情况使用教材，使教材最大程度地服务于我们的教学，而不是束缚住我们的手脚。

例如，教科版《科学》三年级下册"动物的生命周期"单元第一课《蚕卵里孵出的新生命》一课，教材安排的导入环节为蜗牛一生的四个生长阶段，即卵、蜗牛交尾、成年蜗牛、蜗牛产卵，目的在于唤起学生对上学期蜗牛学习的回忆，引入新课。但是上学期对蜗牛的学习只停留在认识外形、研究食物、了解习性上，所以本环节教材的安排纯属新知。如果说能有学生知道蜗牛这四个阶段，恐怕真的是凤毛麟角。所以，我将此新知合并到本单元第六课《其他动物的生命周期》这一课教学中。我认为这样做更加符合学生实际，更有利于学生建立动物生命周期的概念。这样的尝试还有以下这个例子：

人教版《科学》六年级上册第一单元是植物教学单元。本册教材采用的是先提出问题再一课一课解决问题的编排方式。编者是好意，但是我在教材的首轮使用过程中觉得有些蹩脚，所以大胆进行了课时调整。

具体来讲，该单元第一课就向孩子们介绍了海尔蒙实验。我理解编者的意思是让学生先通过分析实验发现问题，即实验中有0.1千克营养来自于土壤，那么小柳树另外的81.9千克营养是从何而来的呢？近而提出要研究的问题，为第三课植物的光合作用作好铺垫。但按照这种思路，下一课应该马上安排植物的光合作用这一课，而教材安排的却是植物怎样吸收和运输水分。我想，编者的意思大概是不讲怎样运输水分怎么讲光合作用呢？但是这样安排又恰恰违背编者自己让孩子提出问题、探究问题的初衷。我认为完全可以先讲光合作用，即先让孩子解决海尔蒙实验中的疑问。至于光合作用中的水和二氧化碳气

2008年

从何而来，完全可以作为下节课再继续探究的新问题。这样一来，学生对植物的认识是一环套一环，步步推进、步步深入的。

值得高兴的是，教科版《科学》在编排教材时思路和我刚才的想法是一致的。教科版《科学》教材是这样编写的：三年级下册第一单元"植物的生长变化"共7课时，由《植物新生命的开始》《种植我们的植物》《我们先看到了根》《种子变成了幼苗》《茎越长越高》《开花了，结果了》《我们的大丰收》这样七课构成。这样编排更加符合一粒种子生长变化的真实过程。特别值得一提的，是编者将《种子变成了幼苗》安排在了《茎越长越高》这一课的前面，即先讲植物的光合作用再讲茎的运输作用，这是符合人的认识规律的，小学生的认识亦如此。可以说，教科版《科学》的编排为我上例中的调整提供了有力的佐证。这种创造性地使用教材的观念，也是课程改革给我带来的变化。我感谢课改，感谢它给我带来的观念上的变化！

今后的教学仍然要立足于课改。教师只有不断地在课程改革的大潮中勇于尝试，勇于实践，不怕失败，不断地在课改中总结经验教训，个人的成长才是必然结果，学生受益才不是一句空话。

>>>>>>>

4月6日　星期日

再次陪儿子捉蜗牛

今天是星期天，凌晨下了一场春雨，儿子一早起来就嚷嚷着要去捉蜗牛。原因是昨天下午外出回家停车时，偶然又在车位的墙壁上看到了几只，顺手就捉给了儿子，还随口说了一句，要是下了雨，小蜗牛就该出壳了，你瞧，爬山虎的叶子都出来了！儿子很高兴。没想到，今早就下雨了，只好乖乖穿好衣服，陪儿子又来到了车位附近的墙边，开始了寻"牛"之旅。

今天，不像上次带着任务，还踩到狗屎，又捏了条虫子，所以自然轻松了许多，又是陪儿子，所以感触也就不同了。今天感觉到的是春天的美好，春天的气息，春天的活力，感觉到的是生命的力量。看看小广场上骑车的孩子们，他们虽然玩儿得也很开心，但是他们感受不到儿子与蜗牛之间"对话"时的温暖。作为母亲同时又是一名科学老师，可以和他一起关注生命，这种感觉真好！

链接：

快乐、阳光的儿子

我有个快乐、阳光的儿子，英文名叫 Peter。

上文中捉蜗牛这个时候他 6 岁半了，上小学一年级。

如今的他已满 8 岁，上三年级。在张艳红、王淑红、崔俊红、惠卉、赵楠、彭娟、张惠、陈春燕等老师的耐心教育下，他已成为一名优秀的小学生。真的很感谢所有关注、教导过儿子的老师，没有他们每一点每一滴的严格教育，我这个妈妈不会这么轻松！

自打儿子上幼儿园起，我就告诉自己，要让儿子过得快乐一些，心理、身体都健康。特别是最近两年，我的这种愿望愈发强烈。很多家长在关注孩子智育发展的同时，忽略了孩子心灵的成长。与打压教育比较起来，我更倾向于引导教育，就像大禹治水一样，宜疏不宜堵；与高高在上的家长比起来，我更倾向于做孩子心灵上的朋友，我没有打算让儿子怕我，我甚至愿意表现出真的或佯装的怕他，以培养他的自信和尊严；与采用说教的方式教育孩子比起来，我更倾向于平等地和孩子沟通，我俩的深层谈话更多的时候是没有第三者在场的情况下，当然如果孩子有表现优秀的地方，我会选择家人、亲戚、朋友最多的时候，因为这样可以保护孩子的自尊，增强他的成就感；与把孩子总当成小孩儿的思想比较起来，我更倾向于把他当成男子汉来崇拜，开车时我可以请儿子帮我看路牌当向导，没戴手表的时候，我会请儿子帮忙去询问身边的叔叔、阿姨，晚上只有我们两个人在家里过夜的时候，我会把儿子当成男主人，由他来检查门窗有没有锁好，煤气有没有关掉；与在孩子面前充当强者的家长比较起来，我更倾向于示弱，我愿意为儿子示弱，以培养他男子汉的坚强和力量。

2008年

也许是指导思想更倾向于心灵成长，儿子在这方面的发展不错！举个例子来说吧！

今年暑假临开学，我、婆婆和儿子三人对话。

奶奶："垚，该上三年级了，中队长该改选了，这回小伙伴儿要是没选你怎么办啊？"

儿子："我能选个中队委就挺好的。"

我："要是被同学们又一次选上了怎么办？"

儿子："那我就面对现实呗！"

我："如果你连中队委也没被选上怎么办啊？"

儿子："我觉得当一个普通同学也挺好的。一年级的时候，我就是一个普通同学，可是我过得也挺快乐的。"

有种欣慰在流淌。也许孩子并没有想很多，反而是我们大人内心缺少了几分纯净！

我不知道将来社会的发展会到怎样发达的程度，但我知道，无论身处何种环境，都要知道自己是谁，自己要什么，对自己有一个清晰的认识。只有内心有一种力量，才能从容地面对所发生的一切，而这种力量不一定时常挂在脸上、嘴上……我希望儿子是一个内心真正强大的人！

说明：

此文经过儿子"审批"，才敢放在这里。

>>>>>>>

4月 10日 星期四

今天提交了教学重难点分析和讲授课程描述文档

每天要做的事情都跟赶趟儿似的，今天，该上交的重难点

拍摄内容如期上交了。这块"难啃的骨头"终于过半了。
啊——可以睡个好觉了！

4月

>>>>>>>>>

4月 18日 星期五

洗沙——洗涤心灵

今早 7：08 就到学校了，进了教室，先打开窗。又给那些矮
牵牛、串红喝了些水，再给小蝌蚪换了清水，最后给蚕宝宝清理
了蚕沙，换上了新鲜的桑叶，我才开始吃饭，喝了杯豆奶，吃了
个小面包。有段时间了，每天几乎都是这个程序。想想挺惬意的！
有那么多生命需要我，等待着我的照顾，这种感觉不错。

是时候把昨天泡好的沙子清洗一下了。这些沙子是准备给五
年级上课用的。要用它模拟地层，做垃圾填埋的模拟实验。为了
保证实验效果，必须将沙子中的土清洗干净。我开始洗第一盆，
水哗哗地流进水槽，清水顿时变得浑浊不堪，我缓缓倒掉；再接
第二次，第三次……这样循环足足 14 次，一盆沙才洗干净，上面
的水澄清了，实验用肯定没问题，不会出现干扰因素。

就在清洗过程中，忽然有这样一种感受：土壤的形成大概需
要成千上万年，即便是从一粒沙到一粒土的时间，也需要几十年
甚至上百年的时间，在这期间，一粒沙会经历多少风吹雨打，阳
光曝晒，才能成为鲜花、小草的家园和生命的摇篮，难怪诗人会
把土壤比喻成我们的母亲，她为孕育生命经受了何等的煎熬？而
我们人类，一生不过几十年，从生到死我们又能做些什么呢？每
天我们都要面对很多很琐碎很繁杂的小事，而我们要做的是追求
一种心灵的宁静，一种心灵洗涤后的清新，一种真实的生活……

4月 20 日　星期日

提问要有逻辑性，目的是深化学生的思维
——《冰融化了》教学片段案例分析

一、案例背景

冰是学生很熟悉的一种物质，但是冰在常温状态下的融化过程及变化过程中的温度情况，学生却不曾关注过。本案例研究冰在常温下变化的过程中，教师如何设计有逻辑性的问题，引导学生思维向更深一步思考。本案例又一次尝试将开放性问题和封闭性问题有效结合进行提问，收到了良好效果。

上次在教学《空气占据空间吗？》时，有过一次尝试，但是当时问题跨度稍大了些。今天再用，有所改变，将大跨度的问题巧设了一道桥梁，所以有一些新的感受。

二、案例描述

《冰融化了》是三年级下册"温度与水的变化"单元中的第四课。本教学设计针对"观察冰的融化"这一教学环节如何提出有效问题进行初步尝试。

（一）预设冰融化可能出现的现象

师出示冰，并放入烧杯。

师：如果我将冰放入烧杯，你猜，过一会儿会出现什么现象？

生1：冰会化成水。

生2：烧杯外壁上会有很多小水珠。

师：如果我再给你提供一支温度计，你又会有什么新的

发现？

生3：温度计的温度会先下降，再升高，再下降。

师：噢，你是这么想的。

生4：我觉得温度计的温度会先下降，然后一直升高，升到跟环境温度一样的时候就不再上升了。

生5：看来你是根据上节课我们测量自来水的温度时的结论推理出来的，对吗？

……

师：到底怎样，还是让我们亲自实验来看看吧！

【此环节目的在于关注学生已有生活经验，引导学生提出初步假设。】

（二）实验探究冰融化时的温度变化

师指导学生完善课本第50页冰块融化时的温度记录表，增加"烧杯外壁温度计"、"室内温度计"两项；指导学生记录方法。

师演示实验，请学生到讲台前面观察三个温度计的温度变化。

冰块融化时的温度记录表整理如下：

时　　间	1分	2分	3分	4分	5分	15分	……
杯内温度计	1.5 ℃	0 ℃	0 ℃	0 ℃	0 ℃	0 ℃	……
杯外壁温度计	18 ℃	15 ℃	14 ℃	13 ℃	12 ℃	8 ℃	……
室内温度计	21 ℃	21 ℃	21 ℃	21 ℃	21 ℃	21 ℃	……

师：下面请同学们根据我们的实验记录表，小组同学在一起分析一下，能从这张表格中获取哪些信息？这些信息又说明了什么？

生小组讨论，汇报交流。

生6：从这些数据中，我们发现杯内冰的温度在下降，后来一直是0 ℃，室温一直是21 ℃，这两个温度是保持不变的。而杯外壁的温度却一直在下降。

【此环节目的在于引导学生对实验数据作出分析对比，找出解决问题的证据。】

师：杯内是只有冰吗？可能你那里离得远，没看清。你到前面来看看。

生6：老师，我想更正一下，杯内还有水。

【这个问题很关键，因为教师演示实验给学生观察带来了不便，不利于学生近距离观察，如果此时不进行追问，不让学生亲眼看一看，不利于本节课目标的达成，即认识到冰水混合

物的温度才是 0 ℃。】

师：好的，我们就把冰和水同时存在的状态叫做"冰水混合物"。后面再回答的同学你们可以用这个名词来表达。

生 7：老师，我想解释一下杯外壁的温度为什么是下降的，而室温为什么不变？

师：好哇！你说来听听。大家都要认真听，如果你不同意可以帮他修改，如果你觉得他说的不全面，可以起来给他补充。

生 7：我觉得是冰把杯子外边的空气给变冷了，而测量室温的温度计离装冰的烧杯比较远，所以冷气到不了那里，它的温度就不会改变。

师：听起来有些道理。其他人呢？你什么意见？

此时，学生没有人再发言。有的表示同意，有的表示还没想好。

师：前面一课我们学过，"对于一个物体来说，温度下降，说明它的热量在减少"。那么也就是说，杯外壁环境的热量在减少，那么这些减少的热量"跑到"哪里去了？

生 8：跑到冰里去了。

生 9：跑到空气里去了。

师：你们觉得哪种说法更有道理？

生沉默。

师：请同学们跟我回忆一下，生活中我们要把一块冰放进冰箱，它会融化吗？如果放在火炉旁，又会怎样呢？这说明了什么？

生 10：放在火炉旁很快融化，放在冰箱里不会融化。这说明冰融化需要热量。

【这一环节目的在于帮助学生搭设冰融化需要热量与下一环节中杯外壁温度降低之间理解上的桥梁，而复习上一节课的旧知识恰好有助于理解这两个问题之间的联系。】

师：你认为冰融化成水（这时教师给学生看烧杯里冰块的融化情况，冰更少了，水更多了）这个现象和杯外壁的温度逐渐降低有关系吗？如果有，有着怎样的关系呢？

生：（此时，很多人举起了手）烧杯外空气中的热量被冰化成水时吸走了。

【这里提出封闭性的问题，帮助学生直接找到问题的答案。】

师：也就是被冰化成水时消耗掉了。这个时候，冰一直在消耗热量使自己变成水，而杯内的温度很长时间都保持在 0 ℃

而不上升，但是杯外壁的温度却是在不断下降的。

师：但是为什么室温却很长时间保持不变呢？刚才××说是因为离得太远了，你同意吗？

生：同意。冰得先从离它近的环境里吸收热量。

师：如果这块冰足够大呢？比如有我们半间教室这么大？或者有我们学校这么大？周围的环境温度是否也会受影响呢？

生：（笑了，惊叹状）是的！

【这一环节有助于学生全面理解冰融化的过程及特点。】

三、理论依据

南京大学教育系教授、教育专家张红霞老师在《科学究竟是什么》一书中曾提过这样两种观点：

1. 开放性的科学问题无边无际，封闭性的科学问题往往指向确定的答案。这样的问题有利于活动的设计、学具的选择，有利于教学目标的明确，有利于孩子们沿着活动所指引的而不是教师所规定的清晰的目标，顺利地达到认知的彼岸。

2. 真正的"科学问题"是一个暗含着理论假说的问题，是启发学生提出更多问题和假说的梯子。教师应该把从开放性问题向封闭性问题转换的过程放在活动中完成。

四、案例分析与反思

逻辑有序的提问有助于学生在关系中进一步思考和探究。教学设计中，我们要充分考虑学生原有知识水平、能力现状等因素，进而设计有层次有顺序的教学。冰是学生比较感兴趣的物体，许多学生都有过接触冰块的经历，所以并不陌生。在研究《冰融化了》一课时，我首先关注了学生已有经验，在此基础上展开了有针对性的教学提问。

为此，我依据需要出示了几个有层次的问题。

问题一："如果我将冰放入烧杯，你猜，过一会儿会出现什么现象？"

问题二："如果我再给你提供一支温度计，你又会有什么新的发现？"通过第一个问题让学生认识到冰放在比自身温度高的环境里会融化，但是这样的认识是粗浅的，是不够精确的。这时提出第二个问题，指引学生向更精确的描述过渡。此时，学生提出了自己对于冰融化温度变化的初步预测。但是这时的预测同样停留在假设的层面上，因为还没有得到实验的证

实。但我们已经开始了科学探究的第一步，即提出问题，形成假设。

问题三："根据我们的实验记录表，小组同学在一起分析一下，能从这张表格中获取哪些信息？这些信息又说明了什么？"这一问题将学生对于冰融化成水的温度变化情况引向了更深入的研究层次。学生将在这两个问题的引领下，对实验数据作出分析，进一步修正自己的假设。就在学生分析数据，表述自己的观点的过程中，出现了"排"的状态，即表达不清，或者有所偏颇。此时，我在征求其他学生观点的时候出现了"冷场"。这时教师的指导作用应该马上发挥出来，因为学生对于杯外壁的温度为什么下降的表述是不科学的，虽然其实这属于正常现象。但从学生的表述中我们不难看出，学生已经将杯外壁温度的下降和冰建立了联系。只是思维有些偏离，因为不是冰把温度降低了，这只是一种假象，实际是冰在融化过程中，需要从周围吸收热量，并且将吸收的热量用于自己融化成水，即热量是使冰的状态发生变化的重要因素。可以说，这既是本课的重点又是难点。

我在这里利用了复习前知的方法帮助学生建立冰融化和杯外壁温度降低二者之间的联系。因为在前面的课上我们学过，"对于一个物体来说，温度下降，说明它的热量在减少"。那么也就是说，杯外壁环境的热量在减少，那么这些减少的热量"跑到"哪里去了？这时，学生会提出新的假设："跑到冰里去了"；"跑到空气里去了"。当我追问哪种有道理时，学生的表现是沉默。此时，我又结合学生生活经验，进一步提问："生活中我们要把一块冰放进冰箱，它会融化吗？如果放在火炉旁，又会怎样呢？这说明了什么？"学生很容易找到答案：需要热量。此时，我觉得是将封闭性问题提出的最好时机，因为学生思维的跨度已被链接，问题的答案呼之即出。于是我出示了这样的问题："你认为冰融化成水（这时教师给学生看烧杯里冰块的融化情况，冰更少了，水更多了）这个现象和杯外壁的温度逐渐降低有关系吗？如果有，有着怎样的关系呢？"至此，本节课的重难点在有层次的提问中已经突破。我很高兴，孩子们也如释重负，豁然开朗。现在想来，前面的诸多问题都是围绕着以上这个封闭性问题展开的，我认为，这样的层次安排很有必要。

然而，教学活动并没有结束。"为什么室温却很长时间保持不变呢？刚才××说是因为离得太远了，你同意吗？"这一问题使学生关注到冰得先从离它近的环境里吸收热量。"如果

这块冰足够大呢？比如有我们半间教室这么大？或者有我们学校这么大？周围的环境温度是否也会受影响呢？"学生笑了，表现出惊叹状，齐声答道："是的!"这样的提问设计，将学生的思维由关注某个点引向关注冰融化的整体，对冰融化时的特点理解更加全面。

不足：没能让所有小组开展实验。实验室要是有台冰箱就好了，这样就能有足够的冰。我把冰从家里带到学校再怎么保存都会融化，何况每班 12 个组，共 11 个班，无论如何我是带不够的。这确实是个实际问题。

通过本次尝试，我感觉教师设计问题时不仅要关注学生已有经验，还要关注学生课上思维的生成点、生长点，更要关注学生思维的"盲"区，只有这样，教师的教学才更有针对性，教师的提问才更有生命力！

>>>>>>>

4月 22 日　星期二

在家里做了同样的实验，为什么和课堂上结果不同？

冰块融化实验在学校收集了一次数据，又在家里收集了一次数据，但是实验数据是不一样的。为什么会出现不同的结果呢？

在学校课堂上做冰的融化实验时，得出了如下数据：

时　　间	1分	2分	3分	4分	5分	15分	……
杯内温度计	1.5℃	0℃	0℃	0℃	0℃	0℃	……

思考后发现：冰块从家带到学校，上了几节课后，已经将要融化，所以杯内温度计显示 1.5℃时，冰块表面已经有少量水出现。

但是在家里做冰的融化实验时，得出的数据却是不同的，数据如下：

时　　间	1分	2分	4分	6分	9分	13分	15分	……
杯内温度计	−5 ℃	−10 ℃	−12 ℃	−11.2 ℃	−10.5 ℃	−9.5 ℃	−8.5 ℃	……

家中这项实验所用的冰块是从冰箱中直接拿出的，自然冰块本身温度就非常低，所以温度计放进冰块内部后，温度计读数下降到与冰块自身温度相同后，才继续上升，这也说明冰块确实在从周围环境中吸收热量。所不同的是，温度计的读数在−1 ℃时，冰块表面已经有少量水出现了。

于是出现了新的问题：是我的实验出了问题？还是教参中的"冰从0 ℃时开始融化"出了问题？百思不得其解。

是不是在于温度计测得的并不是冰块表面的温度？而是冰块与冰块之间夹缝里的温度？是不是应该再用一支温度计，测一测冰块表面环境的温度就可以了呢？嗯，好像有点道理。

有机会，得搞明白。

>>>>>>>

4月 23日　星期三

教参有问题！

还是冰的融化实验，教参里明明说"冰在融化过程中，温度会长时间保持在0 ℃，直至完全融化成水"，而实际实验结果并不是这样的。通过实验，发现前半句没有问题，问题出在后半句。

当时，烧杯里冰化成的水共有650 mL，而烧杯内还有十六七块没有完全融化完的小冰块儿，可是，温度计的读数已经显示为4 ℃。为了排除这支温度计本身的问题，我又放了另一支进去，读数为3.5 ℃。当烧杯里的冰恰好全部化完时，两支温度计的读数分别为5.5 ℃和5 ℃。随着时间推移，水温逐渐上升。

为什么冰和水的混合物温度不是0℃，并不像教参中说的"直至完全化成水"，水温才变化。是我的实验有问题？还是冰和水确实有一个比例在里面？如果是，冰和水的比例又该是多少时，水温就开始上升呢？

>>>>>>>

4月24日 星期四

感谢赵兢老师

在学习教科版《科学》三年级下册《水结冰了》一课时，用了这样一个办法解决了演示实验不能保证所有孩子都展开实验，全都亲眼看见试管中水温变化的问题：双休日将部分器材拿回家，在家中做水结冰实验，然后用录像机拍摄下来，将实录放给孩子们看。

效果不错！孩子们仿佛真的置身于实验之中，对温度计红色液柱下降的情况一目了然。实验是这样做的：首先将试管中加入6 mL的纯净水，用温度计测出水的温度，当时水温和室温基本是一致的，22 ℃。然后将试管放入盛有冰的烧杯里，继续观察水内温度计的读数，眼看着温度计读数慢慢下降，20 ℃、18 ℃、15 ℃……当温度下降到12 ℃时，往冰块儿内加入了一些食盐。几分钟的时间里就下降到了2 ℃……特别是往冰块儿中加入食盐以后，温度计读数下降得更快了，最终降到－12 ℃，而烧杯内的冰绝大部分都化成了水。看来盐不仅可以加快冰的融化速度，还可以使温度更低。（这里，我不忘给学生穿插了一个拓展知识，就是冬季下雪，人们往路面上撒盐的道理。没想到，我一点，学生就透了。真有船到桥头自然直的感觉。）水从0 ℃开始结冰，当水温达到－5 ℃时，试管里6 mL的水全部结冰了（如图1）。最终－12 ℃的低温，还

使空气中的水蒸气在烧杯外壁上结成了一层厚厚的小冰晶，这是"水结冰实验"的一个额外的收获，即"霜的模拟实验"。我可不会放弃这个意外所得，牢牢抓住机会将烧杯外壁上的小冰晶拍了下来，还故意用指甲刮了刮

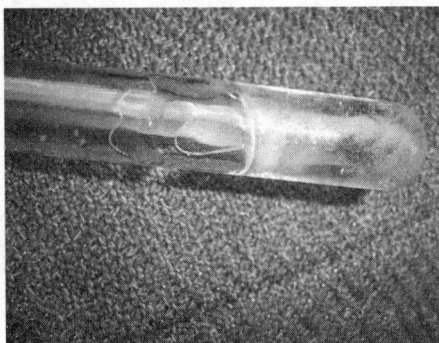

图 1

那些小冰晶（如图2）。

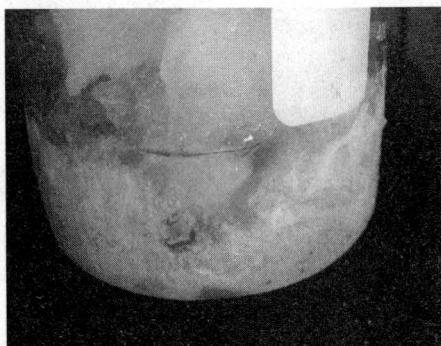

给学生看最后一段录像，是为了给下一节"水的三态变化"作铺垫。感觉这样做既省时又省力，免得学下一课时再将"霜的模拟实验"重复一遍，何乐而不为呢？

利用这段录像

图 2

教学，全班学生将每一次温度的变化都尽收眼底，可以说解决了演示实验中因为教具小，学生人数多，不能全班都看到的问题。这个方法很好，是一次听市级学科带头人万泉小学的赵兢老师说的。当时赵老师说得没这么详细，就是一句话，但真的让我受益匪浅。这个方法真的很好用。

>>>>>>>

4月 26 日　星期六

是的，宁静致远！

　　有段时间没通读"教学日记"了，因为这段时间真的很忙，也很累。也许您会笑话我，"一个科任老师能有啥忙头，你不会是在标榜自己吧？"呵呵，您如果一定要这么说，我又能说什么呢？

　　许校长"良心活"一词用得太好了，良心活是无法衡量的。我觉得我对得起自己的良心。我不太会用优美的词句表达我的内心，有人说我文笔好，我知道对方是真诚的赞美，其实我只不过是在用我的笔表达我的心罢了，没有一句算得上优美，朴实得不能再朴实，而我做的远比我写出来的多得多。身边的很多老师又何尝不是如此呢？甚至更辛苦！我打心底敬佩这些人！

　　简单生活！快乐工作！心情好好！身体棒棒！

　　在"教学日记"中自说自话，虽有些"自恋"，但我感觉到一份宁静！

　　是的，宁静致远！这种感觉真好！

*2008*年 >>>>>>>

4月28日 星期一

一个拓展环节引发的"校园风波"

三年级下册"动物的生命周期"单元是以蚕的一生为例研究昆虫的生命周期，再过渡到研究其他动物，进而研究人的生命周期，最后通过全单元的学习，使学生知道所有动物的生命周期都要经历出生、生长发育、繁殖、死亡四个阶段。

根据学校的实际情况，有四个寄宿班的学生是无法养蚕的。所以，除了将自己养蚕的收获（照片、实物、经验）与这些学生分享之外，还将蚕养在实验室中便于他们观察，同时还将其他走读班养蚕的情况随时向这些孩子通报，目的只有一个，就是不能让这些寄宿班的孩子"吃亏"。除此之外，我还积极寻找相关的视频资料给他们相应补充。DISCOVERY SCHOOL（探知学堂）这套光碟中有一张"花间使者蝴蝶与蜜蜂"，就很适合做这一课的补充材料，因为这两种动物的生命阶段与蚕完全吻合，卵—幼虫—蛹—成虫，于是我将这张光碟中"蝴蝶与飞蛾"一段剪辑给孩子们看。动态效果，视觉盛宴，自认为是有利于孩子们形成概念的。

事实也恰如我所预料，孩子们非常感兴趣，下课了，还不愿意离开科学教室，把我围一圈儿，问这问那。第二天午饭时，就有位班主任"声讨"我，"吕春玲，我要声讨你，咱们班多半个班的孩子都在捉毛毛虫，还有一条虫子上课时爬到××的脖子上去了，她平时那么胆小，居然这次没害怕……"还没等我想好怎么引导孩子们观察、饲养这些"毛毛虫"，中午的"小广播"里主任也向全校提到了这个问题，原来这件事已经"惊动"了学校。学校的小叶黄杨今年闹虫灾，上面毛毛虫非常多。学校为了保护这些小树，刚刚给它们打过农

4月

药，而不巧的是孩子们不知道这些，一个孩子发现了毛毛虫捉回来，大家就都去捉。至于怎么养，能不能养到最后成为蝴蝶或飞蛾，他们根本没有想过。换句话说，这种捉虫是盲目的。

听完广播，知道这事严重了。怎么对这个班的孩子进行引导是解决问题的关键。既不能打击孩子们探究的热情，又不能任由他们捉虫造成人身伤害，甚至造成其他课无法正常进行。怎么引导呢？思虑之后，我这样给这个班的孩子们做了思想工作：

同学们，你们表现出了很强的关注自然、关注身边事物的科学态度，这一点非常非常好，也正符合我们科学学科教学的总目标。但是，学校，包括老师，都是从你们的安全考虑的，因为小树确实打了农药。你们对于捉到的虫子怎样喂养、怎样放置，都没有很好的处理办法，这样盲目地捉虫，也是不符合科学精神的。捉虫活动还影响到了其他学科上课，这是得不偿失的。这一次，先把虫子处理掉吧，毕竟它们已经危害到我们的环境了。今后，如果你们想研究这些毛毛虫，可以在家长的陪同下捕捉，用上镊子、手套等工具，并且准备好充足的食物，真真正正把饲养、观察、研究串成一条线，并且要做到精心，再写成科学研究小论文，那才是一个真正的小科学爱好者不是？

孩子们欣然接受了我的劝解，这场校园风波算是结束了。通过这件事，我发现一个事实，孩子们其实是那么喜欢身边的科学现象！今后要做的还真的很多。不知我这样处理对不对？妥不妥？

2008年05月

这段日子太累了！
很想歇歇！所以日记
记得不多。

四	05 月 01 日	
五	05 月 02 日	
六	05 月 03 日	
日	05 月 04 日	
一	05 月 05 日	
二	05 月 06 日	
三	05 月 07 日	
四	05 月 08 日	"啃骨头"之录课
五	05 月 09 日	好的提问要关注学生的思维
六	05 月 10 日	
日	05 月 11 日	
一	05 月 12 日	
二	05 月 13 日	
三	05 月 14 日	
四	05 月 15 日	
五	05 月 16 日	
六	05 月 17 日	
日	05 月 18 日	
一	05 月 19 日	
二	05 月 20 日	
三	05 月 21 日	再次感谢赵兢老师
四	05 月 22 日	
五	05 月 23 日	
六	05 月 24 日	
日	05 月 25 日	
一	05 月 26 日	
二	05 月 27 日	
三	05 月 28 日	
四	05 月 29 日	
五	05 月 30 日	
六	05 月 31 日	

*2008*年

>>>>>>

5月8日 星期四

"啃骨头"之录课

按照安排，今天应该去区里参加教研活动，但只能向教研员请假，因为今天要拍摄"小学科学教学知识点资源"开发项目中的两节教学实录。

拍摄很顺利，不论是两节课，还是单元教学重难点讲座，均一气呵成，制作方项目经理孙静老师（照片中左三）很满意。活动结束后，我们在学校"为学生的幸福人生奠基"墙前合影留念。

活动中，制作方特别是两位摄影师对我校电教设备和配合工作给予高度评价，其项目经理孙静老师对教学处王主任的"温暖"接待表示衷心感谢。总之，七一小学给他们留下了美好的印象。在此，感谢学校，感谢王主任、赵主任，感谢电教处三位老师的热情相助！

拍摄时间很短，但准备的时间很长。以其中一个知识点"废旧电池的危害"为例，为了上好这一课，我前后阅读了4万余字的相关资料，在此基础上分析哪些能用，哪些不能用；思考哪些小学生能接受，哪些不能接受；哪些能够在一课教学中自成体系，成为一个可探究的问题……在由多到少、由繁到简的层层扒皮过程中，一个清晰的思路逐渐形成。按照规定只需录20分钟的课，我背后花的时间远远不止10个20分钟。其间的辛苦可能只有我自己最清楚，但确实让我的教学能力有所提升。

想想这些，今天虽然有些累，但，值了！

>>>>>>

5月9日　星期五

好的提问要关注学生的思维
——《垃圾的处理》教学环节案例分析

一、案例背景

关注学生的思维这一话题，在科学课程改革不断深化的今天，显得尤为重要。无论是一线教师还是理论研究者，很多人都将研究的视角转向这一课题。我们在课堂上真的关注学生的思维了吗？学生的回答给了我们哪些信息？根据学生的回答我们下面的问题该怎样提出？我觉得无论是理论研究者还是我们一线教师，都应该经常问问自己这三个问题。今天的教学绝不能还停留在"走教案"、闭门造车这个层次上了，而应该关注学生生成的思维火花，在教学中不断调整自己的教学设计，这样课才精彩，学生才更有收获，思维才真的得以深化。下面以一则案例来具体说明教师如何根据学生的回答，准确地诊断学生的思维状况，找到思维生长点，进而提出"有效问题"，促进学生思维的深化。

这则案例是在学习教科版《科学》六年级《垃圾的处理》一课时发生的。

二、案例描述

"……这样做有点不是特别妥当……"

……

师：正像同学们说的，这些办法都是现在人们正在使用的垃圾处理方法。那么这些方法是否都是最安全最科学的方法呢？首先让我们来看一下垃圾填埋法。你认为这种办法安全吗？

生1：有的垃圾就不适合填埋。比如塑料袋，如果填埋就会对环境造成危害。而且很不容易溶解，可能需要上百上千年。

师：呦，你的课外知识真丰富。但不是"溶解"，应该叫"降解"或者说"分解"。另外，要真的埋入地下，分解可能需要几十年甚至上百年的时间，这样就破坏了土壤。

师：还有其他危害吗？

生2：对那些土里生活的小草、小花也会有危害。

师：就是对植物有危害。

生3：还会影响到地下水。因为有些垃圾被埋到地下以后，垃圾里的一些有害物质会渗到地下水里。而人们通常喝的就是地下水，如果喝到那些受到污染的地下水，会影响到我们的身体。

师：看来你还有食物链的知识。【这句话说得不恰当，应该换成"看来你还有事物普遍联系的意识"。】

师：听起来很有道理。假如天下雨了，雨水首先会怎样？

生：渗入土壤。

师：渗入土层后，这些雨水和填埋的垃圾结合，会有哪些变化？

生4：变成黑颜色。

生5：变臭。

师：还有吗？这些垃圾里肯定还会有一些病毒、细菌，那雨水会怎样呢？

生：也会有这些成分。

师：那这些受了污染的雨水就停留在这里不动了吗？

生：不是，还会继续往下渗。

师：它们肯定还会继续往下走。就像刚才那位同学说的，紧接着就会进入地下水层，那么地下水就会受到这些受了污染的雨水的污染。是不是这么回事？（此时孩子们纷纷点头，有人小声说"是"，眼中露出认同的神情。）

师：但这只是我们的猜测，要想知道对不对，还要通过实验来验证。假如吕老师给你一些材料，你能不能设计一个对比实验来证明垃圾填埋确实会污染地下水？（课件出示实验设计注意事项：1. 先观察材料的特点，然后思考每种材料用来模拟什么？2. 最后再制订实验方案。3. 预测实验可能出现的结果。）

师介绍材料：分层装有洗净的沙子及小碎石子的塑料盒，蘸有墨水的吸水纸，镊子，装有水的饮料瓶（瓶壁上部有小孔），托盘，三脚架。

生讨论交流，设计实验方案。

师巡视指导。（在这一过程中，遇到了这样一种情况，发现有两个组先于其他组设计完毕，但实验方案却不相同。我这样处理：这两个组互相交流自己的方案，等待其他组最终完成，然后全班交流。）

师：好，停。我刚才让组与组交流时听到一片这样的声音："是是是，有道理，有道理。"可不可以把你们交流的情况说出来让大家帮忙把把关？

A组生：我们想用沙、碎石代表土层；用吸水纸代表垃圾；用水模拟雨水；用托盘里的清水模拟地下水。（全班达成共识，然后A组生接着介绍方案）将吸水纸（垃圾）埋入"土层"，用"雨水"浇，观察"地下水"的变化。我们猜测"地下水"会变红。

B组生：我们觉得他们直接将吸水纸埋入土壤，这样做有点不是特别妥当，因为要是事先将吸水纸埋进去，"地下水"可能就受到污染了。

师：（打断学生的发言）"地下水"可能就变成了什么颜色？

B组生：红色。因为要做的是一个对比的实验，所以还要看看没有填埋垃圾倒进清水会发生什么情况。如果他们先将吸水纸埋进去做了实验，第二次再倒清水很有可能实验会受到影

响。【这里最后半句学生的表述是不准确的，我没有处理。】

师：如果我们就像 A 组这样做了实验，有没有解决办法？

生6：有，再准备一份沙子。

师：这个办法确实行。很遗憾，我今天为每组只准备了一份沙。那我们怎样安排实验顺序才更加科学、合理呢？

全班：先不埋吸水纸进行实验，然后埋吸水纸再实验。（全班一致通过对比实验方案，效果好。）

师：我给你们准备了一条毛巾，万一有水溅到桌面上，擦一擦。

师：好，开始实验，别忘了，边实验边填写好实验记录单。

生实验。

师巡视。

师：哪个组愿意来交流一下？

C组生：我们没填"垃圾"前，"地下水"是透明的；填"垃圾"后，"地下水"变红了。我们认为填埋垃圾确实会污染地下水。

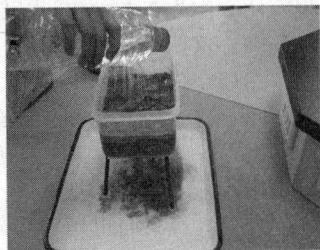

师：等等，有一点我不太同意。你们说第一次实验后水是透明的，"透明"能用来描述颜色吗？应该怎么描述水的颜色？

生7：无色。【这里的一问一答很有必要，属于科学概念上的问题必须指出。】

师：还有哪个组不一样？

D组生：我们有一点不同，就是第一次实验，流下来的水有点变成了黄色，还带了一些泥沙。

师：这影响我们的实验效果吗？

全班生：不影响。【这里我没有过多解释。】

师：实验完毕后，我们发现"地下水"确实变成了红色，

说明填埋垃圾确实污染地下水。但这只是一个模拟实验，假如生活中，地下水真的受到了污染，可不一定是我们实验中的红色啦！可能会有哪些成分或者变成什么颜色呢？你来猜猜看？

生8：我觉得是褐色，或者灰色，还会有恶臭。

生9：我觉得还会有有毒的成分。

师：为什么这么说？

生9：因为垃圾中本身就有有毒的成分。

师：我们上节课讲过，万一有人不小心将废旧电池和其他垃圾混倒，埋入地下，可能会有哪些成分？

全班生：重金属。【教师的提示性提问起到了作用。】

师：刚才我们更多的谈到的是家庭垃圾，比如厕所的卫生纸，可能会产生很多什么？（生齐答：细菌。）现在让我们把思路打开，工厂呢？

生：也会有很多污染物。

师：这些东西都会随着雨水慢慢渗入地下。【这里我故意停顿了3秒钟，学生们表情很凝重。】

师：你相信吗？（出示课件：中国70%的人口依赖地下水作为饮用水，40%的农业灌溉依赖地下水。）【这里我又故意停顿了3秒钟，学生们表情更凝重。】

师：孩子们，请你假想一下，假如你现在就是一位生活在偏远地区的农民，只能直接饮用地下水，你会有哪些感受？（此问题提出后，学生异常活跃，均举手。）

生10：特别恶心，想吐。

生11：我真不敢相信，自己以前喝的是这种水……

师：你以前喝的不一定是这种水，但确实有很多地方还在直接饮用地下水。下面让我们再来看一组资料。（出示课件：①全球有12亿人因饮用被污染的水而患上各种疾病。②人类80%的疾病与饮用被污染的水有关。③由水传播的40种疾病，在世界范围内尚未得到控制。④心脑血管疾病、糖尿病、癌症与饮用被污染的水有直接关系。）【这里再一次故意停顿3秒。没有任何问题，但效果比有问题还好。我把它称为"没有问题的提问"。】

全班生：太可怕了！！

师：你现在想说点什么？

生12：以后不再去这样的地方。

生13：老师，我反驳××的意见，因为他只是偶尔不去，可是长期生活在那里的人还是得喝这样的水。

师：我们该怎么做？

师：是的，分类回收，尽量减少垃圾填埋数量。

（后面是引导学生设计合理科学、现代的垃圾填埋场，分析其利与弊，让学生认识到即便科学填埋，仍然难以完全避免污染问题。）

三、诊断与分析

选择这样一则案例阐述我的观点，并不是说这则案例有多么优秀，多么无可挑剔。显然不是这样。比如这一环节："生3：还会影响到地下水。因为有些垃圾被埋到地下以后，垃圾里的一些有害物质会渗到地下水里。而人们通常喝的就是地下水，如果喝到那些受到污染的地下水，会影响到我们的身体。师：看来你还有食物链的知识。"这句话我的表述并不恰当，换成"看来你还有事物普遍联系的意识"可能更贴切一些。再如，当学生提到第一次实验水呈现微黄色还带来了一些沙，我只问学生实验是否受影响，学生答不受影响，就没作任何处理，总觉得有点欠妥。但怎样处理我现在还没有更好的办法。

但今天选择这一案例作为研究的对象，还是有一定意义的。比如，有如下几点我做到了提问的有效性，关注了学生思维的生成与深化。

1. "还有其他危害吗？""还有吗？""还有哪个组不一样？"等等这一类**询问性的提问**，目的在于激发学生思维，使思维多元化，从同学的交流中获取更多信息，一句话，利用身边资源丰富自己的头脑。

2. "你认为这种方法安全吗？""你现在想说点什么？""我们该怎么做？""你相信吗？""……只能直接饮用地下水，你有什么感受？""……可能会有哪些成分，你猜猜看？"等等这一类**直接性的提问**，目的在于深挖学生想法，使学生在这种提问下去深入思考，结合课堂进程，主动对头脑中的信息进行检索、加工、分析，从而表达、交流自己的观点。其实，这就是科学探究活动的一个特征，在不断思考、交流过程中经历表达、交流、修改的过程，最终形成正确的认识。

3. "这只是一个模拟实验，假如生活中，地下水真的受到了污染，可不一定是我们实验中的红色啦！可能会有哪些成分或者变成什么颜色呢？你来猜猜看？""请你假想一下，假如你现在就

是一位生活在偏远地区的农民，只能直接饮用地下水，你会有哪些感受？"这类**假设性的提问**，目的在于将学生置身于其中，使学生好似亲历其境，思考起来更具有真实性，更贴近自身，学生很乐于回答这样的提问，思维自然也就活跃起来。这一方式借鉴了语文课上的教学方法，效果很好。特别是让学生设想自己就是喝了被污染地下水的人，他们的思想深处就真的会有一系列的连锁反应，甚至会有生理反应。这样就将学生的思维引深到了极致，知识目标、情感态度价值观目标得以最终实现。

4. "很遗憾，我今天为每组只准备了一份沙。那我们怎样安排实验顺序才更加科学、合理呢？""有一点我不太同意，你们说第一次实验后水是透明的。'透明'能用来描述颜色吗？应该怎么描述水的颜色？""我们上节课讲过，万一有人不小心将废旧电池和其他垃圾混倒，埋入地下，可能会有哪些成分？"等等这种**提示性提问**，目的在于引起学生注意，此时学生的思维或者处于徘徊状态，或者处于错误状态，或者处于空白状态，这个时候我觉得是学生最需要我们老师的时候。此时不出手，我们什么时候才出手？我的选择是"该出手时就出手"。我觉得这样的提问太有必要了，学生思维就在这一问一答中，深入进去了。

5. 最后一类就是案例描述中被我称为的"**没有问题的提问**"。我们来看这一环节——

师：这些东西都会随着雨水慢慢渗入地下。【这里我故意停顿了3秒钟，学生们表情很凝重。】

师：你相信吗？（出示课件：中国70%的人口依赖地下水作为饮用水，40%的农业灌溉依赖地下水。）【这里我又故意停顿了3秒钟，学生们表情更凝重。】

师：孩子们，请你假想一下，假如你现在就是一位生活在偏远地区的农民，只能直接饮用地下水，你会有哪些感受？（此问题提出后，学生异常活跃，均举手。）

生10：特别恶心，想吐。

生11：我真不敢相信，自己以前喝的是这种水……

师：你以前喝的不一定是这种水，但确实有很多地方还在直接饮用地下水。下面让我们再来看一组资料。（出示课件：①全球有12亿人因饮用被污染的水而患上各种疾病。②人类80%的疾病与饮用被污染的水有关。③由水传播的40种疾病，

在世界范围内尚未得到控制。④心脑血管疾病、糖尿病、癌症与饮用被污染的水有直接关系。）【这里再一次故意停顿3秒。】

这一环节，我连续三次故意停顿，并不是忘了该讲什么，而是想让学生有时间内化这些资料、信息，容学生去思考、去猜想，这种等待意义真大，特别是最后一次等待，全班学生几乎同时说"太可怕了"。而我，没有提出任何问题，学生就主动表达自己的思想，可见，目标的达成水到渠成。

"研究学生"是一个永恒的课题，"研究学生的思维发展"更是一个永恒的主题，"研究有效性提问和学生思维的关系"是我们一线老师应该长期深入探讨的课题！

说明：此篇案例被中央教科所发布在"小学科学课程网·一线课堂栏目"；被海淀区综合教研室发布在"海淀教师研修网"，与广大科学教师交流。

>>>>>>

5月21日　星期三

再次感谢赵兢老师

赵兢老师的"摄像法"用起来感觉很爽，所以，我又有了一次新的体验。

这次体验是在蚕的教学单元。并不是所有的孩子都有养蚕的条件，养蚕小队的孩子也不是个个都能看到小蚕交配的场面，早上进教室时恰好看到我的两个蚕蛾破茧而出了，而且刚好一只雄、一只雌。肚子大大的雌蛾已经产下了50粒左右的卵，都是米黄色的。两只蛾天各一方，足足相距四五厘米远，也不知是不是交配完产的卵。正当我疑惑时，那只雄蛾好像知

道了我的心思，扇动着翅膀向雌蛾这边移过来，在雌蛾胸部蹭了蹭，雌蛾也毫不拒绝，俩人的"婚礼"就正式开始了。太有意思了，开始交尾的时间是 5 月 21 日早 7：40，于是我赶紧拿出包里的相机，打开摄像功能，将它们交尾的镜头拍摄了下来。

今天上课的班级可以实物投影给孩子们看，可明天以后的班级就不可能了，因为这一庄严时刻持续的时间不足以等待一周，让孩子们都看到。而录像的方式恰恰解决了上面提到的所有问题，太妙了！再次感谢赵兢老师！

2008年06月

日	06月01日	科学课养蚕与语文学科写作整合的妙处
一	06月02日	抓拍了一个奇妙的现象
二	06月03日	
三	06月04日	
四	06月05日	其他走读班的养蚕情况
五	06月06日	今天我生日
六	06月07日	
日	06月08日	
一	06月09日	
二	06月10日	我也养蚕
三	06月11日	
四	06月12日	
五	06月13日	
六	06月14日	
日	06月15日	
一	06月16日	"骨头"啃完了，咂咂嘴，嘿，还真有滋味儿！
二	06月17日	
三	06月18日	参与师慧杯征文
四	06月19日	
五	06月20日	
六	06月21日	
日	06月22日	
一	06月23日	
二	06月24日	
三	06月25日	
四	06月26日	
五	06月27日	有效的提问应具有探究性
六	06月28日	
日	06月29日	
一	06月30日	这学期过得真是太快了！

这个月已临近期末，可以说是个收获的季节，无论从情感，还是从业务成长，都有了一种沉甸甸的感觉。我已感到自己内心的充实，已经感受到积累带给我的变化。

*2008*年 >>>>>>>

6月1日 星期日

科学课养蚕与语文学科写作整合的妙处

"学科整合"这个说法每一位老师都不陌生，它是新课改的产物。在课改以前，老师们已些许具备了这种理念，只是不曾有这样的说法罢了。课改以后，这种新的提法才逐渐被老师们所认识，学科整合的理念也越来越多地被应用到教学设计当中来。

科学课养蚕活动与语文学科写作活动整合是我这学期的一个尝试。这种尝试妙处有三：第一，促进学生综合能力的增长，包括观察能力、写作能力、交往能力、探究能力等；第二，促进老师与老师、老师与家长之间的沟通、了解与信任；第三，帮助家长找回童心，增强学生和家长对老师工作的支持、对科学学科的重视程度。

下面，以三（6）班的养蚕日记为例，说明以上三个妙处。

养蚕日记节选——

4月2日 星期三 记录人：王小阳

今天是我们"护蚕小队"护蚕的第一天，而且今天还是我值日，我有一个坏消息，就是蚕宝宝一只都没出来。我多么希望下一次轮到我时，小蚕都出生了。

同学评语：

写得还是可以的，但是没有重点写出小蚕（说明：这里应该是蚕卵）长得什么样。加油，字写得不太好看，努力加油再努力加油！

家长寄语：

今天看到王小阳拿着一个小盒子出来，一问才知道是蚕卵，一路上都小心地拿在手里，真是很负责任。

让孩子们亲近自然，喜欢大自然，多懂得一些课外的知识，这对他们是非常好的。

王小阳很喜欢做一些课外的事情，我在家也经常给他种一些植物，比如把萝卜泡在水里，让他每天换水，观察它的变化，等到开花再给它拍照下来。再有，把豆类埋在花盆里，长出叶子，告诉他什么豆子长什么样的叶。凡是他提出来的不管什么样的问题，我都会一项一项地认真回答，并且还会举例说明，让他知道生活是多么多姿多彩。我还会鼓励他帮助别人，多做好事，心要善良，让他感觉无论在哪里都有温暖和爱。

家长：曲丽

4 月 4 日　星期五　记录人：呼兆贤

今天，我要把蚕（说明：这里应该是蚕卵。后面与此处相同）带回家，我非常兴奋。

蚕一共有 14 只，有白色的，有黑色的，还有一个是一半黑一半白的。蚕的个头有小米粒一般大，蚕要再多一些，我可能就会把它们误认为小米了。

什么时候蚕才能长大？（说明：这里应为"出生"）我多么希望买些桑叶去喂它。我很喜欢小动物，等它长大了，我一定会和它交上好朋友。我伴它入睡，为它清理蚕沙，看它吐丝。

我期待它再一次来我家。

4 月 5 日　星期六　记录人：张绍庭

今天，我很高兴，因为我接到了蚕宝宝。

首先，我看到这是一个精致的盒子。它里面有两层盖子。第一层画着两片桑叶，桑叶的上面还画着许多小蚕。我揭开第一层盖子，阳光透过第二层盖子上的小孔洒落在蚕宝宝的身上，像盖了一层棉袄。

蚕宝宝现在还是蚕卵，一共有 14 颗。

我发现圆圆的卵中间还凹下去一块，有一颗还是白和黑相间的，其他的都是黑色的。卵什么时候才能变成蚕？

4月6日　星期日　　记录人：呼兆贤

星期五下午应该是我带回家养蚕的，等到星期六，我就该把蚕给张绍庭的，因为我们俩住在一个院。可是我星期五忘拿了，只能等到星期日再观察。但是我周日要去上奥数，张绍庭也上，商量好了一下课我们就翻窗户拿蚕。（说明：太危险了吧？）于是，我们课间就把蚕拿来了。（说明：这里应该是蚕卵）

同学评语：

怎么没有写小蚕的成长过程啊？

家长寄语：

首先非常赞同孩子参加养蚕观察日记实践活动小组。这个过程必然会使孩子在观察能力、创造能力、责任心、爱心等方面有所提高，同时还让孩子建立劳动观念，体会劳动的精神快乐，建立责任意识。

关于家庭教育，我认为要先关注孩子的全面健康，再关注孩子的"全面发展"。全面健康，首先是身体的健康，更重要的是心理的健康，即人格健康。建立健康的生活态度和生活方式要从点滴做起，从细节做起。健康的生活习惯、具体的生活方式我这里不赘述了。嘿嘿，希望其他家长也把你的成功家教方法写出来，供大家学习、探讨，让我们跟孩子一起成长！

另外，特别注明，我非常赞同班主任闻老师的教育观点与方法，很全面，很系统。希望家长们多支持闻老师，共同努力，让孩子们有一个新的提高。

呼兆贤的妈妈：王丽英

……

蚕的生命周期在56天左右，三（6）班的孩子们在对小蚕细心关爱的过程中，不知不觉已经记录了一大硬皮本的养蚕日记。这种形式很好，通过几条小蚕，把孩子们的心、老师和孩子们的心、家长和学校的心紧紧地拴在了一起，把科学课和语文课拴在了一起。通过这次活动，这个班的孩子对蚕的一生要经历卵—幼虫（蚕）—蛹—成虫（蚕蛾）四个阶段，有了很深的认识。更重要的，对蚕每个生长时期的细节有了很深的了解，这样远比教师讲解要好得多。

这个班每人都是护蚕小队的队员，蚕传到哪个人手里，哪个人就负责记录蚕的变化，有的人还会记录蚕的有趣活动，当然更多的人写出了对小蚕的喜爱之情。同时，他们的爸爸、妈

三（6）班的蚕室，王小阳
同学设计制作

三（6）班的小蚕

三（6）班的蚕蛾产的卵

妈甚至是舅舅，会在其日记后面写上感言，有的家长写对养小
蚕活动的感受，有的家长在这里交流家教的经验，更多的家长
忆起了自己的童年。第二天，再由同学对前一天的养蚕日记进
行评价。孩子们互相评价可一点不客气，笔锋犀利，毫不留
情，就在这种评价过程中，孩子们的写作水平、自主意识都有
了很大提高。

三（6）班这次养蚕活动得到了班主任闻琪老师的大力支
持，在此深表感谢。闻老师语文嗅觉很敏锐，德育工作方法很
人性化。她很好地抓住了这次科学课上的养蚕活动，将养蚕与
记录观察日记相结合，这样不仅满足了孩子们的兴趣、好奇
心，还激发了他们的责任感，顺应了学生的心理需要，可谓
因势利导，是一个很优秀的班主任。在饲养过程中，我负责对
学生进行饲养技能、方法的指导，并负责指导学生进行科学、
真实的记录；闻老师负责从语文写作的角度指导，我们的合作
很愉快。孩子们更是快乐无比。

>>>>>>>

6月2日　星期一

抓拍了一个奇妙的现象

今早上班，发现了一个奇妙的现象，就是下面这张照片：

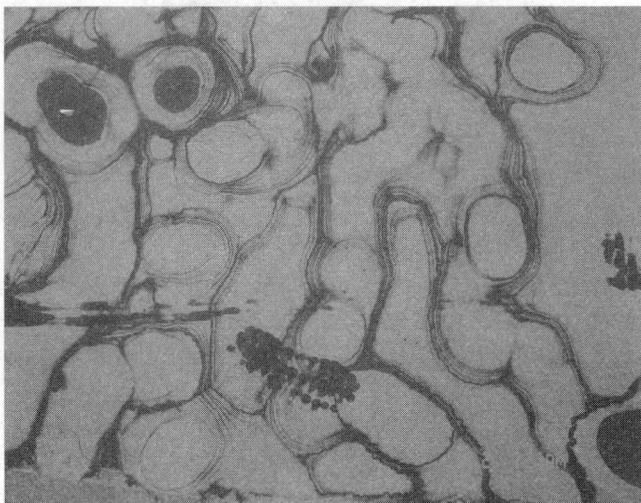

这张照片是在学校操场上拍到的，画面很清晰地记录了雨水缓慢蒸发的过程，一圈一圈的纹理清晰可见，而环形中间水迹却不见了，这是天亮后周围温度增高水蒸发速度变快导致的。这张照片对于学生理解第三单元"蒸发"的特征非常有帮助，拍下来，给孩子们看，这才是名副其实的"身边的科学"呀！

>>>>>>

6月5日 星期四

其他走读班的养蚕情况

不光三（6）班的养蚕活动搞得好，其他走读班的班主任老师和同学也把养蚕活动推向了高潮。最后每个班的小蚕都成功地走向了繁殖下一代的过程。我深知没有班主任给孩子们提供宽松的环境，养蚕活动是不能持续的，在此，对三年级所有班主任对这项工作的配合、支持表示由衷的谢意，你们在以实际行动为孩子们的幸福人生奠基。

1. 三（5）班的小蚕，由徐淑杰等同学提供
2. 三（8）班的蚕茧，由王楚瑶、冯梓欣等同学提供

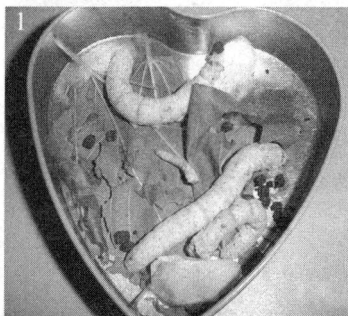

*2008*年

1. 三（2）班的小蚕，由田昕玥等同学提供

2和4. 三（10）班的小蚕，由袁一清等同学提供

3. 三（7）班的小蚕，由刘欣怡等同学提供

5. 三（1）班梁冠瑶养的蚕，她可是寄宿班的啊！

护蚕小队值日表

以下是三（10）班护蚕小队记录的养蚕日记——

6月

4月15日　袁一清／文

今天蚕体长大约1厘米，黑色，活动很自如。放大的样子（画出蚕的图，略）。

家长感言：

看到蚕宝宝可爱的样子，我们家长也想再来一次童年，也养一些蚕，和你们三（10）班比赛，看谁养得好，怎么样？

家长：袁雷鸣

4月17日　许铁晖／文

今天，我给小蚕换了些新桑叶，看见蚕宝宝高兴地吃着桑叶，我别提多高兴了。

长：1厘米多了（约）

宽：1毫米（约）

家长感言：

和孩子一起给蚕宝宝换新鲜桑叶，看着"小宝宝"欢快地吃着，仿佛能听到"宝宝"吃东西"咯吱咯吱"的美妙声音，又让我们回忆起小时候养蚕的一幕幕。记得儿时的我们和许铁晖一样，每天放学后的第一件事，就是直奔蚕宝宝生活成长的小房子，去看望它们。嘿！这些可爱的小家伙！

家长：许胜利、郭文丛

4月23日　吴昊宸／文

今天我把桑叶喂给小蚕，看着小蚕渐渐长大，我心里别提多高兴了。(说明：画个小笑脸)现在是1厘米长的样子。

家长感言：

今天是孩子第二次把蚕宝宝带回家，看着他那小心翼翼的样子，真是感动。喂养蚕宝宝的活动，让我们家长又重温了童年，让孩子们增长了责任感。盼望蚕宝宝快点长大，期望孩子们健康成长。

家长：郭

4月27日　王晓航／文

今天小蚕1.2厘米，白色，这是放大的样子（画了一幅图，略）。

2008年

4月28日　袁一清/文

有几只小蚕传到我手里时死去了。剩的最后一只长约0.7厘米，前半部分已经变白了，后半部分还有些浅黄色。虽然只剩一只小蚕了，但只要这只小蚕能够健康地成长，我还是很高兴的！（画了一个小笑脸）

家长感言：

看到这只孤苦伶仃的蚕宝宝，感觉好可怜啊！希望同学们细心呵护，使它健康成长，这样同学们才能观察和记录蚕的成长过程，这是一件很有意义的事。

家长：李小娟

4月29日　祖潇然/文

今天，这只幼小、灰白色的蚕宝宝已经长到0.8厘米了。它的头部和尾部已经变白了，中部有些淡灰色。真的希望它快些长大啊！

家长感言：

每个人的童年都有美好的回忆。养蚕让孩子们创造历史，让我们这些家长想起过去，是一件有意义的事情。我的女儿希望蚕快些长大，等到这只蚕真的长大的时候，希望他们收获"春蚕到死丝方尽，蜡炬成灰泪始干"的无私奉献精神。

家长：祖新

5月1日　柳彤/文

今天，我给这只小蚕换了新鲜的桑叶。过了一会儿，我看见它就已经把桑叶吃完了，真希望它多吃些，快些长大。

5月4日　袁一清/文

今天，可怜的小蚕已经不在这个世界上了。我听到这个消息，马上过去看，没想到可怜的小蚕真的死了。我很伤心。为了我们"护蚕小队"的队员，为了我们10班的同学能继续观察蚕，我作为队长，向我们班个人养蚕大户房一鸣要了几只。他居然同意了。

这回，我们的队员都有了经验，我们相信能够把房一鸣的小蚕养成一只只健康的小蚕。（画了一个小笑脸）

最美好的祝愿！（说明：画了两颗重叠在一起的心，一支

箭穿过。我想这也许是袁一清心中理解的爱的力量吧！)

家长感言：

这是一段令人难忘的经历，"护蚕小队"的每个人都会在自己的脑海留下美好而又有点伤感的回忆。继续努力吧！争取有新的收获和体验。

家长：袁雷鸣

6月

5月15日　袁一清/文

今天，我给蚕清理了一下它的"小屋子"，把它的"便便"（蚕沙）都放在了袋子里。我听说7班的蚕比我们的大多了。我希望它们多吃一些，快点长大！（画了个小笑脸，写上了英文 happy）

家长寄语：

今天，我和女儿惊奇地发现，大蚕宝宝吐丝做茧了！看着这大、中、小三只可爱的蚕宝宝在同学们的呵护下健康成长，我感到莫大欣慰。希望同学们珍视生命，善待蚕宝宝。让我们共同期盼蚕宝宝变成蛹、蚕蛾破茧而出的那一天，努力吧！

家长：李小娟

5月17日　管唯程/文

今天有一只蚕身长大约5厘米，发黄。（画了蚕的样子）

今天早上换完桑叶。下午放学时惊奇地发现有三只蚕结了白色的茧，一只蚕结了金黄色的茧。可是令我失望的是，有一只小蚕已经死了。还剩十只小蚕，我相信，我们一定能把这十条小生命养大。（画了一个笑脸，箭头指向一个哭脸）

5月23日　袁一清/文

今天，我又发现一只金黄色的茧。真希望它们早点在自己做的"家"里变成蛹！Today，happy！

茧（图略）$\xrightarrow{\text{快点变成}}$ 蛹（图略）$\xrightarrow{\text{快点变成}}$ 蚕蛾（图略）等不及啦！

……

小结：

养蚕活动使孩子们学会了合作，学会了交流，学会了互相帮助。比如，三（7）班的孙伟并不是护蚕小队的队员，可是她却无偿为班里的小蚕提供大量桑叶。像这样的学生还有很多。再比如，三（7）班的蚕蛾出茧后，孩子们发现大部分都是雄蛾，于是就和三（5）班的徐淑杰借了几只雌蛾来交配，为的就是能够产出有生命的蚕卵，明年继续养。这种班级之间的交流、帮助也不止这一例。三（8）班的护蚕小队养的蚕出了点问题，他们班的王楚瑶就把自己家养的十多只蚕贡献出来作为班级共有的小蚕，每天带到学校和同学们一同观察、饲养。三（10）班的房一鸣也是如此。三（7）班的赵世杰、朱予然，三（6）班的张绍庭、王小阳等人每次把蚕盒搬到实验室来的时候，手里捧的好像根本不是什么小蚕，而是一盒价值连城的易碎品，脚步放慢了不知多少倍。对了，三（6）班那个漂亮的蚕盒就是王小阳这个小伙子设计制作的，真的很不错。三（3）班的刘千羽是个寄宿班的孩子，班级无法展开养蚕活动，他就将自己以前保存的一包蚕沙送给实验室做教具。三（5）班的徐淑杰可是个养蚕小能手，他在爸爸的指导下，养活的蚕最多，而且还送给了很多老师和同学，并且把自己的巧妙方法传授给大家。最终，我把刘千羽等收集来的蚕沙做成了一个蚕沙枕，放在实验室的仪器柜里作为养蚕成果展示……

总之，此次养蚕活动拉近了很多关系：我和孩子们的，孩子们和孩子们的，孩子们和家长的，家长和班级的，家长和老师的，家长和学校的，当然，拉近的最重要的一层关系是孩子们和小动物的。通过这一单元的学习，孩子们对身边小动物的关心、关爱、关注之情更多了。细腰蜂、蝴蝶、七星瓢虫、刚羽化的蜻蜓都成了他们关注的对象，还有的干脆把捡到的昆虫尸体直接拿到实验室，小心地放进盒子里，当然，如果是活物，经我"鉴定"后，还会放回自然界。

以上是本次活动还算成功的地方，但是想想也还有很多不足。比如，活动的步幅还不够大，涉及的面还不够广。这种以

6月

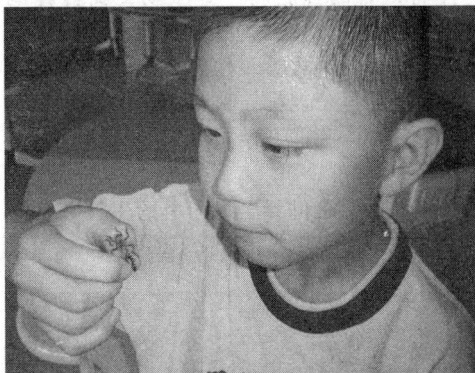

王云鹏发现了一只刚羽化的昆虫

班级为单位的养殖活动还是无法与全面铺开的效果相比，如果每一个孩子都有亲身养蚕的经历，那么，他们脑海中的烙印会非常深刻。另外，观察日记学生记录得还是不够好，有的班级甚至没有接力日记，这样的养殖活动实际效果不大，得到的养殖收获只是停留于头脑中的表象，最后会随着时间的流逝变得很淡。不足之处，还有很多，下次再养，一定得有个全盘的计划，还得有有效的应对措施才行。

>>>>>>>

6月6日　星期五

今天我生日

今天是我的生日，每个人听说我的生日是6月6号，都会补充一句：六六大顺！感谢祝愿。

今天是个周五，课外小组活动照常进行，几个小男孩提前来到了实验室。马梦龙一进门就说：老师，今天是我生日。我急忙回应："呦，是吗？咱俩同一天呀！今天也是我生日。"得知我生日，他们几个人小声嘀咕了一会儿，呼啦一下围上

来，有的捶腿，有的捶背，有的捏胳膊。好激动，我告诉他们，这是我收到的最朴实、最珍贵的生日礼物。后进来的孩子丈二和尚摸不着头脑，我用两分钟告诉了他们事情的经过，还告诉他们我是世界上最幸福的科学老师，科学小组的活动室里响起了热烈的掌声。掌声过后，我们开始了今天的活动：摔不碎的鸡蛋……

活动结束，收到了两张恐怕是世界上最简单的生日卡，但分量我觉得一点都不比黄金差。

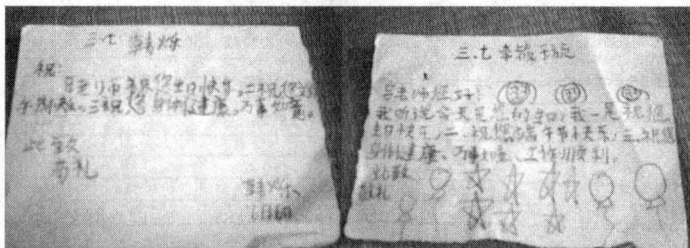

我是个科任老师，一个不太受人们关注的岗位，但我同样享受着为人师的快乐。

这是科学课的魅力，而我，是一个受益者。

是不是在自我陶醉？呵呵……

>>>>>>>

6月 10日 星期二

我也养蚕

为了让寄宿班的孩子也能参与养蚕活动，我在实验室里也养了一盒蚕，这样每个到这里上课的孩子都能看到小蚕，而且还能见到我给小蚕换桑叶、清理蚕沙。说实在的，我也是第一次养，所以养殖技巧完全是从书本和学生那里学来的，但养得

很成功。

3月28日　16℃，某条小蚕出生用时2时15分左右。

4月9日　19℃，小蚕出生，其中一条用时15分左右。

【看来，小蚕也有难产和顺产之分。】

4月10日　19℃，又有几条小蚕出生。

4月11日　18℃，有7条出生3天的"大"蚕进入，身体灰白色，体长约7 mm。

4月14日　19℃，有两条新生蚕，大蚕约9 mm。

5月6日　早7：10，一条大蚕开始吐丝结茧了，丝为金黄色。吐丝前身体发亮，不吃东西，身体背部有一条"涌动"的绿线，特别像电表里电流流动的样子。但蚕茧裹住了另一只蚕，我将其救出。

5月6日　下午2：30，吐黄丝的大蚕重新结茧。被救出的蚕也开始吐丝，丝为白色，蚕的身体在逐渐萎缩，身上有褶子出现。

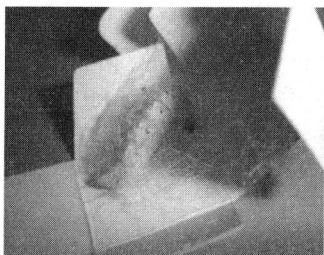

5月7日　黄白茧均已完成。

5月21日　（周六、日、一，我三天不在）今天看到一只雄蛾和一只雌蛾，雌蛾已生出50粒左右的卵，卵为乳黄色。它们好像知道我要拍摄给孩子们留资料似的，异常配合，雄蛾拍打着翅膀过来与雌蛾交尾。交尾时间为7：40。

5月22日　11：30交尾仍在进行，又产了一部分卵，约有三四十粒，乳黄色。第一次产的卵已变成淡褐色。下午5：02，雌蛾再次产卵，产卵前，不停地抖动翅膀，摆动腹部，产出卵前，排出血液一样的一滴液体。雄蛾则在一旁休息。【本情景已用摄像机拍摄保存为教学素材。】

5月23日　两只蚕蛾第四次交配，雄蛾交配前会用力扇动翅膀，转圈儿。

5月27日　上午10：10，雄蛾死去。

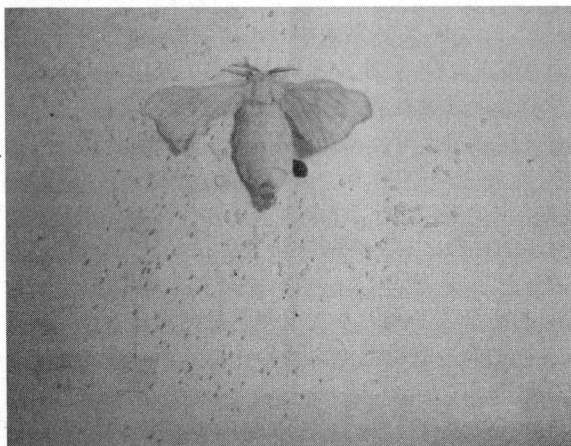

5月29日　上午9：20，雌蛾奄奄一息。

蚕的一生结束了，短短几十天。

通过亲自养蚕，有两个新发现：

发现一：蚕蜕皮前，一般资料均显示不吃东西了，头高高扬起，身体发亮。但我还发现了一个特征：蚕脑门儿上的"抬头纹"都不见了。口器上部会出现一条深褐色的线［这一点是三（5）班徐淑杰发现的］。这样，就总结出了蚕吐丝前的五个特征了。

发现二：蚕吐丝前，一般资料均显示不吃东西了，身体发

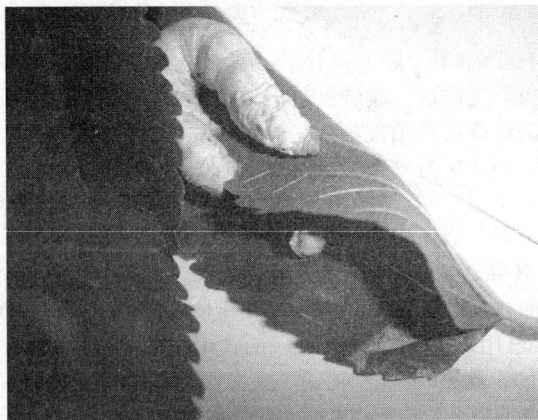

亮，头高高扬起，不大爱动，身体半透明，可看到绿色。但通过自己养，我还发现：蚕吐丝前会排干净身体里的粪便，最后一粒粪便不再是黑绿色，而呈现出黄绿色。

蚕吐丝前，还会排出身体里的水分，撒一泡尿。（这一点，学生也发现了）此外，蚕吐丝前，身体背部会有一条像血管一样的东西，里面好像有一股股绿色的"血液"从尾角往前流淌。把握住了以上特征，我们就可以准确判断出蚕是否要吐丝了。

>>>>>>>

6月 16日 星期一

"骨头"啃完了，咂咂嘴，嘿，还真有滋味儿！

今天，将"小学科学教学知识点开发和制作"属于我的那根骨头"啃"完了，并将所有的资料汇集成光盘由快递公司送往了制作方。可以说，按时超额完成了任务。目前，对方应该在加紧后期制作吧，因为9月份就要公开发行了。

粗略统计了一下，按照每单元教学案例不少于1万字的要求，我超额完成了约5100字；按照每单元图片资料不少于40张的要求，我超额完成了57张；按照每单元文本素材不少于5个的要求，我超额完成了19个共计19200字。此外，像教学单元说明、单元重难点分析、知识点内容分析、重难点教学实录、学习评价、视频素材、课件、单元复习题、单元复习课教学设计等，均保质保量完成了任务。

为了达到对方提出的绝对保证版权的要求，以为对方提供的照片为例，所有照片均由我亲手拍摄，这些照片中，有我去垃圾站点、垃圾回收点拍的，也有我到农民家去拍的，还有在美术杨春花、王迪老师支持下拍摄的；更有在日常生活中随时

2008年

随处根据需要拍摄的，绝对原创。

此外，在拍摄教学重难点两节教学实录工作中，还得到了五年级朱凤英老师、王长第老师和五（2）班杨子慧等20名同学的大力支持，得到了组里孙老师、石老师和刘洋等许多老师的帮助，特别得到了教学处王主任的鼎力相助，我知道，王主任代表的是学校，所以我更要感谢七一小学这个坚强的后盾。当然，最要感谢教研室王思锦老师的信任，感谢她给了我这次历练的机会。通过这项历时一个学期的工作，较自己以前确实进步了，这一点对我而言最有价值！

以上这些，我会牢记在心，并且用同样的热情在他们需要我的时候"顶"上去！

对，就这么做！

一休哥——嗨！好了，就到这里吧！休息——休息！

>>>>>>

6月18日　星期三

参与师慧杯征文

今天，根据学校的安排，参加了北京市师慧杯征文比赛，以下内容为依据自己的日记，只用了两个小时左右的时间写出的一篇文章，并且没有一点抄袭。这就是坚持记录教学日记的一个好处：写论文再不用发愁了，可以说，信手拈来。我不敢说这篇论文就能获什么什么奖，但是我确实不止一次地尝到了记录教学反思日记的甜头。

智慧的源泉——善于学习、反思、总结

有人说："不想当将军的士兵不是好士兵。"我说："不想当优秀教师的老师不是好老师。"我不知自己算不算得上优

秀，我只知道四年前我由一名远郊的农村教师成为了北京教育强区海淀区的一名科学老师，两年前我又进入了北京最具品牌影响力的学校之———海淀区七一小学。我只知道要想在这样的学校里有立足之地，你就必须不断学习，不断思考，不断提升自己。为此，我除了认真完成教育教学任务以外，开始了长达两年的学习生活。两年来，我利用业余时间将自己的教学心得、反思、学习收获用键盘敲击下来，目前已累计 12 万字。在字里行间，我感受着教师的快乐，感受着新课改带来的快乐，感受着被人认同的快乐。我的教学反思日记得到了学校领导、区教研室、教育科学出版社的充分肯定。

今年3月，受区教研室委托，我参与了教育部"小学科学教学知识点资源"开发和制作工作。我把这项工作称为"一块难啃的骨头"。第一，没有现成的教材，我负责的这个单元要全部自己编写。第二，提供给对方的素材种类多，数量大。现在这项工作已经全部完成。我敢说，没有这两年的学习、思考的积淀，我是无论如何也不敢接这项任务的，当然更谈不上顺利完成。从这一点上讲，我绝对算是课改的受益者。

受益于何处呢？受益于在课改过程中来自于教学实践的反思、学习和总结。下面就以我的教学反思日记中的实例来阐述我和我的伙伴是如何在课堂教学中抓住重点突破难点的。

一、借他山之石，攻己教学之玉

"他山之石，可以攻玉"语出《诗经·小雅·鹤鸣》，意思是借助别人的东西，来提高自己的水平。我是这样做的。在外出听课过程中，第一，我注重别人的教学思路怎样自成一条线，即怎样完成一个科学问题的探究过程；第二，我注重同一课同一个点别人的方法比自己的方法巧妙在哪里。而能够让我思想产生火花的更多的是第二点。在这个过程中，作为学习者，必须思考、比较，在实际教学中还要创新地使用，使其为自己的教学服务。

（一）直接"拿来主义"

例1，《声音的产生》一课中，将声音的产生和物体的振动建立联系，是本节课的重点又是难点。要想解决这个问题，必须扫除通常人们头脑中都会有的误解，即外力使物体发出声音。说实在话，这个问题我重点研究过，并且在第一次讲和第二次讲处理这个重难点时确实有了飞跃，比如第二次讲，我加

入了自己的创意，自制教具"舞动的声音"，让学生亲眼看见了声音是什么样的，而不是通常说的"听声音"。在处理学生初步提出的假设，即"你认为声音是怎样产生的"这个问题时，也比第一次有所提高。记得第一次讲时，学生通过自己制造声音后进一步提出敲、摩擦、拍、弹、拉可以产生声音，有个别学生说是振动产生声音，我只是简单地说我同意最后同学的观点，用了老师的威严简单解决了学生对这个问题认识的引导，当然，这是发生在五年前的事。

两年前，我又一次研究这一课，同样遇到了怎样将学生所猜测的这些外力原因引导到"振动"产生声音上来，我采用了这样的方法："敲、摩擦、拍、弹、拉等这些词在语文课上叫什么词？"学生回答："动词。"我说："是的，这些动作只是产生声音的前提条件，而声音是在这些动作停止后才出现甚至还在延续的，所以，刚才有同学提到这些动作引起的物体'振动'可能才是声音产生振动的真正原因，那么你有什么办法证明我们的猜想？"

这种处理方式肯定是比上次有所提高，在当时我确实觉得很满足了。

但是中关村三小孙文红老师处理这个问题却用了更加巧妙的办法，甚至不露一点痕迹，她是这样做的：学生提出初步假设后，她用实物投影展示了一个扬声器，并且使其发出声音，再请学生利用触觉、利用纸片感觉振动发出声音，而操作者并没有动作作用在扬声器上。

这个办法简直太巧妙了，将声音的产生和物体的振动有机地结合在一起，突破重难点，省了我好几倍的力气。今后再讲这一课时一定要"拿来主义"。据孙老师说，她借鉴了美国FOSS教材的方法，真好，有机会一定看看。

（二）间接"拿来主义"

例2，学习教科版《科学》三年级下册《水结冰了》一课时，我用了这样一个办法解决了演示实验时，不能保证所有孩子都展开实验，全都亲眼看见试管中水温变化的问题。因为学校实验室没有冰箱，无法有那么多冰备用；每天五六节课；每班12个组，这些均是学习本课时不能分组实验的原因。但对水结冰过程的关注，水结冰时温度的变化特点，是本节课教学的重难点。怎样在有限的条件下突破重难点，是我要解决的实际问题。所以讲这一课时，我利用双休日将器材拿回家，在家中做水结冰实验，然后用录像机拍摄下来，将实录放给孩子们看。

效果不错！孩子们仿佛真的置身于实验之中，对温度计红色液柱下降的情况一目了然。实验我是这样做的：首先将试管中加入 6 mL 的纯净水，用温度计测出水的温度，当时水温和室温基本是一致的，22 ℃。然后将试管放入盛有冰的烧杯里，继续观察水内温度计的读数，眼看着温度计读数慢慢下降，20 ℃、18 ℃、15 ℃……当温度下降到 12 ℃ 时，我往冰块儿内加入了一些食盐。几分钟的时间里就下降到了 2 ℃……特别是我往冰块儿中加入食盐以后，温度计读数下降得就更快了，最终降到 -12 ℃，而烧杯内的冰绝大部分都化成了水。看来盐不仅可以加快冰的融化速度，还可以使温度更低。（这里，我不忘给学生穿插了一个拓展知识，就是冬季下雪天，人们往路面上撒盐的道理。没想到，我一点，学生就透了。真有船到桥头自然直的感觉。）水从 0 ℃ 开始结冰，当水温达到 -5 ℃ 时，试管里 6 mL 的水全部结冰了。最终 -12 ℃ 的低温，还使空气中的水蒸气在烧杯外壁上结成了一层厚厚的小冰晶，这是"水结冰实验"的一个额外的收获，即"霜的模拟实验"。我可不会放弃这个意外所得，牢牢抓住机会将烧杯外壁上的小冰晶拍了下来，还故意用指甲刮了刮那些小冰晶。给学生看最后一段录像，是为了给下一节"水的三态变化"作铺垫。感觉这样做既省时又省力，免得学下一课时再将"霜的模拟实验"重复一遍，何乐而不为呢？

利用这段录像教学，全班学生将每一次温度的变化都尽收眼底，可以说解决了演示实验中因为教具小，学生人数多，不能全班人都看到的问题。这个方法很好，最重要的是每一个孩子都身临其境，最大可能地掌握了本课的重点。这个办法是我一次听市级学科带头人万泉小学的赵就老师说的，赵老师说得没这么详细，就是一句话，但真的让我受益匪浅。所以，我又有了一次新的体验。

例 3，这次体验是在蚕的教学单元。并不是所有的孩子都有养蚕的条件，养蚕小队的孩子也不是个个都能看到蚕蛾交配的场面。更何况城市的孩子这方面的经历更是少得可怜，所以蚕的整个生命周期每一个阶段都是我确定的教学重点，繁殖后代这个阶段当然不例外。2008 年 5 月 21 日早上我进教室时恰好看到我的两个蚕蛾破茧而出了，刚好一只雄、一只雌。肚子大大的雌蛾已经产下了 50 粒左右的卵，都是米黄色的。两只蛾天各一方，足足相距四五厘米远，也不知是不是交配完产的卵。正当我疑惑时，那只雄蛾好像知道了我的心思，扇动着翅膀向雌蛾这边移过来，在雌蛾胸部蹭了蹭，雌蛾也毫不拒绝，俩人的"婚礼"就正式开始了。太有意思了，我记下了它们开始交尾的时间，是早7：40。我赶紧拿出包里的相机，打开摄像功能，将它们交尾的镜头拍摄了下来。今天上课的班级我可以实物投影给孩子们看，可明天以后的班级就不可能了，因为这一庄严时刻持续的时间不足以等待一周，让孩子们都看到。而录像的方式恰恰解决了上面提到的所有问题，太妙了！再次感谢赵兢老师！

以上三个例子证实了我的一个观点：教师的智慧首先来自于学习。

二、深挖自身潜能，善于普遍联系

普遍联系的观点是一种哲学观点，它适用于各个领域，我们的科学教学当然也不例外。怎样才能发现科学教学过程中的联系呢？还是论文题目里那句话：善于反思、总结。经历这一过程后，就会形成经验。而这经验才是一个教师智慧的真正源泉。

自上学期起，我和同组的同伴参加了海淀区科研课题"提高教师课堂指导有效性的研究"，我们申请了子课题"小学科学课堂中通过设计有效问题提高教师指导的有效性的策略研究"，本人为子课题组组长。在这一课题的研究中，我曾先后两次在案例研究中研究了"封闭性问题"和"开放性问题"有机结合的提问方式，第二个案例中的尝试远比第一次使用时得心应手，突破重难点顺利，以下为我的佐证。

（一）初次实践是摸索

小学阶段的学生，抽象思维能力还不够发达，往往思考问题时会从身边具体的现象中寻找答案，关注表面现象比较多，因此，思考问题不够深入。这就为教师设计教学提出了新的要求，即尝试使"开放性提问"与"封闭性提问"相结合。

例如，在教科版《科学》三年级《空气占据空间吗？》这一课教学中，有一个实验是要求学生利用空气占据空间的原理，解决利用两根吸管、一块橡皮泥、半瓶水完成水从瓶中流出的难题。这绝对是一个挑战。我作了以下几步尝试：

播放完乌鸦喝水的故事后，首先呈现了**一个开放性的问题：**乌鸦为什么能喝到水？学生马上答出，因为乌鸦往瓶中放了石子。但是，对于放入石子和水位上升之间的关系，学生却并没有经过头脑的深入处理。作为授课教师，不能满足于这种浮于表面的回

答。所以，紧跟着我抛出了**一个封闭性的问题**：乌鸦放入石子和水位上升有什么关系吗？这个问题引领学生对这个现象进行了更深一步的思考。学生经过"想一想"的环节，便能得出因为石子占据了水的空间，所以水才能上升这样一个结论。

接着我又抛出**一个过渡性问题**：石子能占据水的空间，假如不用石子，改用空气，你还能让水上升并且流出来吗？学生会想各种办法，但都不符合要求。在这儿学生遇到了难题，这时我出示有结构的材料：两根吸管、一块橡皮泥。有了这些材料，学生进行了第二次实验的尝试。比如有一个孩子就用了一根吸管用力吹瓶中的水，水确实溅出来了。但是这样做是否就可以了呢？当然不是，我们的要求是让空气占据水的空间使水流出来。此时，学生的思维陷入了僵局。我及时演示了一种办法，但并不交代这种办法的原理，而是实验完毕后由学生分析，得出解释。实验方法如图所示：

实验结束后，我提出**第二个封闭性问题**：吹入瓶中的空气和吸管流出的水之间有着怎样的关系？这下学生的思维可活跃了，生生之间展开了争论。争论的第一个焦点：橡皮泥起了什么作用？第二个焦点：空气在人嘴给了外力以后流动的方向怎样？第三个焦点：人嘴吹气时给的外力在这个实验中起到了多少作用？第四个焦点：人嘴吹进去的空气起到了什么作用？学生之间有提出自己观点的，也有提出反驳意见的，还有解释自己的理解的。在这个过程中，我参与其中，推波助澜，适时引导，使问题的焦点最终确定在空气是否可以占据空间上。当然还需要更有力的实验来帮助学生全面证明自己的解释。

通过以上"开放性问题"与"封闭性问题"相结合的尝试，我发现学生的思维被一步步引向深入。

（二）二次使用更熟练

巧的是，在《冰融化了》这一课教学中我又一次遇到了类似的教学时机。这一次，我牢牢地抓住了。具体描述如下：

在研究《冰融化了》一课时，我首先关注了学生已有的经验，在此基础上展开了有针对性的教学提问，在层层追问的情况下，提出封闭性问题，水到渠成。

实验方法：将冰块放入烧杯，内插一支温度计观测冰块温度的变化；烧杯外壁再放一支温度计，观测杯外壁温度的变化；距实验装置几米远的墙壁上再放一支温度计，观测室内温度的变化。

问题一："如果我将冰放入烧杯，你猜，过一会儿会出现什么现象?"问题二："如果我再给你提供一支温度计，你又会有什么新的发现?"通过第一个问题，让学生认识到冰放在比自身温度高的环境里会融化，但是这样的认识是粗浅的，是不够精确的。这时我又提出第二个问题，指引学生向更精确的描述过渡。此时，学生提出了自己对于冰融化温度变化的初步预测。但是这时的预测同样停留在假设的层面上，因为还没有得到实验的证实。但我们已经开始了科学探究的第一步，即提出问题，形成假设。接下来是我们进行实验，收集数据。实验完毕开始分析，我提出问题三："根据我们的实验记录表，小组同学在一起分析一下，能从这张表格中获取哪些信息? 这些信息又说明了什么?"这一问题将学生对于冰融化成水的温度变化情况引向了更深入的研究层次。学生将在这两个问题的引领下，对实验数据作出分析，进一步修正自己的假设。就在学生分析数据、表述自己的观点的过程中，出现了"悱"的状态，即表达不清，或者有所偏颇。此时，我在征求其他学生观点的时候出现了"冷场"。这时教师的指导作用应该马上发挥出来，因为学生对于杯外壁的温度为什么下降的表述是不科学的，虽然其实这属于正常现象。但从学生的表述中我们不难看出，学生已经将杯外壁温度的下降和冰建立了联系。只是思维有些偏离，因为不是冰把温度降低了，这只是一种假象，实际是冰在融化过程中，需要从周围吸收热量，并且将吸收的热量用于自己融化成水。可以说，这一点是本课的难点。在这里我关注了学生的已有经验。因为在前面的课上我们学过，"对于一个物体来说，温度下降，说明它的热量在减少"。那么也就是说，杯外壁环境的热量在减少，那么这些减少的热量"跑到"哪里去了? 这时，学生会提出新的假设："跑到冰里去了"；"跑到空气里去了"。当我追问哪种有道理时，学生的表现是沉默。此时，我又结合学生生活经验，进一步提问："生

6月

活中我们要把一块冰放进冰箱，它会融化吗？如果放在火炉旁，又会怎样呢？这说明了什么？"学生很容易找到答案：需要热量。此时，我觉得是将"封闭性问题"提出的最好时机，因为学生思维的跨度已被链接，问题的答案呼之即出。于是我出示了这样的问题："你认为冰融化成水这个现象和杯外壁的温度逐渐降低有关系吗？如果有，有着怎样的关系呢？"

至此，本节课的重难点在有层次的提问中已经突破。我很高兴，孩子们也如释重负，豁然开朗。现在想来，其实前面的诸多问题都是围绕着以上这个封闭性问题展开的，我认为，这样的层次安排很有必要。

（三）找到同感要总结

在第二个例子的教学时，我有一种特别的感觉，就是似曾相识。后来我想到了第一例教学时的情景，原来用了同样的处理方法。于是，我将两则案例都详尽地记录在"反思日记"中，今天呈现在"智慧教师"征文里，与您分享。当然，不妥之处，欢迎您批评指正！感谢！

做智慧教师，永远只有起点，没有终点。只有善于学习、反思、总结，泉水才能源源不断。我愿意在新课程改革中不断完善自己，提升自己！

说明：

本文后获此次征文市二等奖。

>>>>>>>>

6月 27日　星期五

有效的提问应具有探究性
——《磁力大小会变化吗？》教学案例

一、案例背景

在科学教学中，为了培养学生的创造性思维，教师所提出的问题应该具有一定的探究性。通过具有探究性的问题，引导学生多角度、多途径寻求解决问题的方法，培养学生思维的发散性和灵活性。在学生解答完问题后，教师还应留下生活化又富有探究性的任务，让学生利用课余时间进一步去探究。

本案例描述的就是这样一种理念指导下的实践过程。《磁力的大小会变化吗？》一课是三年级下册"磁铁单元"中的第五课。本节课学生要学习的是两个或多个磁铁在一起，磁力大小会发生改变。其实，早在学习本课前，有些学生就已经通过玩磁铁知道了几块磁铁在一起磁力会增大。但对于磁铁是利用异极相吸的原理吸引在一起，而同极在人为外力作用下生生捆绑在一起磁力反而减小的事实一般不曾了解。因此，我将本课的研究重点确定为如何提出有探究性的问题，使学生设计出对比实验研究磁力大小的改变。

二、案例描述

"那就让它们俩比比呗！"……

我首先出示了三块磁铁，其中左手拿两块，右手拿一块。左手的两块我是分开摊在手心里的，然后我当着学生的面，让他们定睛观看我的做法。我是这样做的：左手平摊作画圈摇动状，掌心中的两块磁铁也跟着摇动起来，并且很快吸引在了一起。此时我提出了第一个问题：**是什么原理使这两块磁铁"跑"到了一起？**学生马上回答："异极相吸。"对学生的回答我及时反馈，"是的。""**那么，如果我现在让你来预测一下，是这块磁铁磁力大？（我举起右手）还是这两块吸引在一起的磁铁磁力大？（我举起左手）**"这是我提出的第二个问题。学生纷纷表示："老师，我觉得两块磁铁的磁力大……"也有个别声音说："一样大。"我说："到底磁力变大还是不变，需要实验来验证。""你有什么办法能够证明你的猜想。""那就让它们俩比比呗！""**好哇？怎么比？（这是第三个问题）你们商量一下，得注意公平。我给你们准备了两个纸杯、一把塑料尺、一堆曲别针。你们也可以想一想，有没有别的材料代替？**"学生开始了对比实验的设计，在交流实验设计时，我作了对比实验公平性的指导。此外，学生还想到了利用字典、书代替纸杯，利用大头针或者铁屑代替曲别针。"**那还有没有其**

他办法实验？"学生说可以再准备一套完全相同的材料，两个实验同时做。还有的学生说："老师，我觉得不用纸杯和尺子也可以，直接用磁铁吸引曲别针就行。"这些方法我都给予了肯定，学生可以自由选择。通过几次实验，学生发现：两块磁铁吸引在一起，磁力确实会增大。此时，我又提出新的问题："假如是三块、四块或更多块吸引到一起呢？"学生马上答道："肯定磁力会更大。"这时，下课时间快到了，我布置了两个课外实验，将探究活动延伸到课外：①回去试一试，更多块磁铁吸引到一起磁力是不是更大了？②如果将两块磁铁同极相对，利用外力用透明胶带生生把它们捆在一起（我演示方法），磁力又会怎样呢？（这是第四、第五个问题）整堂课结束。

三、案例分析与反思

1. 我这样看"那就让它们俩比比呗！"

学生之所以会说这句话，源自于对两块磁铁吸引在一起磁力大了还是没变的一种猜想，既然大家意见不一致，可不是，就让它们比比呗！比不就知道啦！这些儿童化的语言其实来自于生活，他们游戏玩耍时经常会出现谁不服谁的现象，解决的办法就是比一比。将学生引导到比磁力大小上来，目的就是引入到实验方法的设计上来。那么，"怎么比？"这个问题就成为了一个特别值得探究的问题。因为比就一定要涉及公平、公正。这个问题的提出是有很大思考价值的，因为它可以引发学生思维活动，接下来小组同学的一系列实验的设计都是思维活动的结果。

2. 为什么我要提这个问题："那还有没有其他办法实验呢？"

其实，这同样是一个探究性问题。提这个问题，就避免了学生被老师给的材料限制住；提这个问题，能够让学生多角度、多途径寻求解决问题的方法，培养学生思维的发散性和灵活性。我觉得有个学生提出的办法就很好："老师，我觉得不用纸杯和尺子也可以，直接用磁铁吸引曲别针就行。"这么简单的办法我为什么不肯定？它比书上给的方法易于操作，又节省了材料，作为老师当然要支持。此外，对于用两套材料同时实验的方法我也给予肯定，毕竟这样对比的现象一目了然，印象深刻。当然也有不足之处，就是浪费资源，教学中应该点

2008年

一句。

3. 解释一下对比的两个层次

第一个层次的对比是案例描述中提到的设计对比实验，目的是通过探究性问题引导学生通过实验得出两块磁铁吸引在一起比一块磁铁磁力大的结论。显然，学生很容易推理出更多块磁铁吸引在一起磁力会更大的结论，但是教师并不直接给答案，而是留给了学生。"**回去试一试，更多块磁铁吸引到一起磁力是不是更大了？**"这两个环节坡度是很小的，学生很容易完成，所以便有了兴趣。第二个层次的对比，是"**如果将两块磁铁同极相对，利用外力用透明胶带生生把它们捆在一起（我演示方法），磁力又会怎样呢？**"与前面课上两块磁铁吸引在一起磁力变化形成对比，这一环节的设计就有了些难度，使学生有愿望"跳一跳摘桃子"。而以上两个探究性的问题之间又有意安排了一个小层次，学生很乐于接受，易于展开课外探究。

>>>>>>>

6月30日　星期一

这学期过得真是太快了！

难怪诗人、文学家爱拿时间当题材有感而发，连我这样一个普通人都感到时间在飞逝。这个学期真快，一转眼，奥运会就要开幕了。从申办失败到后来得到主办权，再到若干个日日夜夜的筹备，顺利召开之日在即，每个人都是高兴的。假期里，好好关注一下中国队，为中国加加油吧！相信，奥运会在中国的召开，会给我们北京，会给七一小学，会给每一个家庭，会给每一个中国人带来好运气，当然——也包括我喽！

2008年08月—2009年08月日记节选

　　这一部分从我来七一工作的第三年的日记里节选了8篇。篇数不多，但是足以呈现三年来我在业务上的成长过程。学无止境，我现在还有很多不足，离一个真正优秀的科学教师还差得太远。但我的内心有这样一种强烈的感觉：就是无论做什么事，只要你肯用"心"去做，肯钻研，那么当你真的走进了这扇门，你会发现门口虽小，而内部的厅堂却异常宽大，宽大得足以盛下你的一生……

　　如今的我，已不在"致命打击"的漩涡里挣扎，我也更加明白了一个道理：我以前所追求的"完美"只不过是一种虚假的完美，我以为我关注一切细节我的教学就会完美，其实那只不过是一种自欺欺人罢了。真正的完美不是不犯错误，当然更不是无可挑剔，而是在经历了一次次失败后，最终走向成功。一个人应该生活在真实里，悦纳自我，有时甚至要敢于承认自己在某方面的无能，这并不代表你真的无能，反而会让你觉得自己心中充满了力量，因为我们学会了正视自我，自我就会更有活力。感受身边的每个同事、每个学生、每个朋友、每个亲人，感受每份关心、每份关注、每份友善，感受每个微笑、每个问候、每个快乐瞬间，我想我就生活在快乐里、幸福里！

　　还是那句话：人应该有一种能力——"感受"的能力。这将是我今后三年努力的目标！

　　朋友，我们一起感受生活吧！工作再忙，生活再琐碎，也别忘给自己的心灵留下一块绿草坪，供她安顿和滋养。

2008年08月20日	本次设计基本都尊重了教材，但实际教学时可能……
2008年11月01日	关于"反诘提问"的尝试
2008年11月11日	初生牛犊也怕虎，还懂得"谨慎"二字
2008年11月27日	利用封闭性提问，将学生最初猜想逐个击破
2008年12月29日	结题报告终于在今天出炉
2009年05月02日	白板"第一人"的反思！嘻嘻！
2009年05月07日	第三次登上区教研交流平台
2009年08月17日	中央教科所课题结题，些许欣慰！

>>>>>

2008 年 *8* 月 *20* 日 星期三

本次设计基本都尊重了教材，
但实际教学时可能……

　　由于教科版《科学》教材一直在不断试用与修改，所以我们在使用的时候，必然会遇到很多不理解，使着不顺手，或者教材安排确实不合理的情况。教育科学出版社一直在向海淀区的一线教师征求教材使用意见，很敬佩和赞同他们这种精益求精的做法。所以，备课过程中，在很多课的设计后面都提出了自己的一些不成熟的意见和建议。

　　以下课来自教科版《科学》四年级上册。

　　1.《我们关心天气》

　　对教材最后一个环节的一点不成熟的看法：第3页网状图本来是想反映某天天气对当天生活的影响，但提示却说："把影响天气变化的因素联系起来考虑，会帮助我们更好地认识天气。网状图能使这种联系变得更加清晰。"那么，这种联系真的清晰了吗？我觉得学生顶多能够将云与雨建立联系，云和风、和雾的联系有多少学生会想到呢？如果一定要说联系倒也未尝不可，但是让小学生联系起来，难度是不是有点大？我这样理解该图中云与雾的联系：云量增多说明空气中水蒸气量大，这就有可能在地面上空产生雾的天气。那么，云量和风的联系又怎么解释呢？这张图能给人一个清晰的层次关系吗？不能。实际教学时需要改。还是应将该图作用定位于某天天气现象与人类生活的关系为好，不然眉毛胡子一把抓，最后乱抓一通什么也没抓着，弄得是云里雾里。

　　2.《天气日历》

　　观察和记录天气数据应该是一项很严谨的活动，在学生不具备观察方法的前提下，草草给学生布置一个月的观察任务实在不能称为"有的放矢"，或者说是在打一场无准备的仗，我不太明白编者的意图。举例来说，学生还不知道了解当地气温需要在室外阴凉通风的地方并且是离地约 1.5 米的距离测得的数据，更不清楚每日温度应该在什么时间获得，是最高气温还是最低气温，那么在第二课就出现温度变化柱状图有什么意义？在"温度与气温"一课中，柱状图更多考虑的是反映一天内不同时刻的温度变化，那么，这两个柱状图之间是否应该给学生一个紧密的联系？也就是说，第二课出现的一日气温数据是取当日不同时刻的温度变化平均值还是取一日中最高值？如果取最高值，那么，不同地区每天日气温最高值应该在哪一时刻？这些问题教参中都没有交代。

此外，像如何获得风向、风速，如何确定雨量（多少毫米）等，学生都不知道，所以这课开始就让学生制作"天气日历"简直是天方夜谭，我想这一课需要调整到第六课之后，并且给足学生观察记录时间，大概到第二单元学完后，再来交流、总结各自的天气观察比较好。所以，这一课，我不准备放在这里讲，而是与后面的第三、四、五、六课结合进行。当然，以上教学过程也只是就目前教材的思路拟订的，实际授课时可能会有变动。

第三，教参中第 13 页第 15 行说"引导学生阅读教科书第45 页上的提示"，唉，哪里是什么第 45 页，分明是第 3 页。据我所知，这个单元在本册书是安排在第一单元的位置，而上一轮使用时则在第三单元。可见，这次教材修订，有些教参的校对工作没有做到位。

3.《风向和风速》

最大的建议是关于风速的观测，既然给学生介绍了风力等级表，并且等级表中的特征描述中的观测标志物并不难找，比如脸、小树、纸片、旗子等，生活中刮风时学生也很容易观察到，为什么后面又让学生利用旗子模糊记录为无风、微风、大风三种风速等级？是为了降低难度吗？我打算这样处理：让学生根据理解程度自由选择观测标志物和记录方式。

4.《不同物质在水中的溶解能力》

对本课教材内容我有两点疑惑。

疑惑一：教学目标"科学概念"中明确提出"不同的物质在水中的溶解能力不同"，但是本课只安排了食盐和小苏打两种物质比较，这是否有些不符合科学需多次实验再得出结论

的要求？实际授课中，教师要不要多做几组对比实验再得结论？反正这个设计中，我在第一个环节结尾没有敢给出定论。

疑惑二：教参中说："水除了能溶解一些固体和液体之外，还能少量地溶解氧气、二氧化碳等气体。水中的动物和植物就是靠溶解在水中的氧气进行呼吸的。"这里的植物也要靠水中的氧气呼吸怎样理解？是不是可以这样理解：植物白天吸二氧化碳，晚上吸氧气；还是说二氧化碳和氧气均可以溶解在水中，植物和动物就可以在水中互相依存了。我自己更同意第二种说法，但是这样看来，"水中的动物和植物就是靠溶解在水中的氧气进行呼吸的"这句话就有些不太合适了。

5.《溶解的快与慢》

本课教材共两个内容：首先是"哪一个溶解得更快"，这里面研究了搅拌和用热水两种方法；"加快水果糖溶解的研究"是第二个内容。我不知道编者为什么要这样设计，难道是为了利用食盐和水果糖这两种颗粒大小不同的有结构的材料来调控全课内容的层次吗？因为只有出示类似于"水果糖"这样的材料，才能让学生想到碾碎的方法，而这样安排肯定能让学生三种方法都想到。既然前两种方法上一个环节刚刚验证过，那这里要不要处理？要不要用？如果用了，为了实验公平，岂不是又回到了验证碾碎这一种办法上来了？从这个角度讲，这种安排又有什么意义？如果不用，就会像教参中"教学建议"中提到的，"如果时间不够，每个小组可以只研究一个对溶解快慢产生影响的条件"。可这样做，又何必呢？通篇考虑，教材的层次在哪里？何不直接用第二个内容统领整篇，体现课题：溶解的快与慢。所以，我想是不是可以这样：将本课两个内容调换位置，食盐的出现完全是为了验证学生在第一个内容中提出的方案：搅拌、用热水，这样就避免了上面提到的问题。然后，再回到水果糖碾碎的问题。实际教学时我打算这样尝试，我觉得层次会比教材这样安排清晰些。

6.《分离食盐和水的方法》

在第一环节的安排中，教材是这样处理的：教材首先呈现了一杯底部有少量食盐的浓盐水，教材说这可能是前几节课留下的浓盐水水分减少后形成的。教材还要求给浓盐水的液面做记号，以便于观察浓盐水中水分的变化。然后往杯中一点一点地加清水，并不断搅拌，使原来沉在杯底的食盐溶解。照这样不断加入清水的话，就可以不断地溶解更多的食盐。然后，教材又要求把杯子放在窗台上，让杯子中的水蒸发，观察已经溶解的食盐有什么变化。我很是不明白，为什么要多费这样一道手？即便是为了给学生一个真实的场景，让学生亲眼见到盐溶解于水中，那么，把盐水放在窗台上等待其蒸发也不是一节课40分钟就能看到的呀？另外，给最初的盐水作标记，起的是怎样的作用？要作标记也是该给溶解完杯底食盐后的盐水作标记，这样更符合常理，因为这样水面降低了才能够说明水分蒸发了，而此时杯底已析出盐，则可让学生提出探究问题。其实这个过程又何必再呈现一次，况且40分钟又根本无法呈现。所以，这一课我大胆调整了教材内容安排，尤其是前半部分，我觉得这样更符合实际，更顺理成章，更符合学生的思维发展规律。

7.《声音的变化》

在观察比较声音高低的变化这个环节中，教材安排了三个层次，教参中是这样描述的：层次一，尽量用同样的力反复敲击四个装有不同水量的杯子，让学生感受声音高低的变化；层次二，尽量用同样的力拨动松紧不同的皮筋，描述音高低的变化；层次三，尽量用同样的力敲击粗细、长短不同的铁管、铁钉、六弦琴，感受音高低的变化。个人认为，这三个层次其实称不上是什么层次，因为它们之间没有任何递进关系；另外在所谓的第三个层次中，不仅安排了3根长短不同、粗细相同的铁管、3根长短相同、粗细不同的铁管，还安排了3根粗细相同、长短不同的铁钉，安排了六弦琴，个人认为，后两种材料可安排也可不安排，因为这样的材料是重复的，完全可以将两组铁管材料配合使用，任选一组即可。

纵观三组实验，只有皮筋这组实验能够让学生亲眼见到振动的频率快慢，从而帮助建立音高低与频率的联系，达成本课第二个概念目标，即音高是由物体振动的频率决定的，振动的频率越快，声音就越高；振动的频率越慢，声音就越低。六弦琴也有这样的作用。水杯、铁管这两种材料就不能让学生亲眼所见振动频率的快慢，顶多是让学生感受音高低的不同。所以，这样的三个层次的实验，并不能让学生很信服地达成科学概念的第二个目标。换句话说，这一课如果就此下这个结论（即刚刚提到的概念目标），有些操之过急。所以我在本设计中一直到小结阶段也只用"好像"两个字，而在课的最后，我告诉学生科学家的研究结果，并且告诉孩子们，下节课我们

将继续研究声音高低跟什么有关这个问题，而下节课，"探索尺子的音高变化"才真正解开音高变化的秘密。不知这样考虑是否正确。

8. 《声音的传播》

为什么只涉及固体和气体的实验？液体为什么不涉及？是因为不常见吗？我在教学设计时加了涉及液体的实验，因为即便不是很常见，但它确实是一个很重要的点。

>>>>>

2008 年 *11* 月 *1* 日　星期六

关于"反诘提问"的尝试
——指导学生完善"加快溶解"对比实验设计案例

一、案例背景

四年级的科学教学，在实验方面新增了学习对比实验的要求，也就是说，对比实验是出现在四年级的一种新的实验方法。目前，教科版《科学》的教学正在涉及该内容，所以如何正确有效地进行对比实验教学，就成了四年级科学教学的重头戏。对比实验的原则是什么，重点在哪里，如何突破难点，对比实验仪器和材料准备的特点是什么，在对比实验中如何体现能力与素质的培养等方面的问题，就摆在了我们每一个科学老师的面前。

反诘提问指教师对学生在观察、感知、设计过程中初步得出的观点进行反问。这种提问，可以促使学生进一步精确、仔细地观察、思考，从而形成正确的结论。本文仅以教科版《科学》四年级上册《溶解的快与慢》一课中指导学生完善对比实验设计为例，浅谈"反诘提问"在对比实验教学中的效果。

二、案例描述

情景1:

教师创设情境,提出问题:老师口渴了,手中有一块方糖,谁有办法让我尽快得到一杯糖水?

学生纷纷举手,提出自己的观点:搅拌、用热水、弄碎。

情景2:

教师谈话:我们先来研究搅拌对溶解快慢的影响,好不好?

学生表示同意。

教师提出问题:你认为做这个实验需要用到哪些材料?怎么设计?

学生1:一个烧杯、搅拌棒、水、方糖。

教师提问:好,那我就照你们说的,准备了一个里面有水的烧杯、一块方糖、一根搅拌棒,现在我就可以开始实验了吗?

学生2:不行,得两个烧杯,两块方糖才行,然后一个搅拌,一个不搅拌。

教师:噢!(教师眼发亮,表示出兴趣)为什么要这样?

学生2:为了对比。这样才能看出来搅拌到底能不能加快方糖溶解。

教师继续提问:你们同意他的说法吗?(生表示同意)那我们要想对比更科学,要准备两个烧杯、两块方糖。现在这个实验可以做了吗?

教师出示一大一小两个烧杯。

教师提问:这样的两个烧杯行吗?

学生齐答:不行。

教师提问:你觉得这个对比实验还应该具备哪些相同条件?

学生3:烧杯大小得相同;水得一样多。

学生4:方糖大小也得一样。

学生5:水的温度也得一样。

学生6:放入方糖的时间也得一样。

学生7:老师,可以先放方糖,再倒水。

教师提问:我们设计了这么多相同条件,哪个条件应该不同?

学生8:一个搅拌,一个不搅拌。

教师小结:好,像刚才这样的实验设计,控制其中一个不同条件,其他条件尽可能完全相同的,就叫对比实验。你们刚

才的设计很好，今后我们要经常用到这种方法。下面，我们就动手实验吧！……

三、案例分析

"怎样加快溶解"这个题目学生并不陌生，因为生活经验就是学生学习科学的最好资源。沏糖水，冲果味儿泡腾片果汁都是他们生活中经历过的，所以教师创设情境后，搅拌、碾碎、用热水这三种常用的加快溶解的方法学生很快就能提出来。但这些办法只是处在实践的层面上，还没有在学生的头脑中上升到理论层面。所以在学生提出自己的假想后，教师要引导学生利用实验来验证自己的假想，从而完成科学概念的建立过程。

这一课，主要指导学生使用对比实验的方法完成实验探究的过程。本单元是学生首次接触对比实验，要经历一个由扶到放的过程，本案例着力体现的就是"扶"的过程。

对比实验也叫对照实验，它是运用比较的方法来揭示事物的性质和变化规律的一种实验方法。对比实验是进行单因素比较。要进行单因素比较，则必须设法控制其他可能有影响的诸多因素，尽量使这些因素完全相同。这是对比实验的基本要求，也是对比实验过程中自始至终要遵循的重要原则。

本案例中，从学生不知道什么是对比实验，到最后学完本课初步认识什么是对比实验，并且初步学会设计对比实验，学生经历了一次探究方法上的培训，完成了一次探究能力上的历练。在这次"练兵"的过程中，我多次运用了"反诘提问"。这种提问方式，可以促使学生进一步精确、仔细地观察、思考，从而形成正确的结论。

比如，学生初步设计实验时，谈到了要用到一个烧杯、搅拌棒、水、方糖。其实，学生已经准确地选择了实验材料，只是没有注意到要进行对比才能更好地证明自己的假想。此时，我没有否定，也没有完全肯定，而是顺着这个学生的思路采用了反诘性提问："好，那我就照你们说的，准备了一个里面有水的烧杯、一块方糖、一根搅拌棒，现在我就可以开始实验了吗？"学生在这样的问题面前，思维会更进一步地深入，"是啊！这样就能实验了吗？""还得怎么做，才能实验呢？"学生从老师这种反诘的语气中已经体会到自己的设计可能存在某种不完美，所以，继续思考成为必然。这时，善于思考的学生马

2008年

上会想到得用两个烧杯、两块方糖来对比着做实验，这样更利于找到问题的答案。但这时的顿悟是不全面的，对实验周密性的考虑是欠妥的。教师此时要做的事情就是帮助学生完善对比实验设计，扶着学生走好这一步，所以必须倾听学生发言，并且作出针对性的反馈。因此，我又一次提出了两个反诘性问题："你们同意他的说法吗？（生表示同意）那我们要想对比更科学，要准备两个烧杯、两块方糖。现在这个实验可以做了吗？""这样的两个烧杯（一大一小）行吗？"就在以上三个一连串的反诘提问后，学生很快就找到了对比实验的设计规则：只有一个条件不同，其余条件要尽可能相同。显然，此时学生还不知道这种实验方法叫什么，但当学生亲历了这样的设计过程后，教师再加以点拨，学生很快就能掌握这种实验方法并且记住它的名字。

>>>>>>>

2008年 **11**月 **11**日　星期二

初生牛犊也怕虎，还懂得"谨慎"二字

实习生刘怡和张立群走了。

他们还没来，学校就先给我们这些指导老师开了会，并且给我们提出了严格的要求：①上好自己的课，精心备每一节课；②严格要求实习生（包括到校时间，记好考勤，不能留实习生太晚，指导教师没有资格准实习生个人请的假）；③指导教师要以饱满的精神状态投入工作，让实习生感受我们七一老师的精神面貌；④要精心指导实习生，指导教师的工作，对于实习生今后走上工作岗位，成功迈出第一步起着至关重要的作用，要毫无保留地教他们，不管他们是否留在我校任教。

我如实地照着这个标准做了，因为我支持学校这个观点。

初次见面，我对两个孩子说了这样一席话：

首先要告诉你俩，我虽然是你们的指导老师，但我不是最优秀的，比我优秀的老师多的是。今后你们肯定会遇到，遇到了一定要多多请教，不断学习。此外，你们今天跟我学，不仅要学教学方法，更要学习怎样组织教学，即如何与小学生交流，怎样与小学生相处，这一点很重要。第三，就是你们的专业知识学得很深，从这一点来讲，我可能还有很多地方要向你们请教，那么你们要注意的是怎样结合小学生的年龄特点深入浅出，这一点是很讲究艺术的，同时也是你们要重点思考的。我有个习惯，时常写教学反思，我希望你们俩也养成好习惯。通过反思，你们会发现自己的进步。当然，这是实习任务以外的建议。最后就是，我有时说话可能会很直接，除了生活上，更多的是在教学上，希望你们有思想准备。我想，这个时候给你们说的问题越多，对你们今后的帮助会越大。

两个孩子很懂事，就在这种朴实的交流中，我们开始了共同的学习生活。

本次实习涉及的内容是"溶解"单元，这一单元共包括7课，内容以对比实验的引入为主，重点让学生认识什么叫溶解及与溶解相关的科学知识。其中第六课《100毫升水能溶解多少克食盐》是我的示范课。《不同物质的溶解能力》《溶解的快与慢》两课是两个实习生的研究课。其余4课作为常态课来处理，但我们同样认真对待。

每次评课后，我都要求他们写出反思，相处3个星期后，两个孩子共写出教学反思11000多字。从严格意义上讲，他们的反思与我们老师一节课后的反思要求差得很远。说是他们的反思与指导教师的评课总结相结合的产物更贴切，但是确实能够从中看出两个孩子在记录、在思考、在生成自己的认识，而且他们能够很认真地对待这件事，这是最让我感动的。张立群跟我说："老师，我研究课这篇反思写了三千多字，我从来没有一气呵成写过这么长的文章，并且没有一点抄袭，写完了，我特高兴！"我告诉他："因为事情是你自己前前后后经历的，并且每次修改，每次试讲你都是认真对待的，自己亲身经历的肯定是有感而发了。今后你再遇到这一课，就会站在这个思考的层面上再提高，课堂效果肯定也会比这一次有进步！"张立

群微笑着点头称是。我想，他的这种体验也算是一种成就感吧。其实，我就是想让他俩在这种记录的过程中把一般年轻人所有的浮躁沉淀下来，将来一点点养成踏踏实实做学问的态度。他们临离开七一小学前，我送给了他们每人一本我的这份教学日记，厚厚一大本，他们好像真的捧着什么宝贝，高兴得不得了。我知道这份日记的内容并不代表最先进的教学理念，也不是什么优秀、经典的论著，但它是我两年多来的心血，是我逐渐进步的一个证明。我告诉他们，前面的路还有很长，虽然我们会感觉到累，也有些时候会很失望，但只要我们不让自己停下来，最起码我们不至于被排头落得太远。而当我们走完一生时，也不至于后悔当初因为停下来而导致半途而废。

实习生走了。一个月来我们相处得很愉快，我没有指导教师高高在上的威严，他们也觉得安全、轻松、快乐，但他们对我的尊重反而更多。

感谢同组的孙爱平老师、钟英菊老师和李宝瑜老师，你们也在尽可能地帮助两个实习生，其实，也是在帮我。

补记：

两个孩子后来一个被中国人民大学附属小学录用，一个被芳草地小学录用。很为他们高兴。初生牛犊也怕虎，还懂得"谨慎"二字，真是两棵好苗。愿他们越来越好！

链接：

引领我走上讲台的吕春玲老师

引领我走上讲台的吕春玲老师，是我教育人生的启蒙老师。

2008年10月，作为首都师范大学初等教育学院的实习生，我来到了海淀区七一小学。在这里我遇到了吕春玲老师，她引领我走上讲台，并亲手为我打开了一扇教育的智慧之门，从那时我迈出了成长的脚步。回首那一段时光，我今日能够成功地站在讲台上向学生们传播智慧，与吕老师无私的关爱、帮助是分不开的。

虽然在大学里致力于教育教学方面的学习、研究，可是当走上讲台时，面对学生我感到茫然无措，可见光有对教育的一腔热情是远远不够的，还需要掌握驾驭课堂的技巧。正当我陷入烦恼的泥沼时，吕老师及时向我伸出了援助之手，她把迷茫

的我领上了一条充满希望的教育之路。

听吕老师的课，使我受益匪浅。吕老师为我做的不只是呈现一堂课那么简单，因为每次课后，她都会耐心地询问我对于这节课的感受，还有哪些方面尚待改进。面对如此谦逊、对于教育事业精益求精的人，我被深深地感动了。一个经验如此丰富的老师，却向我一个初出茅庐的小姑娘征求建议，使我认识到，在教育的领域里若非辛勤耕耘，是不能收获硕果的。不仅如此，吕老师还会跟我一起剖析她的课，在传授经验的同时，她会告诉我这样做的原因、动机，以及某课堂语言的独特含义或是意图，等等。

就这样，我从实习初一个不会听课只会盲目记录的学生，渐渐成长为一个会听课而且能对教师课上的行为、内容等作出自己评价、有了自己观点的"新教师"。这些令人欣慰的进步，全部源于吕老师的谆谆教诲。

记得第一次讲课，我紧张到每一根神经都紧绷绷的，唯恐课后会遭到吕老师的批评。然而我的疑虑被打消了，吕老师的话使我如沐春风，她在肯定可取部分的前提下，也指出了不足。吕老师的赞赏，让我对即将从事的教育事业信心倍增。吕老师言语间流露出的真挚的爱，使我深感到做她的学生的孩子们是天底下最幸福的人。

实习结束后，吕老师把她一生中最重要最宝贵的东西送给了我，一本她写了近三年的"教学反思日记"。我手里捧着的是一位教师倾注她对教育事业的热忱，殚精竭虑所写出的教学反思，它为我能够迅速成为一名合格的教师，提供了难得的养分。当我接过这本厚重的笔记时，我也暗暗下定了决心，要沿着吕老师指明的方向，义无反顾地走下去，成为一名像她一样的人民教师。回家后，我把这珍贵的礼物放在了床头，每晚睡前都会看一两篇。虽然已经不跟随吕老师学习了，但每次看她的日记，总是感觉我依然身处吕老师的课堂，听着她讲课，感受着吕老师对待教育的热忱……

现在，我已经是一名正式的教师了。一个刚刚走上讲台的老师，课堂上总会有一些突发事件处理得不完美。每次向吕老师请教，她总会不厌其烦向我提供思路，帮我排忧解难。渐渐地，我也能够驾驭课堂了，站在讲台上底气更足了，处理突发事件的手段更丰富了，这一切都得益于吕老师的不吝指教。

吕老师不仅仅是我教师生涯的启蒙老师，更是我的良师益

友。我很庆幸，在走上讲台之初，能遇到像她这么优秀的教师。吕老师言传身教，从她身上，我感受到了一名教师对教育事业的不懈追求；她作为一名教师，不仅仅传授我们教法，而且还教会我们为人处世。

现在吕老师的日记即将付梓出版，为她结出的硕果感到高兴！吕老师为我树立了一个教师的模范：三尺讲台是圣坛，教书育人非等闲。兴家利国为己任，奉献一生也心甘。

刘怡

2009 年 9 月 10 日

（刘怡现任教于中国人民大学附属小学）

>>>>>>

2008年 11月 27日　星期四

利用封闭性提问，将学生最初猜想逐个击破
——指导学生研究《声音的产生》猜想环节案例

一、案例背景

《声音的产生》是教科版《科学》四年级上册"声音"单元的第二课。这一课内容很经典，几乎每个版本的《科学》教材都有所涉及。通过三次深入钻研，我将难点确定为，怎样在学生所猜测的因外力产生声音与物体振动产生声音之间建立联系。六年前我处理这一环节，使用了教师的威严，学生并没有真正理解；三年前我处理这一环节，借用了语文课上"动词"的概念，学生基本能够理解制造声音时，外力是使物体振动的前提条件；一年前，中关村三小孙文红老师处理这一难点时，借用了美国 FOSS 教材的做法，利用扬声器上的小纸片振动反驳学生外力产生声音；今天我结合三年前较为成功的方案，使用

学生熟悉、取材便捷的自己的声带处理这一环节，效果不错。

二、案例片段描述

"没有，哈哈哈……没有，哈哈哈……"

……

师：下面就请你想尽办法利用你身边的材料，或者利用你自己的身体制造一些声音，看谁想的办法多。注意要小点声，不要影响其他班同学上课。

（生开始制造声音。拍手的；跺脚的；开关铅笔盒的；敲桌子的；翻书的；弹皮筋儿的；双手互相搓；用脚摩擦地面的……）

师：好，我发现你们真了不起，制造声音的办法真多。现在，你们可以小声讨论，也可以独立思考：这些声音是怎么产生的？（马上就有人举手，紧接着举手的人越来越多。）

生1：我觉得是敲产生的。（我板书"敲"，不肯定也不否定。）

生2：我觉得摩擦也能产生声音。（我板书"摩擦"，不肯定也不否定。）

生3：我觉得拍也能产生声音。（我板书"拍"，不肯定也不否定。）

生4：我觉得踢也能产生声音。（我板书"踢"，不肯定也不否定。）

生5：我觉得跺也能产生声音。（我板书"跺"，不肯定也不否定。）

生6：我觉得搓也能产生声音。（我板书"搓"，不肯定也不否定。）

……（学生还有很多种说法，我均一一列出，不厌其烦。）

师：哦！同学们有这么多想法，说的时候好像都挺有道理的。我现在有一个疑问：吕老师正在说话，你听到我说话的声音了吗？（生：听到了。）那你有没有发现，我有没有用手敲我的脖子？我有没有用手摩擦我的脖子？我有没有用脚踢我的脖子……（我仍然不厌其烦，根据板书一一设问。）

生：没有，哈哈哈……没有，哈哈哈……（每问一次，学生都以同样的方式回应。）

师：可是我脖子这个地方确实发出了声音，你也能发出声音，把你的手放在脖子上，同时发出声音试试，看看你有什么新发现？

生7：老师，我觉得脖子这个地方发出声音时，在振动。

生：对，老师，我也发现了，确实在振动。（学生们反应是一致的。）

师：现在，你对声音的产生有什么新的猜想？

生：声音可能是物体振动产生的。

师：哦？大家觉得呢？（大多数学生点头表示同意。）

师：那现在你能不能想个办法设计实验证明我们的猜想？需要用什么材料，老师帮你提供。

……（学生设计实验，证明了振动是声音产生的真正原因。这时，我带领学生回到板书，引导学生发现他们最初的猜想，均是一些动作，而这些动作是使物体振动起来的原因，即是物体产生振动的前提条件。这些动作可能是人为的，也可能是自然的力量。）

三、案例分析

科学探究是科学学习的中心环节，而创设情境提出问题，学生根据研究的问题提出自己的猜想是整个探究活动的重要一环。猜想不管对与错，都是学生对于要研究问题的一种预设。这种预设正确与否并不重要，重要的是学生要能够搜集资料、设计实验寻找自己猜想的佐证。当然，通过最后的验证，也许孩子们发现自己的猜想是对的，也许会发现自己的猜想是错的，这里的对错并不重要，重要的是通过探究活动，学生能够建立正确的科学概念。

就本课而言，学生制造声音后的初步猜想肯定是不对的。如果此时没有教师的必要指导，没有能够使学生清晰地看到物体振动的经典实验材料，就要求学生马上开始自由探索声音产生的真正原因，那么，造成的直接后果就是课堂效率低下，很有可能一节课下来学生一无所获。

所以，本课的猜想环节实际上经历了两小步：第一步，学生根据自己所制造的声音初步猜想，而这种初步猜想正是学生头脑中的原有概念，即前概念。这个概念虽然不对，但是作为教师绝不能忽视，因为我们科学教师的工作实际上就是通过各种探究活动帮助学生由浅显的、错误的前概念向真正的科学概

念转变，在这一过程中提高学生的科学素养，形成良好的科学习惯。所以，这一步不能舍。第二步，为求得探究实效性，教师采用每个人都有的声带作为探究材料，采取体验后继而提问的方式，将学生原有的因外力产生声音的初步猜想逐个击破，学生通过自己发声，很容易将猜想进行修改，过渡到振动发声上来，至此，猜想环节结束。下面要做的工作，就是根据现有猜想做针对性的探究实验。这时，教师要给孩子提供典型的有结构的探究材料进行实验验证。

实验验证完毕，当学生发现自己设计的实验支持第二次猜想时，同时会发现第一次猜想并不正确，也会发现这些动作只是使物体产生振动的前提条件。这时适时补充自然力量也是使物体振动的一个重要途径，比如，自然界里空气流动产生振动时，我们会听到风声，使学生对整节课有一个整体的把握，最终解决难点，建立物体振动产生声音的科学概念。

本案例中，巧妙地使用了封闭性提问，将学生的初次猜想逐个击破，使学生的思维前进了一步，为第二次提出猜想作了很好的铺垫，效果明显，课堂气氛幽默、轻松，效果真实、自然，学生理解深刻。

>>>>>>>

2008年 12月 29日 星期一

结题报告终于在今天出炉

小学科学课堂中通过设计有效问题提高教师指导的有效性的策略研究结题报告

一、课题提出的背景

1. 创新教育的需要

素质教育提出以来，面对中国的应试教育，一路坎坷。创

新教育的提出为素质教育找到了抓手，创新教育是为了迎接即将到来的知识经济时代而提出来的。它不是方法的简单改变或教育内容的增减，而是教育功能的重新定位。然而，要想真正实现创新教育，历程仍将十分漫长。这样一来，就给基础教育提出了新的要求。

小学《科学课程标准》明确指出：要培养学生大胆想象，尊重证据，敢于创新的科学态度。科学课堂教学中，只有具有较强有效提问能力的教师，才能引导学生经历综合的创新、发现过程，并在这一过程中，推动学生主动地去探索、发现、创造。

2. 现实情况的需要

课堂提问的现状：

在我国，科学学科是走在教学改革前沿的。在实际的课堂教学中我们常常会发现，老师们都知道在课堂上要提问，甚至常常出现老师把提问当做刁难学生的一种手段。但是提问在有效性方面存在很大问题，说到底就是为了提问而提问，提问缺乏启发性。

具体表现在：

①提问的数量：提问随意性大，一堂课多的提几十个问题，少的只提几个问题，没有针对性和推进性，让学生的思维零散化、表面化。

②提问的质量：提问的质量不高，单调，常常出现"对不对，好不好"，有些问题模棱两可，让学生无从回答，调动不了学生学习的积极性。

③提问的形式：单一，一般都是老师问，学生回答，没有给学生留下探究的空间，没有把课堂真正还给学生。

④提问的技巧不够。

由此带来的直接后果就是出现低效课堂，最终影响学生思维发展，创新能力低下。

我校科学教研组深刻认识到提问在课堂教学中的重要性，遂以小学科学课堂中通过设计有效问题提高教师指导的有效性的策略研究为切入点，展开课堂教学的实践活动。我们认为通过这项课题研究可以提高教师的教学水平，提高学生的思维能力、创新能力、探究能力。

二、研究的意义

①通过研究，引领教师围绕课题学习、思考、实践，在新

课标理念的指导下，寻求提问有效性的方式和方法，促进教师专业水平的稳步提高。

②通过课题研究，提高学生的科学探究能力、科学思维能力、创新能力。

三、研究的理论依据

1. 美国关于教学技能的研究

斯坦福大学教授爱伦坡提出的 14 项课堂教学技能中，有 4 项涉及"提问"：提问的频度、探索性提问、高层次提问、发散性提问。

2. 英国关于教学评价的研究

英国教学评价中，将"运用有效的提问技能，提高学生的思维水平"作为衡量教师角色功能发挥充分程度的重要指标。

3. 中国传统启发式的教育理论

我国古代著名的教育家、思想家孔子的教育思想中，关于教学过程中最有代表性的主张是"学思结合"，孔子精辟地指出："学而不思则罔，思而不学则殆。"怎样使"学"的过程成为"思"的过程呢？这就是孔子的"启发诱导"的教学思想。

4. 课堂教学论

课堂提问是组织课堂教学的中心环节，对学生掌握创造方法具有决定作用。课堂教学论中指出，设计课堂提问必须以认识论为基础，以课程标准和教材的知识体系为依据，针对教材中的重点、难点和关键以及学生的实际情况，在思维的关键点上提出问题。

5. "问题"的心理学分析

有效性问题有助于摆脱思维的滞涩和定式，促使思维从"前反省状态"进入"后反省状态"；有效性问题的解决带来"顶峰"的体验，从而激励再发现和再创新；有效性问题有时深藏在潜意识或下意识中，顿悟由此而生。

四、研究的目标

通过课题研究，掌握提问的类型、方法、策略，提高提问效率，激发学生学习热情，体验学习的快乐，提升课堂质量。

五、研究的主要内容

通过一年多来的实践、尝试，我和同事对以下内容作了重点研究：

①有效性问题的种类。

②有效性提问应注意的问题。

③有效性问题的情境。

④有效性问题与学生思维发展的相关性。

⑤有效性问题与教师教育观念的相关性。

⑥教师有效性提问的技巧。

六、研究的方法

1. 文献研究法

搜集相关资料，学习理论知识，在科学理论的指导下深入研究小学科学课堂提问表面化、形式化的原因，在此基础上通过实践不断总结新经验，研究新问题。

2. 行动研究法

坚持理论与实践相结合，组织课题组成员在日常教育教学实践中尝试和探索，实施培养学生科学探究能力的策略与方法，并不断提炼成果。确定教学随笔内容，随时记录下有关探究过程中有效提问方面的研究成果，同时也记录遇到的困惑，包括认识上的误解及学习、实践后的心得体会。随时记录，随时整理手头资料，定期进行阶段交流。

3. 案例研究法

总结经验教训，写出典型案例并交流、研讨，互相学习提高。

七、研究的步骤及过程

①在学校教学处统一指导下，组建课题研究团队。

课题负责人：吕春玲；

课题组成员：孙爱平、石俊杰、钟英菊、李宝瑜、吕春玲。

②开题论证、交流、修正开题报告。

除了参加校子课题开题会，领会研究精神外，我和组内伙伴一起根据我们的教学实际确定研究内容，撰写出子课题开题报告。写完后，我利用学校的协同办公系统将开题报告发给每

一位研究伙伴，使他们能够有时间细读，细致了解要干什么，明确课题研究的内容，为后面所有工作作好准备。

③学习理论，丰富自己的头脑。

根据大家教学的现状，我们进行了第一次学习。在小学科学课程网上我找到了一篇文章《什么是教学案例》，这篇文章对案例是什么给予了明确的解释：案例不仅记叙教学行为，还记录伴随行为而产生的思想、情感及灵感，反映教师在教学活动中遇到的问题、矛盾、困惑，以及由此而产生的想法、思路对策等。它既有具体的情节、过程，有真实感，又从教育理论、教学方法、教学艺术的高度进行归纳、总结，得出其中的育人真谛，予人以启迪。此外，这篇文章还告诉了我们案例的五个要素：背景、主题、细节、结果、分析。同样，这篇文章我也发给了每一位老师，供大家细读、查阅、使用。

此外，我们还学习了一篇这样的文章：《杜绝"假问题"，提高课堂提问有效性》。这篇文章对我们的研究起到了至关重要的作用。因为我们研究的课题就是"有效性提问"，但是很多老师课堂上充斥着"是不是？"、"对不对？"、"喜欢吗？"之类的假问题，或者教师提出的问题学生难以解答，教师只能通过自问自答来解决这样的问题，这种情况在我们的课上同样会出现，所以先明确可能出现的弯路，后面自然会省出些时间。

随着课题研究的深入，我们又根据需要，利用协同系统共同学习了以下三篇文章：《浅谈教师提问行为的有效性》《课堂教学中有效提问的策略研究》《谋求提问的有效性是提高课堂教学效益的关键》。这三篇文章不仅向我们展示了老师们课堂提问的通病有哪些、课堂提问应该注意的问题有哪些、课堂提问的类型有哪些等相关问题，还向我们详尽介绍了提问行为有效性的六点策略，等等，为我们后面更深入、更细化地研究埋下伏笔。

④根据校总课题组要求，每位教师要根据自己课题组的研究主题，每月写出一篇当月教学内容的教学案例。

教学案例短小精悍，实用性强，非常具有推广价值。我们在总课题组的要求下，按时完成任务，并且每月都在交流的基础上，进行再次甚至多次修改。在修改过程中，老师们的科研能力在逐步提高。

⑤日常教学中，自觉撰写教学随笔，内容涉及教学活动的

方方面面，为课题研究积累来自于一线教师的第一手素材。

⑥每学期至少在课题组内开展一次课题研究课活动，并请学校教学处领导与区教研室专家进行现场指导。

课题研究工作开展一年来，我们重点开展了相关主题的研究课两节：《空气占据空间》《垃圾的处理》，并且撰写出相应的教学设计和教后反思。

⑦积极撰写教学设计，课题组负责人及时组织课题组老师学习规范的教学设计样本，力争格式规范，设计理念务实。

八、研究成果

1. 实践层面

①教师撰写出课题相关内容教学案例共计 20 篇。其中孙爱平老师的案例《引导性的提问有助于学生在实验中探究问题》获海淀区"十一五"课题研究案例评比三等奖；此外，孙爱平老师的《引导性的提问有助于学生在实验中探究问题》、吕春玲老师的《好的提问要关注学生的思维》、钟英菊老师的《让提问成为学生探究的起点》、石俊杰老师的《课堂提问要停顿》四篇案例，得到中央教科所专家的充分肯定后，挂在了新思考网小学科学课程网上与全国的科学老师交流。

②有关提问的教学随笔共计近 3300 字。

③有关课题研究的教学设计及反思 4 篇。

④通过课题研究，老师们对提问的种类、使用技巧有了比较深入的了解，并能够自觉运用到自己的日常教学中，提高了课堂上有效指导教学的能力。

⑤通过课题研究，学生在老师的问题引导下，提高了科学探究的能力和科学思维能力。

2. 理论层面

①教师的提问要有技巧性，利于学生科学思维的形成。

类比法和反证法是人们常用的思考问题的方式。无论是顺向思维还是逆向思维，都有助于我们找到问题的最终答案。这里我们重点谈反证法的应用。反证法要求教师首先要假定学生的一个错误观点为真，再一步步引导学生探究出正确的结论。实际上，这里教师培养的是学生的一种科学探究的思维能力，其关键在于引导过程中不露痕迹。在讲解海尔蒙光合作用时，我们课题组的老师使用了该方法，效果极好。

②提问应具有一定的深度，并且应该层层深入。

通过这个专题的研究我们发现,教师所提问题要有一定的深度,并且应该层层深入,这样才有利于学生思维的发展。所提问题既要激发学生的好奇心、求知欲和积极的思维,又要使学生通过努力达到"最近发展区"。"最近发展区",是苏联心理学家维果斯基提出的,指的是儿童借助成人的帮助所达到的解决问题的水平与在独立活动中解决问题的水平之间的差异。教学要创造出"最近发展区",我们的教学就要走在发展的前面。这种对儿童智力的促进,我们称为"人为的发展"。难易适度的问题,足以展开学生思维活动的广度和深度,能引导学生沿着符合逻辑的思路去分析和研究。

下面,让我们来看看孙爱平老师的一则案例:"引导性的提问有助于学生在实验中探究问题——《凸透镜》提问教学案例"。在这则案例中,孙老师提出了如下几个有层次的问题:你知道这是什么吗?它有什么作用?【出示放大镜,前测学生对放大镜的前认知。】那么,关于凸透镜还有哪些有趣的现象呢?【启发学生探究凸透镜的另一个作用。】那你们看到的房子与外面的房子是不是一模一样呢?【将学生对实验中像倒立现象的认知引入进一步思考。】那凸透镜成像是不是在什么时候都是大小一样的呢?【仅仅知道凸透镜成倒立的像还不够,教师还要通过提问引导学生进一步探究凸透镜成像的规律。】

不难看出,孙老师就是通过这样层层深入,并且深度逐步增加的问题和有效的实验,将学生的探究活动引向深入的。这种提问的方式在很多课上都有应用,值得借鉴。

③有效的提问应具有探究性。

在科学教学中,为了培养学生的创造性思维,教师所提出的问题应该具有一定的探究性。通过问题的设置,引导学生多角度、多途径寻求解决问题的方法,培养学生思维的发散性和灵活性。在学生解答完自己提出的问题后,教师还应留下生活化又富有探究性的空间,让学生利用课余时间进一步去探究。

④好的提问要有逻辑性,目的是深化学生的思维。

在课堂教学中创设良好的教育环境和氛围,精心设置问题情境,提出的问题有计划性、针对性、启发性、逻辑性,能激发学生主动探究的欲望,有助于进一步培养学生的探究性思维。我们课题组的老师在教学实践中发现,教师设计问题时如注意到了问题与问题之间的逻辑关系,可以将学生的思维引向深入。

⑤课堂提问要停顿，给学生思考的时间和空间。

这是一个提问的技巧问题。小学阶段，尤其是低中年级的学生，他们的各种思维品质，如思维的发散力还不是很强，如果教师提问的语速过快或一次提出的问题过多，学生会反应不过来，造成思维混乱。我们的老师在《花、果实和种子》一课教学时便发现了这一点。另外，我们的老师还在进行《垃圾的处理》一课教学时，曾在某个环节三次故意停顿，收到了意想不到的效果，没有问题学生却有感而发，主动说出自己内心的想法。这种技巧带来的特殊效果，被课题组老师称为"没有问题的问题"。

下面我们来看石俊杰老师的一篇案例："课堂提问要停顿——《花、果实和种子》教学环节案例分析"。在这则案例中，石老师提出了以下几个问题：我们用什么方法才能更好地观察雄蕊和雌蕊呢？【通过实践，石老师发现这个问题简单易答，提问的语速可快一些，停顿的时间可短一些。】雄蕊和雌蕊的这些构造特点与它繁殖后代的功能有什么联系？【这个问题考虑到比较难于回答，不是一个短语、一句话就能够解决，所以停顿的时间就要长，不仅要给学生足够的思考空间，并且还要让学生在充分观察的基础上，通过讨论才能得出。另外，教师提问的语速一定要慢，以便于学生在头脑中记住任务，寻找答案。】最后再提问：你还看到过哪些昆虫传播花粉的现象吗？植物还依靠哪些力量传播花粉？【据石老师在案例中的描述，第一次讲课时她是把这个问题和第二个问题同时提出的，学生在回答问题时是文不对题，顾左右而言他，之后，及时调整，将两个问题分开解决，减轻了学生探究的难度，起到了化整为零的效果，这应该也算是一种有意的停顿吧！】

通过这则案例我们发现，老师们要关注提问的技巧，使提问更有效，其中提问时会停顿、巧停顿是关键。

⑥开放性的科学问题无边无际，封闭性的科学问题往往指向确定的答案，二者有机结合，才有利于活动的设计、学具的选择，有利于教学目标的明确，有利于孩子们能够沿着活动所指引的目标迈进。

这个观点来自张红霞教授的《科学究竟是什么》一书。今天放在这里，是想谈一谈使用后的全新感受。在《空气占据空间吗？》和《冰融化了》两课中，我们的老师均尝试使用

了此方法。教师抛出开放性问题后，学生发散性思维开始发挥作用，但要想指向要研究的问题，必须利用一个封闭性的问题将学生的发散思维再集中，从而找到确定的答案。

⑦开放性的问题固然好，封闭性的问题并不是绝对不可用。

"有没有？"、"对不对？"、"是不是？"这类问题被人们称为封闭性问题，回答多是"有"、"没有"、"对"、"不对"、"是"、"不是"等简单答案。这类问题很多时候被我们认为是无效问题，但通过实践我们发现也并非完全如此，在某些时候，这类问题常用来搜集资料并且加以条理化，澄清事实，获取重点，缩小讨论范围。当学生的回答偏离主题时，我们完全可以借助封闭性提问提高课堂效率。

在吕春玲老师的案例"利用封闭性提问，将学生最初猜想逐个击破——指导学生研究《声音的产生》猜想环节案例"中，吕老师针对学生的假设，利用封闭性的提问各个击破，很快找到了声音产生的准确答案。

学生制造声音后，吕老师提出了如下问题：现在，你们可以小声讨论，也可以独立思考：这些声音是怎么产生的？（马上就有人举手，紧接着举手的人越来越多。）

生1：我觉得是敲产生的。（师板书"敲"，不肯定也不否定。）

生2：我觉得摩擦也能产生声音。（师板书"摩擦"，不肯定也不否定。）

生3：我觉得拍也能产生声音。（师板书"拍"，不肯定也不否定。）

生4：我觉得踢也能产生声音。（师板书"踢"，不肯定也不否定。）

生5：我觉得踩也能产生声音。（师板书"踩"，不肯定也不否定。）

生6：我觉得搓也能产生声音。（师板书"搓"，不肯定也不否定。）

……（学生还有很多种说法，师均一一列出，不厌其烦。）

师：哦！同学们有这么多想法，说的时候好像都挺有道理的。我现在有一个疑问：吕老师正在说话，你听到我说话的声

音了吗？（生：听到了。）那你有没有发现，我有没有用手敲我的脖子？我有没有用手摩擦我的脖子？我有没有用脚踢我的脖子……（师仍然不厌其烦，根据板书——设问。）

生：没有，哈哈哈……没有，哈哈哈……（每问一次，学生都以同样的方式回应。）

师：可是我脖子这个地方确实发出了声音，你也能发出声音，把你的手放在脖子上，同时发出声音试试，看看你有什么新发现？

生7：老师，我觉得脖子这个地方发出声音时，在振动。

生：对，老师，我也发现了，确实在振动。（学生们反应是一致的。）

……

通过这则案例，我们不难看出，利用封闭性问题，孩子们在欢笑声中很快澄清了事实，准确找到了问题的答案。所以，我们不要被大家已有的认识吓倒，用得好，用得巧，封闭性提问同样有利于学生探究活动的展开。

⑧ 针对学生的错误进行提问，永远不要对学生说"你错了!"。

面对老师的提问，学生可能有许多想法。有的孩子认真聆听老师的提问，准确回答；有的孩子跃跃欲试，想赶快把自己的想法广而告之；有的孩子认真思索，但并不愿意主动表达。对于不同状态的孩子，教师要运用不同的教学方式使他们都能有所收获。永远不要对学生说"你错了!"。能够针对学生的错误进行有效提问，让学生在辩论、分析之后最终回到正常轨道上来，这一"弯路"的过程很珍贵，其中教师的引领作用很关键。

在李宝瑜老师"意外中的收获——《种子发芽实验》案例"中，李老师首先提了这样一个问题：哪位同学研究了"种子发芽是否需要阳光"这个主题，请你把实验结果汇报一下。【一学生回答的是豆苗生长与阳光的关系，显然不对。李老师立刻意识到，这是一个意外，也是可以针对不同学生进行不同程度教学的一个好机会。】于是她这样补充了一个问题：同学们，他的实验做得很好，汇报得十分清楚，你们有补充意见吗？【面对老师的没有表态，学生的反应是不同的，有的人就对自己的实验表示出没有信心，他是这样表述的：老师，我

做的实验是有阳光和没阳光的种子都可以发芽。】李老师这时仍然没有明确表态，而是继续提问：啊？怎么会这样呢？和刚才那位同学的实验结果不一样呀？大家说说。【一石激起了千层浪，学生们七嘴八舌，问题就在这种集体的辩驳中明朗了。】

从这一案例中，我们不难看出，教师在提问时更要关注学生疑问的生成，根据生成提问，巧妙处理，以便达到师生共同参与教学。

⑨创设有效情境，利用提问引导学生提出可探究的问题，让探究活动始于足下。

在科学课教学中，教师应想方设法引导学生提出问题，让问题成为学生科学探究的起点，让问题引起学生主动探究的兴趣。其中，教师提出有效问题引发学生提出问题是一种很好的方法。

钟英菊老师在"让提问成为学生科学探究的起点——《蜗牛》教学案例及分析"中就使用了该方法，学生在良好的情境创设中，在老师问题的启发下，提出了很多想探究、可探究的问题。钟英菊老师的问题是这样提出来的：你们喜欢蜗牛吗？谁来说说？你从刚才的画面中了解到了哪些关于蜗牛的知识？除了刚才画面中了解的蜗牛的知识，你还想了解蜗牛的哪些知识？在这样三个问题的引导下，学生纷纷举手，提出了很多自己感兴趣的问题，非常有价值。

生1：我想知道蜗牛是什么样子的？

生2：我想知道蜗牛喜欢吃些什么？

生3：我想知道蜗牛是怎样运动的？

生4：我想知道怎样饲养蜗牛？

……

接下来，学生根据自己要研究的问题展开各小组的专题研究。学生探究的劲头很足，这些问题就是学生探究的起点。

⑩提问的方式灵活多样，根据课堂需要要记牢。

课堂上教师的提问方式多种多样，有的人将提问分成十种类型：设问型、追问型、疑问型、互问型、顺问型、曲问型、笔记型、急问型、平问型、开拓型。我们课题组通过一段时间的研究发现，提问的种类远不止这些，也不必拘泥于这些形式，要切记的一点是根据课堂需要。比如，我们在教学中根据需要又开发出了理解式提问、引导性提问、与自学相结合的提

问、层层深入的提问、内在逻辑性的提问、故意搁置性的提问等。这些提问方式的使用，使我们的教学更加富于探究性、科学性。

九、研究的结论及问题与思考

1. 研究结论

小学科学课堂中，教师通过设计有效问题，确实可以提高教师指导的有效性，从而改变课堂提问的低效局面。教师设计有目的、有计划、有组织的提问，可以培养学生的思维能力和创新能力，提高学生探究问题的能力。

2. 存在的问题

①研究经验不足，在研究过程中遇到不少问题，有待今后继续努力。

②缺乏激励机制，在一定程度上挫伤了教师参与研究的积极性。

③研究的深度和广度还不够，还不能将有效性提问的教学策略形成一整套可循的体系。

④课时量大，老师们没有足够的时间坐下来好好思考，把每一节课都上成示范课。

3. 今后的努力方向

①继续学习，一方面学习科学教育理论，另一方面学习课题研究的方法和措施，提高科研能力。

②每学期确立一到两个小的专题，使研究能够深入下去。

③善于思考，善于总结，善于内化，不断提高教学水平。

>>>>>>>>

2009年 5月 2日　星期六

白板"第一人"的反思！嘻嘻！

《食物在体内的旅行》是教科版《科学》四年级上册"我

们的身体"单元的第五课，该单元研究主题是人体各个系统的工作，从人体的骨骼和肌肉、呼吸系统、血液循环系统、消化系统等方面研究人体奥秘，本课重在研究人体的消化系统组成及工作情况。

通过实际设计、实施，通过同行的听课、评课，感觉有如下几点值得反思。

经验：交互式电子白板技术与科学教学有机结合实现课堂最优化，效果显著。

学校今年投入了很大一笔资金，装配了白板互动教室，目的是让老师们的教学更加符合现代需求，使学生们享受最现代化的教学设施。但这样一个新生事物大家都没有接触过，刚刚进去感觉更像一个魔术屋，一切都在奇幻的世界里，说真的，有点丈二和尚摸不着头脑。很荣幸，我被学校选为第一批在这里上课的人。

刚刚接到任务就开始了认真学习，了解怎样使用白板，如何把它强大的交互功能用于自己的教学设计，同时又不上成计算机课。我们是科学课，强调的是"做中学"，强调的是实际操作，强调的是探究。

第一步，选择适合在白板教室上的课。我觉得搜集资料的课、解暗箱的课、宇宙类内容的课适合利用先进的多媒体技术，而《食物在体内的旅行》一课具备了前两点要求，所以选择了这一课进行尝试。

第二步，怎么设计既能突出科学课的特点，又能够根据设计需要利用白板教室的强大信息交互功能。不能为了展示白板教室而使这节课无效，再强大的功能也要为教学服务！

基于以上两点考虑，本节课设计了两个重点活动：拼图、网页搜集资料。

在导入部分，利用白板互动功能进行拼图游戏，把本节课的学习内容与拼图游戏结合，目的在于激发学生兴趣，将教学活动自然引入。在初步拼图的基础上展示评价学生的拼图，可以将学生对消化系统的原有知识经验展现出来，作为后面教学的线索。在拼拼玩玩的过程中，在修正完善拼图的基础上，帮助学生初步建立消化器官要按一定的顺序排列的科学概念。拼图的修正完善过程就是最终帮助学生澄清消化道概念的过程：由口腔、食管、胃、小肠、大肠组成的这条食物的通道就叫消化道，而肝脏、胰腺、胃腺、唾液腺等腺体称为人体的消化

腺，消化道和消化腺共同构成人体的消化系统。至此，完成了第一个知识与技能目标。

接下来，引导学生打开我自己开发设计的网页，让学生在网页提供的文字和视频资料中查找自己想知道的内容，学生两人一组。网页设计充满童趣，内容丰富，便于操作。想进入哪一个器官的学习，点击相应消化器官的名称，即可进入该消化器官的页面，学生可自主学习，随心所欲。还能同时播放优美的轻音乐，给学生营造一个学习的良好氛围。

白板互动教室有很强的师生互动性。教师可以随时切换教师机和学生机的屏幕，便于师生交流。例如在拼图游戏的评价过程中，这种师生之间的交互和生生之间的交流优势特别突出，效果明显好于常用的多媒体设备。

特别值得一提的是孩子们的反应。他们表现得异常兴奋，被这么先进的设备而震撼，100％的孩子课后表示喜欢这节课。大家能一起拼图，在玩儿的过程中就把知识学会了；还有网页制作也很漂亮，想先学哪个器官就先学哪个器官；特别是 X 光拍摄的视频，每一个地方都让他们觉得有现代感和高科技感。

不足：操作还是不够熟练。

在这样一间教室上课，最大的感受除了新奇，还有紧张。因为这些设备很少使用，所以操作不够熟练，特别是广播教学的运用。在这节课的实际教学中，有一个小的地方因为我的操作不够熟练，有点瑕疵。今后应该多加强练习，因为熟能生巧。

特别致谢：感谢张舰老师帮我制作网页，以及为我前前后后的试讲提供尽职的技术支持！

*2009*年 *5*月 *7*日 **星期四**

第三次登上区教研交流平台

今天第三次登上区教研交流平台。与第二次不同，今天特别紧张。而这紧张不是从上台前开始的，而是从寒假开始的。当时已接近放寒假，教研室王思锦老师打来电话，让我承担本学期六年级下册第四单元教材培训。因为在 2008 年上半年参与教育部小学科学知识点开发项目中，我负责的模块正好是这个内容，所以她找到我，希望我好好准备一下。

10 年前，还是一个上班没几年的新老师的时候，我就梦想过什么时候自己也能坐在台上，给全区老师作教材分析。当时，只是羡慕、佩服台上的老师。而今天，真的接到了这样的任务，感觉跟那个时候可一点儿也不一样了。更多的是紧张，是忐忑，总担心自己不能漂亮地完成任务。所以，寒假里，我做了大量准备工作，反复研读教材、教参，先将该单元内容自成体系，再根据自己在台下听别人分析时的感受，将自己的理解转化出来。因为我发现，老师们不缺理论，换句话说，理论的东西到处都可以找到，老师们缺的是拿过来就能用的方法，缺的是能够点亮他们智慧的火把。这样定好位之后，做成了含有 55 张幻灯片的演示文稿。之后，又在教研组孙爱平老师、钟英菊老师、张迎秋老师的帮助下修改。最后，通过王思锦老师审核，修改定稿。

今天的培训还算成功吧！老师们听得、记得很认真，台下非常安静，最后老师们给了我热烈的掌声。总算松了口气。

嗯——希望真能够抛砖引玉！

以下是培训 PPT：

2009 年

一起学教科版六下第四单元

环境和我们

吕春玲

海淀区七一小学

让我们先来了解一个概念

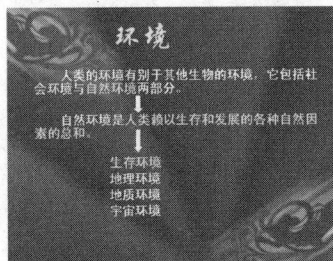

环境

人类的环境有别于其他生物的环境，它包括社会环境与自然环境两部分。

自然环境是人类赖以生存和发展的各种自然因素的总和。

生存环境
地理环境
地质环境
宇宙环境

再回过头来看这一单元的主题：

环境和我们

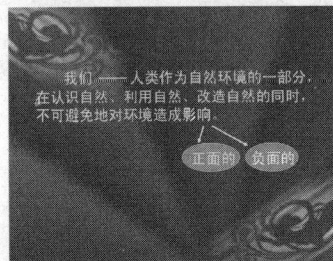

我们——人类作为自然环境的一部分，在认识自然、利用自然、改造自然的同时，不可避免地对环境造成影响。

正面的 负面的

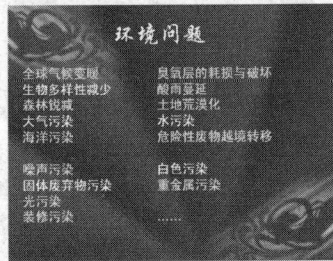

环境问题

全球气候变暖   臭氧层的耗损与破坏
生物多样性减少   酸雨蔓延
森林锐减   土地荒漠化
大气污染   水污染
海洋污染   危险性废物越境转移

噪声污染   白色污染
固体废弃物污染   重金属污染
光污染   ……
装修污染

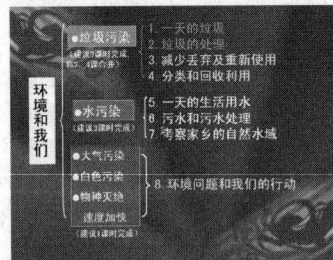

环境和我们

●垃圾污染（建议2课时完成）（建议合并）
　　1 一天的垃圾
　　2 垃圾的处理
　　3 减少丢弃及重新使用
　　4 分类和回收利用

●水污染（建议2课时完成）
　　5 一天的生活用水
　　6 污水和污水处理
　　7 考察家乡的自然水域

●大气污染
●白色污染
●物种灭绝
　速度加快
　（建议1课时完成）

　　8 环境问题和我们的行动

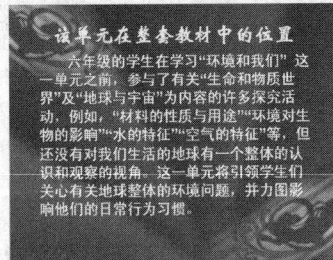

该单元在整套教材中的位置

　　六年级的学生在学习"环境和我们"这一单元之前，参与了有关"生命和物质世界"及"地球与宇宙"为内容的许多探究活动，例如，"材料的性质与用途""环境对生物的影响""水的特征""空气的特征"等，但还没有对我们生活的地球有一个整体的认识和观察的视角。这一单元将引领学生们关心有关地球整体的环境问题，并力图影响他们的日常行为习惯。

5月

课标对本单元内容的解读

总目标中这样陈述：
"学生通过科学课程的学习，能"积极参与资源和环境保护"

内容标准中这样陈述：
能认识到人是自然环境的一部分，既依赖于环境，又影响环境，影响其他生物的生存。【本单元的核心概念】

意识到物质的利用，科学技术的发展会给环境带来正面和负面的影响，人对环境负有责任。

要意识到人与自然要和谐相处。

知道水域污染的危害及主要原因。

了解人类活动对大气层产生的不良影响，意识到保护大气层的重要性。

从以上课标的要求中，我们不难感觉到一点：

这一单元内容有社会课、思品课的特点，"导行"的味道很浓，相对来讲，科学性就显得不够强。

宁波·任洪

科学教师应该研究教材中安排的活动！
——宁波·任洪

本单元主要科学研究活动及要构建的科学概念

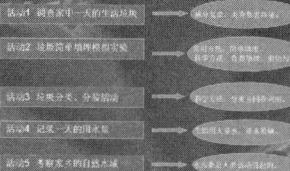

活动1	调查家中一天的生活垃圾
活动2	垃圾简单填埋模拟实验
活动3	垃圾分类、分装的调查
活动4	记录一天的用水量
活动5	考察家乡的自然水域

此外，还有如下科学概念：

- 常用处理垃圾的方法除了简单堆埋，还有焚烧、堆肥等，但填埋、焚烧的方法各有利弊，有待改善。
- 减少固体垃圾很重要，常用的方法是减少丢弃和重新使用。
- 过度包装会造成资源浪费而且产生大量垃圾。
- 垃圾分类、分装还便于对一些有毒垃圾的处理。
- 污水需经过复杂的处理后再使用。
- 若有大量的环境污染超过大气污染、白色污染、物种灭绝速度的破坏等，人类应奋力于相应的环境保护行动。

汇报一下个人关于活动1的设计思路

活动1 调查家中一天的生活垃圾

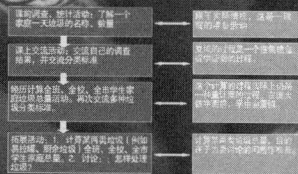

活动1 调查家中一天的生活垃圾

2009年

活动1 调查家中一天的生活垃圾
注意事项：
1. 提供全秋，全市人及总数量。
2. 只是粗略统计。
3. 两次交流给垃圾分类的标准，感受性按成分的复杂。
4. 计算某几种垃圾的全秋、全市总量时，一定选择一种可回收利用的（例如纸），一种不可回收利用的（例如厨余垃圾），目的是为下一课《垃圾的处理》和开垦垃圾做了。分类活动作铺垫，这一点，同样符合学生已有的生活经验。
5. 这种计算只在课上可作留到生料片在屏幕，但教师意识、生的思维引向全面对美金秋。

展示一下个人对活动2还算深刻的理解

活动2 垃圾简单填埋模拟实验

活动2 垃圾简单填埋模拟实验

为什么要做？
质疑当今人们常用的垃圾填埋方法的安全性。

怎么做？
用对比实验的方法，即只有一个不同条件：先不填埋垃圾，实验、观察；再模埋垃圾，实验、观察，最后得出结论。

要作哪些准备？

- 先观察材料的特点，思考、讨论每种材料用来模拟什么。
- 然后再制订实验方案。
- 预测实验可能出现的结果。

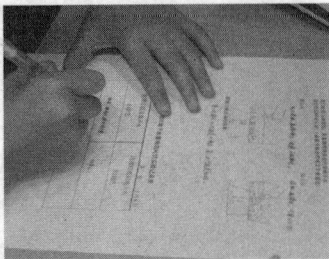

活动2 垃圾简单填埋模拟实验

教材中的实验材料	改进后的实验材料
广口瓶、矿泉水大饮料瓶、渗过的小石子、揉皱的纸巾、墨子	塑料餐盒、墨剔功均的瓦片、矿泉瓶装水（揉皱印的纸巾）、渗净的石子、沙、墨过墨水纸片、三角架、花盆

改进后的优点：
1. 对比实验效果更明显，利于观察，利于学生理解！
2. 模拟更趋向于小学验证。

垃圾填埋对地下水影响对比实验记录表

第组

填埋垃圾前地下水的颜色　　填埋垃圾后地下水的颜色

实验结论

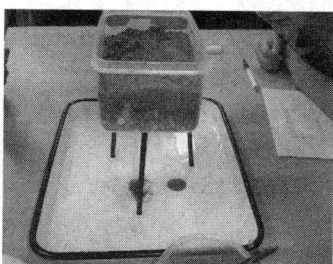

活动2 垃圾简单填埋模拟实验

一、教学环节

1. 教师先提问：对简单填埋可能选派的原素。先要让学生有充分讨论。（学生想不到下面；学生想对下面）

2. 以接自对比实验。我们设对照组和实验组，今天只有一套课里，怎么对比？

3. 如继续探究是否是模拟性是否合理？（此项作为教师的预设，学生头脑活动因素时这个问题可能就会出现。）

4. 该出实验结论并不是很快的。我们的目的是要学生认识到合理的填埋模拟现象。进行前面的结论。

5. 先处理当地地下水这个问题？也要让本土当时对设计什么实验去处。但这种种不是实际的时候。我们看得到的目的要有了如此是否合理的结论设计得相关要减少干扰，仍然应该到能解决污染问题，进而继续探究其他地方这种复杂的地方。

仅以我们中国为例，此有70%的人在使用地下水，40%的农业灌溉依赖地下水。

①全球有12亿人因使用被污染的水而患上各种疾病。

②人类80%的疾病与使用被污染的水有关。

③由水传播的40种疾病，在世界范围内尚未得到控制。

④心脑血管疾病、糖尿病、癌症与使用被污染的水有直接关系。

如果您感兴趣，可以……

小学科学课程网 ➡ "一线课堂"栏目

北京吕春玲《好的提问要关注学生的思维》

网址：http://xkkx.cersp.com/

另：海淀教师研修网也有此份案例。

梳理一下活动2的思路

谈一下个人关于活动3的准备过程

活动3　垃圾分类、分装活动

活动3　垃圾分类、分装活动

5月

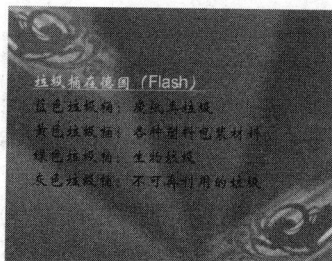

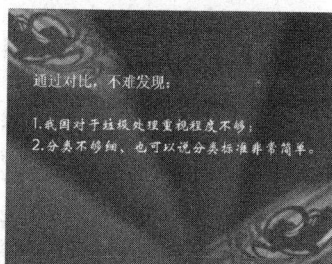

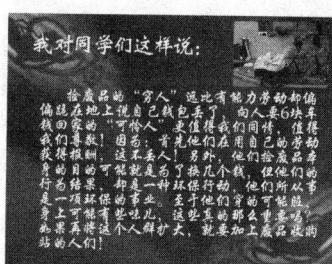

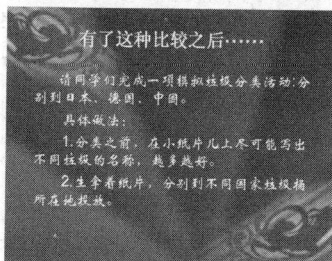

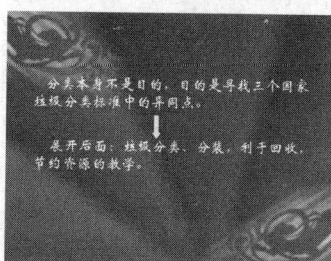

分类处理有什么好处？

- http://www.zz91.com/ 中国再生资源交易网
- 下设：废旧橡胶频道
        废旧纸频道
        废旧金属频道
        废旧塑料频道
        ……

有助于您拥有"一杯水"啦！

有毒有害垃圾

关于电池：教材中用了1张图片，130余字作了一个简单交代（PPT、动画、照片）

关于医用垃圾：只作介绍即可。（禽流感、猪流感）

简单介绍一下活动4、活动5

- **活动4　记录一天的用水量**

- **活动5　考察家乡的自然水域**

活动4　记录一天的用水量

注意问题：

不是重点但是难点——
1. 查看水表
（解决办法：A求助 B查看每月水费单据）
2. 估算刷牙时不同方式取水的用水量
（解决办法：A使用有刻度容器；B分别记录，杯刷才水所用时间，并看水龙头刷一次牙所用时间）

活动5　考察家乡的自然水域

注意问题：

1. 安全问题，首先要上报学校，其次要严密组织。
2. 做好计划，讲清考察报告中项目。
3. 备好所用工具。
4. 交流、讨论，完成考察报告。
5. 提出保护水域的建设性方案，上交有关部门。

关于"白色污染"

明确概念：

"白色污染"主要是指塑料垃圾没有得到妥善管理和处理，对环境造成的"视觉污染"和"潜在危害"两种负面危险。

"可降解塑料"并非在任何条件下都可自行降解。绍介组，可降解塑料发生全降解的，只有在可降解塑料被装被埋入地下，在一定的时间和温度下才可降解。如果使用后乱丢乱扔，抛弃地面以上，无论多长时间则都不会降解，就会造成视觉污染，影响着市环境。

关于光污染

《环境保护法》中设有明确规定"光污染"责任方案受到怎样的制裁，但光污染现象确尖越来越严重，玻璃幕墙越来越多，给大都市带来表现现代感的同时，也映或了许多光污染。

老师们有时间可以给学生作为拓展内容。

关于"学科整合"

六下《品德与社会》"人类家园"单元

1. 只有一个地球

2. 我们能为地球做什么

感谢您的倾听！

我抛出的是"砖"，想必"玉"
已雕琢于您的思维之中了！

>>>>>>>

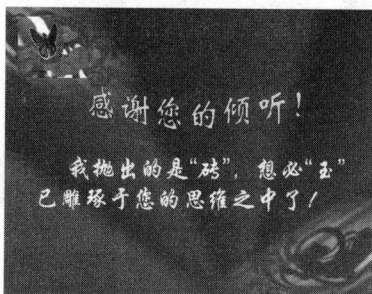

2009 年 8 月 17 日　星期四

中央教科所课题结题，些许欣慰！

不同学段学生科学探究能力培养策略的研究
结题报告

总课题名称：科学课程设计和实施的过程研究——架设科学素养目标和学校实践的桥梁

总课题负责部门：中央教育科学研究所

总课题编号：FHB060361

子课题名称：不同学段学生科学探究能力培养策略的研究

子课题负责人：吕春玲

撰写人：吕春玲

所在单位：北京市海淀区七一小学

一、研究背景

我国社会经过长时间的经济体制改革，科技已经飞速发展，社会生活也已达到了一个新的历史水平，人们对教育提出了更高的期望，同时国际竞争也日趋激烈，迫切需要教育提供

高素质人才。在进入 21 世纪的历史时刻，我国开始了全面的新课程改革，其中，科学课程的改革一直走在前列。广大科学教师的教学观已经从传统的"教师教、学生学"向新的"教师主导、学生主体"的理念转变，教学已从单一的科学知识的传授向科学态度、科学知识、科学探究这三个维度的综合发展迈进。但是学生的科学素养状况尚不令人乐观。虽然科学教育的落脚点是学生，但主动权却掌握在教师手中，学生有效的科学探究需要依靠教师有效的教学实施来实现，教师的有效教学是学生有效学习的基础。一个教师的教学思路是否遵循了探究设计理念；是否把学生放在了主体地位；是否关注了学生的思维发展；是否创造性地利用教材教而不是教教材；是否给学生创设了探究的情境；是否激发了学生的探究欲望，是否教给了学生探究的方法，等等，都将影响学生科学素养的形成。

目前，国际科学教育界提出了全新的科学教育目标：发展全体民众的科学素养。国际科学课程设计模式已由"主题—行为"模式转换为"概念—过程"模式，研究与实践表明，后一种模式在设计整合的科学课程中具有优越性，并能够对探究活动的课程设计提供指导。以美国为例，1985 年启动了著名的"2061 计划"，成功开发出《面向全体美国人的科学》《科学素养基准》和《科学素养导航图》，为科学课程的设计提供了指导和依据。到目前为止，美国已经成功开发了以 STC 课程、FOSS 课程和 INSIGHTS 课程为代表的一系列的探究课程，这些课程在实验教师的使用过程中得到了较好的实践。

我们有必要在借鉴国外先进经验的基础上，结合我国国情进一步实践探究教学理念。在实践过程中，不断总结经验教训，走有中国特色的探究学习之路，使学生的科学素养在又一轮的课改实践中有一个飞跃，早日找到有效的探究教学途径。

二、研究目的和意义

（一）研究目的

（1）通过本课题研究，力求提高学生科学素养，培养学生科学探究能力，认识科学探究的特征。

（2）通过本课题的研究，挖掘教师潜质，培养教师反思能力，促进教师课堂上对学生实施探究能力培养的能力提高。

（二）研究意义

从理论层面上讲，新课程改革已经明确提出了"科学探

究是科学学习的中心环节"、"让探究成为科学学习的主要方式"的指导思想。如今，科学教师对探究式教学的理解和实施能力正逐步提高。但是根据有关部门对科学教师的调查显示，各地科学教师探究式教学实施能力存在较大差异。在新课程实施过程中，本课题把实验研究的重点迁移至教师的课程实施能力，关注了实施探究教学的关键要素——教师如何培养学生的探究能力的教学策略，体现了一种新的课题研究思路，将有助于新课程改革的向前推进。

从现实层面上讲，教育是培养人的活动，现代社会迫切需要培养具有创新能力的人才，而一切创新源于探究精神和探究能力，通过行动研究，可以使教师的探究式教学满足学生的求知欲，使学生获得对身边世界的理解；提高学生的科学思维能力，培养学生解决问题的能力、合作与交流能力，培养学生的科学精神与态度。其次，科学教师在教学实践中，也有很多的问题需要去探究，需要不断地发现问题、解决问题，自觉地提高自身的专业素养和教育教学质量。从一定意义上说，科学教师对教学实践能力探究性的研究，是真正的学习过程，同时也是一个真正的探究过程。第三，科学课堂实施探究式教学策略，还可以使学校的教学活动生龙活虎，蒸蒸日上。

三、研究的理论依据

建构性学习在探究方面通常是强有力的，尤其是在激发动机的起始阶段和以应用为目标的结束阶段，探究学习的地位是很高的。布鲁纳在从事发现学习的研究时就认为，在教学过程中，学生是一个积极的探索者。教师的作用是要形成有助于学生独立探究的情境，让学生自己思考问题，参与知识的获得过程，而不是向学生提供现成的知识。归根结底，学生不是被动的、消极的知识接受者，而是主动的、积极的知识探究者。

四、研究内容

（一）一年多来的重点研究内容

1. 学生概念发展研究及教学干预的策略

（1）学生前概念的诊测和对策；

（2）学生前概念向科学概念的转化。

2. 建立探究式学习环境的策略

（1）合作性学习小组的建立；

（2）探究学习材料的提供；

（3）创设撰写科学小论文的情境，指导学生撰写小论文。

3. 探究式学习过程中指导的策略

（1）教师指导要注意的问题；

（2）教师设计有效性问题提高课堂实效的尝试。

（二）研究对象：小学生

（三）研究范围：三至六年级

（四）概念的界定

（1）不同学段：科学课程标准是根据三至六年级学生科学素养形成而制定的标准，北京市海淀区以教科版《科学》为教材，该教材自三年级起开始使用，所以这里提到的"不同学段"重点指中、高学段的学生。

（2）科学探究能力：科学探究是科学学习的中心环节。科学探究不仅涉及提出问题、猜想结果、制订计划、观察、实验、制作、搜集证据、进行解释、表达与交流等活动，还涉及对科学探究的认识，如科学探究的特征。科学探究能力的形成依赖于学生的学习和探究活动，必须紧密结合科学知识的学习，通过动手动脑、亲自实践，在感知、体验的基础上，内化形成，而不能简单地通过讲授教给学生。

（3）策略：指的是达到一个目标所采取的步骤、方法和途径。

五、研究方法与过程

（一）研究方法

（1）文献研究法：搜集相关资料，学习理论知识，在科学理论的指导下深入研究小学生科学探究差异行为产生的原因，在此基础上通过实践不断总结新经验、研究新问题。

（2）行动研究法：坚持理论与实践相结合，组织课题组成员在日常教育教学实践中，尝试和探索实施培养学生科学探究能力的策略与方法，并不断提炼成果。确定教学随笔内容，随时记录下有关探究教学的各环节研究成果，包括遇到的困惑，也包括认识上的误解及学习、实践后的心得体会。随时记录，随时整理手头资料，定期进行阶段交流。

（3）案例研究法：总结经验教训，写出典型案例并交流、研讨，互相学习提高。

（二）研究过程

（1）组织研究团队，确定研究方向。

我们于 2007 年 5 月组建课题组，初步交流研究方向及研究内容。

（2）领会中央教科所本次课题研究的精神，加强交流。

2007 年 5 月 21 日，参加总课题组在线研讨，子课题负责人吕春玲向专家询问了与课题研究的相关问题，下载了课题研究推荐书目；根据要求建立了个人博客，地址为：http：// blog. cersp. com//userlog10/103322/index. shtml。

（3）加强理论学习，用理论来武装头脑。

为了对课题研究有一个理性层面上的认识，在研究过程中我们首先选择了学习。课题组先后购买了《科学究竟是什么》《合作学习的教师指南》《新小学科学教育》《科学学习心理》等书籍。此外，我们还重点学习了《科学课程标准》（3—6 年级）。再次，就是通过网络平台加强学习。通过不断的理论学习，我们有一种非常强烈的欲望，就是将所学与实践结合起来，推进课题研究的进程。

（4）加强实战观摩学习，用榜样来鞭策自己。

2007 年 10 月 24—25 日，课题组的吕春玲和石俊杰老师有幸在杭州参加了由中央教育科学研究所小学科学教育研究中心主办，浙江省教研室、上城区教师进修学院承办的教科版小学科学（京浙粤）优质课评比观摩活动。正式展开优质课汇报之前，教科版教材主编郁波老师就对本次研讨会的研究主题——"用科学探究活动帮助儿童建构科学概念"进行了具体的阐释与说明，使我们对"科学探究"的意义和认识有了更加清晰的认识。回校后，我们根据郁波老师提出的三点建议进行了不断的尝试。

这三点建议是：

• 建议每位科学教师注重搜集学生关于某一主题的前概念并作好记录；

• 建议每位科学教师在实践中不断记录、整理，发现不同年龄段儿童的概念发展水平和层次；

• 建议每位科学教师发挥聪明才智，创造性地设计对儿童最有效的科学探究活动。

此次大会共有 10 位来自京浙粤的老师展示他们对学生科学探究能力培养的理解，10 节课均不同程度地从不同侧面对利用科学探究活动培养学生科学探究能力，帮助儿童构建科学概念进行了演绎。回京后，吕春玲和石俊杰两位老师分别撰写了活动感悟并上交学校教学处。这次活动对我们的课题研究起到了有力的推动作用。

（5）日常教学中，自觉、坚持撰写教学随笔，内容涉及教学活动的方方面面，为课题研究积累来自于一线教师的第一手实验材料。

从小组合作学习到不同层次学生思维能力的形成；从学生用的实验探究材料到教师精心选择的演示教具；从教师对教材编排的理解到如何组织学生进行有效的探究活动；从教学情境的创设到探究学习场面的描述；从教师针对每一课试讲尝试、修改的感悟到学生一次次表层的兴奋、深层的思维锻炼；从教师的每一种教学设计到每一次教学后的反思；从教师一次精心设计的科学小论文的辅导到学生一篇篇科学小论文的呈现；从每一次读书、听课后的收获到每一次思考、内化，再到应用于自己的教学实践……每一篇教学随笔都在围绕着如何培养学生的科学探究能力作着积淀。

（6）课题组老师坚持围绕一个专题，根据当月教学内容每月撰写一份教学案例。

教学案例短小精悍，有案例描述，有具体分析，对写作者来说，是对自己教学设计的一次梳理，因为每写一篇案例，就要经过一番思考，才能用文字表达出来，就在这一思一写的过程中，教师的理论与实践得到了有机的结合。上学期，我们课题组确定了"通过设计有效性问题提高教师指导有效性"这个专题。因为一切探究起源于问题，这里的问题或者源自于学生，或者由教师提出，但目的都是围绕学生探究能力的形成而展开。案例写出后，我们每月集体交流一次，交流后再次修改，再把案例撰写后的所得应用于自己以后的教学实践，形成滚雪球式的成长轨迹。例如，大家一开始交上来的案例，根本不能称其为案例，说得不客气一点，就是一段事实陈述或者说是一段课堂实录，于是我们一起学习如何撰写案例的文章——《什么是教学案例》；学习有关有效性提问的理论和技巧方面的文章，如《杜绝"假问题"，提高课堂提问有效性》《浅谈教师提问行为的有效性》《课堂教学中有效提问的策略研究》《谋求提问的有效性是提高课堂教学效益的关键》。通过学习，我们的案例越写越规范，教学能力也在一点一滴进步。

（7）每学期至少在课题组内开展一次课题研究课活动，并请学校教学处领导与区教研室专家进行现场指导。

课题研究工作开展一年以来，我们超额完成了研究课任务，重点研究了《空气占据空间吗？》《它们吸水吗？》《废旧电池的危害》《垃圾的处理》《食物在体内的旅行》5 节研究课，并且撰写出相应的教学设计和课后反思。

（8）根据个人研究的进展和个人所得，每一阶段要撰写出不同主题的研究论文，对自己不同阶段的思考进行梳理。

（9）临时工作不忘紧密联系课题研究。

2008 年 2 月，课题组的吕春玲老师接到区教研室王思锦老师通知，参与教育部"农村中小学现代远程教育工程教育资源开发项目"中"小学科学教学知识点资源"开发工作，在这项工作中，每一个环节吕老师都注重围绕培养学生的科学探究能力展开（详见 2008 年 3—5 月相关篇目日记）。

另外，刚刚过去的这一学期，学校新建了白板互动教室。吕春玲老师接受了学校的白板互动教室示范课任务。刚刚接到任务，她就开始了认真的学习，思考如何把它强大的交互功能用于自己的教学设计，促进学生科学探究能力的培养，最后取得了较好的效果（详见 2009 年 5 月 2 日日记）。

（10）积极撰写教学设计。课题组老师一起学习规范的教学设计格式，力争格式规范，设计理念务实。

（11）利用课余时间，积极创设情境，指导学生撰写科学小论文。

六、研究成果

（一）实践成果

通过一年来的研究，我们取得了如下实践成果。

从学生角度看，学生的科学探究能力在提高。

课题研究开展以来，学生们对科学的兴趣越来越浓，这种兴趣不仅表现在课上，更表现在课外。完成课上学习任务之外，学生们在课外养蚕、养花；观察气象信息：观察云的形态、云量多少，进行降雨量观测、记录；他们对身边的昆虫总是饶有兴致，还会做成干制标本……他们总爱问为什么，作为老师，我们会告诉他们方法，告诉他们怎样找到答案，从而他们会关注身边很多科学现象，在课外进行实验，查资料，撰写成科学小论文等。以上这些，都是课题研究带给孩子们的

变化。

从教师角度看，教师的课堂实施能力、教科研能力在提高。

（1）开设了 1 节区级公开课：教科版《科学》三年级《它们吸水吗?》，这节课同时被收录在海淀区课改录像课资料库中；开设了 4 节研究课：《废旧电池的危害》《垃圾的处理》《空气占据空间吗?》《食物在体内的旅行》，均由吕春玲老师承担，均有课堂实录。

（2）撰写论文 4 篇，题目分别为《以教师的有效性设计提升科学课堂的有效性》《智慧的源泉——善于学习、反思、总结》《一位普通科学教师的新思考》《课改——悄然改变着我的教学观》，均由吕春玲老师执笔。

（3）撰写教学设计 12 篇，教育部"小学科学教学知识点资源"开发工作中共计 6 篇，包括《"垃圾的处理"教学设计》等，此外还有《"声音的产生"教学设计》《"空气占据空间吗?"片段教学设计》《食物在体内的旅行》《摩擦力》《谁先迎来黎明》《溶解》，以上设计均由吕春玲和李宝瑜老师承担。其中，《它们吸水吗?》一课教学设计，被收录在《追求有效课堂——海淀区课改新教学实录教学设计与评析汇编》一书中；《摩擦力》《谁先迎来黎明》《溶解》三篇设计是李宝瑜老师参加海淀区教学基本功比赛时撰写的，获得二等奖。

（4）撰写教育教学随笔共计约 17 万字，其中 3 千余字由石俊杰老师撰写，其余 16 万余字为吕春玲老师撰写。我们的做法得到了学校、区教研室、中央教科所总课题组老师的充分肯定。

（5）中央教科所总课题组刘宝辉老师收到我们的课题资料后十分肯定，征得我们同意后，在小学科学课程网发布了每位课题组老师 1 篇教学案例，共发布 4 篇，给全国各省市课题研究的老师做范例。一年来，课题组老师共撰写教学案例 19 篇。

（6）吕春玲老师的博客中发表与课题研究相关的文章 40 余篇。

（7）课题研究中期汇报被总课题组刘宝辉老师发布到网上，与全国课题组的老师交流。

（二）理论成果

通过一年来的研究，我们取得了如下理论成果。

（1）科学课的前身是自然课，所以，首先要搞清二者的联系与区别，为科学课的教学从理念上作好准备。

两者目标不同：自然课重知识建构；科学课不仅重知识，更重如何教孩子们获取知识。

两者内容有异：自然课内容零散，知识与过程分开；科学课用"统一概念体系"统领零碎知识，内容与目标水乳交融。

（2）科学探究活动前，了解学生前概念，解决教学设计预设不足的问题，帮助学生构建准确的科学概念。

每一个儿童都是与众不同的，因此，围绕一个科学活动而展开的课程方案必须为学习能力和类型上的个体差异作好准备。事实上，将所有儿童看成同一个儿童的课程方案使得许多儿童不可能成功地学习。[你对此相信到什么程度？在你的课堂实践中，这个理念在多大程度上能得到证实？]

以上这段话是说教师必须尊重学生的前概念，而前概念是指学生在真正学习新的科学概念之前，已经在头脑中对这个概念有了一个原始的理解和解释。在这个阶段，他们对前概念持有一种认可或者怀疑的态度。通过深入分析他们提出的问题、进行的猜想和假设，教师就能了解学生的前概念。也只有做到了以上这一点，教师才能在教学设计时选择有针对性的对策，避免因预设不足造成的课堂效率低下。同时，在实施教学设计的同时，对学生头脑中原有的零散的科学概念产生积极的冲突，从而建立完整、准确的科学概念，最终完成科学探究的全过程。

（3）建立合作性小组一定要先拉近彼此的心灵距离。

建立合作性小组可以增进学生之间的关系，可以提高发散思维的能力，可以提高学习成绩，等等有很多优点；也有多种建立方法，比如按成绩、按男女生等，但随机分组好处颇多，受限制少。成为一个小组就是建立一个新集体，想办法以最快的速度使他们紧密联系在一起非常重要。可以采取小游戏形式，例如，小声告诉同组成员自己最糗的事，合作设计小组吉祥物等，这些学生很乐于接受。

（4）有严密结构的学具是保证探究活动有效的前提。

什么是学具的结构呢？简单地说，就是学具的种类和组合以及交给孩子们的次序。孩子们面对有结构的学具就会产生自主活动的冲动，产生科学问题。从学具的种类来讲，不一定越丰富越好，因为学具太多，学生就会眼花缭乱，从而在头脑中

会出现杂乱无章的问题，对探究产生干扰。

此外，给学生准备探究材料，必须从小处着眼，从细节入手，不能因小失大。只有这样，才能保证探究活动顺利进行。

（5）指导学生课下撰写科学小论文，是课外培养学生科学探究能力的有效途径。

一般情况下，学生在课上能够按照老师的教学设计参与科学探究活动，但仅此还不够，科学课程具有开放性的特点，课外培养学生的科学探究能力也很重要。课下撰写科学小论文有助于学生在生活中发现科学问题，并解决问题。

（6）在科学探究过程中，教师要适时指导，关注学生的思维。

学生在探究活动中，经常会遇到困难又难于自行解决，这时正是我们教师"出手"的最佳时机，这时的指导尤为必要。这种指导也许出现在探究活动的起始阶段，也许出现在探究活动过程中，还有可能出现在表达交流阶段。

（7）教师的指导要有目的性，要利于探究的顺利进行。

教师指导如果目的性不强，学生根本不知道干什么，该怎么干，还何谈探究？怎样才叫有目的性呢？即可说可不说的话不说，没有把握的话不说，说了就要说到位，简单明了。如果你觉得不讲话、少讲话没法上课的话，就说明你的学具结构性不强。一般来讲，在活动的时候如果学生盯着你，而不是盯着学具，一是说明你的学具有问题，二是可能你的科学问题不够明确，目的性不强。

（8）教师的指导要有技巧性，要利于学生科学思维的形成。

常见的科学逻辑有两种类型：归纳法和演绎法。此外，还有常见的其他派生的逻辑推理，比如类比法和反证法。无论是哪一种逻辑思维的培养，都有助于学生科学地看问题，科学地解决问题；同时，都要求教师讲究一定的指导技巧。例如反证法，就要求教师首先要假定学生的一个错误观点为真，再一步步引导学生探究出正确的结论。实际上，这里教师培养的是学生的一种科学探究的思维能力。

（9）通过设计有效性问题提高教师指导的有效性，使学生在有效问题的指引下，完成探究活动，形成科学探究能力。

①提问应具有一定的深度。

所提问题要有一定的深度，既要激发学生的好奇心、求知

欲和积极的思维，又要使学生通过努力达到"最近发展区"。难易适度的问题，就能展开学生思维活动的广度和深度，能引导学生沿着符合逻辑的思路去分析和研究。

②层层深入的提问有助于学生找到问题的最终答案。

③有效的提问应具有探究性。

在科学教学中，为了培养学生的创造性思维，教师所提出的问题应该具有一定的探究性。通过问题的设置，引导学生多角度、多途径寻求解决问题的方法，培养学生思维的发散性和灵活性。在学生解答完自己提出的问题后，教师还应留下生活化又赋有探究性的空间，让学生利用课余时间进一步去探究。

④好的提问要有逻辑性，目的是深化学生的思维。

在课堂教学中创设良好的教育环境和氛围，精心设置问题情境，提出的问题有计划性、针对性、启发性、逻辑性，能激发学生主动探究的欲望，有助于进一步培养学生的探究性思维。

⑤把讲授变成提问，可以增强学生探究的兴趣。

⑥理解式提问有助于学生掌握复杂的陈述性知识。

理解式提问用来检查学生对复杂的陈述性知识的理解掌握情况，多用于讲解新课之后或课程结束时。学生要回答这些问题，必须对已学过的知识进行回忆、解释或重新组合。

⑦课堂提问要停顿。

小学阶段，尤其是低中年级的学生，他们的各种思维品质，如思维的发散力还不是很强，如果教师提问的语速过快或一次提出的问题过多，学生会反应不过来，造成思维混乱，搞不清楚自己怎么想、怎么做或要做什么，从而不仅会影响学生的正常思考，更会导致思考正确率下降。作为一线教师，我们要在教学中注意此类问题。

⑧引导性的提问有助于学生在实验中探究问题。

⑨提问与自学相结合促进学生自学能力的形成。

⑩开放性的问题固然好，封闭性的问题并不是绝对不可用。

"有没有？"、"对不对？"、"是不是？"这类问题被人们称为封闭性问题，回答多是"有"、"没有"、"对"、"不对"、"是"、"不是"等简单答案。很多时候它们被我们认为是无效问题，但通过实践我们发现也并非完全如此。在某些时候，这类问题常用来搜集资料并且加以条理化，澄清事实，获取重点，缩小讨论范围。当学生的回答偏离主题时，我们完全可以

借助封闭式提问提高课堂效率。

⑪针对学生的错误进行提问，永远不要对学生说"你错了!"。

面对老师的提问，学生可能有许多反应。有的孩子认真聆听老师的提问，准确回答；有的孩子跃跃欲试，想赶快把自己的想法广而告之；有的孩子认真思索，但并不愿意主动表达。对于不同状态的孩子，教师要运用不同的教学方式使他们都能有所收获。永远不要对学生说"你错了!"。能够针对学生的错误进行有效提问，让学生在辩论、分析之后最终回到正常轨道上来，这一"弯路"的过程很珍贵，教师的引领作用在其中很重要。

⑫创设有效情境，利用问题引导学生提出可探究的问题，让探究活动始于足下。

在科学课教学中，教师应想方设想引导学生提出问题，让问题成为学生科学探究的起点，让问题引起学生主动探究的兴趣。其中，教师提出有效问题引发学生提出问题，是一种很好的方法。

⑬提问的方式灵活多样，根据课堂需要要记牢。

课堂上教师的提问方式多种多样，有的人将提问分成十种类型：设问型、追问型、疑问型、互问型、顺问型、曲问型、笔记型、急问型、平问型、开拓型。我们课题组通过一段时间的研究发现，提问的种类远不止这些，也不必拘泥于这些形式，要切记的一点是根据课堂需要。比如，我们在教学中根据需要又开发了理解式的提问、引导性的提问、与自学相结合的提问、层层深入的提问、内在逻辑性的提问、故意搁置性的提问，等等。这些提问方式的使用，使我们的教学更加富于探究性、科学性。

七、问题与思考

（一）问题

（1）研究经验不足，在研究过程中遇到不少问题，有待今后继续努力。

（2）缺乏激励机制，在一定程度上挫伤了教师参与研究的积极性。

（3）研究的深度和广度还不够，还不能将培养学生探究能力的教学策略形成一整套可循的体系。

（4）课时量大，老师们没有足够的时间坐下来好好在一

起探讨。

（二）思考

（1）继续学习，一方面学习科学教育理论，另一方面学习课题研究的方法和措施，提高科研能力。

（2）善于思考，善于总结，善于内化，不断提高教学水平。

后　记

　　首先感谢学区评优那次挫折，没有那一跤，就没有我几年来的冷静！

　　感谢爸妈给了我善良、严谨、朴实的品质！

　　感谢公公、婆婆、老公、儿子给我从未改变过的理解和支持！

　　感谢许校长百忙中为我的书作序！感谢她把我带入"七一"！

　　感谢教研员王思锦老师鼓励我进步！一次次给我历练的机会！

　　感谢王晓英主任在我几乎选择半途而废时，对我说："要坚持，这是你一生的财富！"

　　感谢中央教科所刘宝辉老师对此书出版的推波助澜！

　　感谢编辑刘灿老师给这本书取名字；感谢他不厌其烦地答复我的邮件，而且每次都那么及时！

　　感谢我身边所有关注此书出版，并且给予过我帮助、关心的领导、同事、朋友，没有大家的丝丝温暖、滴滴雨露，我这棵经历过春寒的小草不会如此坚强！

　　感谢七一小学，给了我生活、学习的阳光、空气、水分和土壤！

　　还要感谢书中提到和没提名字的所有学生，和你们一起长大，是我的快乐！

　　最后，要特别感谢教育科学出版社，感谢出版社的领导高瞻远瞩，关注我们这些普通的不能再普通的小学一线教师！

　　临了，心中惴惴，忘了感谢生活，是生活让我经历痛苦、挣扎、快乐，然后走向平和。我喜欢成长的感觉，蓦然回首，才发现：以前的我曾是那么稚嫩、青涩……

2009 年 9 月 26 日

记录你的成长岁月——

"新教师成长日记"作者征集启事

如果你是刚刚参加工作的新教师，或者你已走过这个阶段，但并不满足于自己的现状，正在充满激情地工作和生活；

如果你喜欢孩子，喜欢教师这个职业，打算长期投身于教育；

如果你愿意在不断的反思中成长，并愿意把自己的努力每天记录下来，而且愿意与大家分享自己的成长，那么，

我们——教育科学出版社——真诚邀请你来参加我们的"新教师成长日记"活动。

——我们正在推出一个年度性日记体丛书"新教师成长日记"；

——丛书的第一批已于 2006 年 1 月初推出，以后每年暑假前后出版；

——我们打算在全国范围内寻找合适的教师，以日记的方式记录他们的成长。

如果你愿意加入进来，请你<u>从现在开始，用日记记录你每天的成长</u>（当然，如果你此前一直在坚持记日记更好），<u>同时尽快与我们联系</u>！

我们对日记的要求只有八个字：

真实　真情　自然　质朴

所以，

◆希望你不要把记日记当做一种任务，而是一种自己倾诉的需要。因此，请你首先不要考虑完成日记，而是按自己的理想充满激情地工作和生活。

◆请你平时注意收集和保存与日记相关的资料（如学校生活照片、学生作品、给学生的评语、工作记录等）。我们的日记内容和形式完全随你心所欲，散文、诗歌、速写、漫画等

都是允许的。

◆另外，你的日记至少应该坚持 1 年，以学年为基本周期。我们希望你能长期坚持，我们有出版更长周期成长日记的计划。

必须说明的是：

1. 是否出版自己的日记，你有完全的自主权。

2. 在你同意出版的前提下，最终能否出版由出版社决定。

3. 出版社保留对日记进行删减和进行出版规范处理的权力，但删减会得到你的确认，原则上我们尽可能保证日记的原汁原味。

我们特别希望接到以下方面的投稿：

1. 关注课堂教学和自身教育教学技能（如语言表达、板书、与学生沟通技巧等）提高的日记；

2. 集中于某个主题或个案的日记〔如学习习惯养成、特殊学生（如学困生、品德不良学生）转化、研究性学习的组织等〕；

3. 数理化等理科老师的日记；

4. 新手教师的日记；

5. 农村（尤其是西部农村）学校老师的日记；

6. 支教日记。

我们热切期望着你的回应，以下是我们的联系方式：

通信地址：北京市朝阳区安慧北里安园甲 9 号　教育科学出版社

邮政编码：100101

联系人：刘灿

电话：010－64981245（O）

E-mail：liucan@ esph. com. cn

出版人　所广一
责任编辑　刘　灿
版式设计　沈晓萌
责任校对　曲凤玲
责任印制　曲凤玲

图书在版编目(CIP)数据

科学,科学!／吕春玲著.—北京:教育科学出
版社,2011.10
　(新教师成长日记/李镇西主编)
　ISBN 978 - 7 - 5041 - 5592 - 4

　Ⅰ.①科… Ⅱ.①吕… Ⅲ.①日记—作品集—中国—
当代　Ⅳ.①I 267.5

中国版本图书馆 CIP 数据核字(2011)第 178408 号

新教师成长日记
科学,科学!
KEXUE,KEXUE!

出版发行　**教育科学出版社**
社　　址　北京·朝阳区安慧北里安园甲9号　　市场部电话　010 - 64989009
邮　　编　100101　　　　　　　　　　　　　　编辑部电话　010 - 64981245
传　　真　010 - 64891796　　　　　　　　　　网　　址　http://www.esph.com.cn

经　　销　各地新华书店
制　　作　北京金奥都图文制作中心
印　　刷　北京中科印刷有限公司　　　　　　　版　　次　2011 年 10 月第 1 版
开　　本　140 毫米×214 毫米　32 开　　　　　印　　次　2011 年 10 月第 1 次印刷
印　　张　9.25　　　　　　　　　　　　　　印　　数　1 - 5 200 册
字　　数　272 千　　　　　　　　　　　　　定　　价　18.00 元

如有印装质量问题,请到所购图书销售部门联系调换。